断片化する螺旋

ホーフマンスタールの文学における中心と「中心点」

小野間 亮子

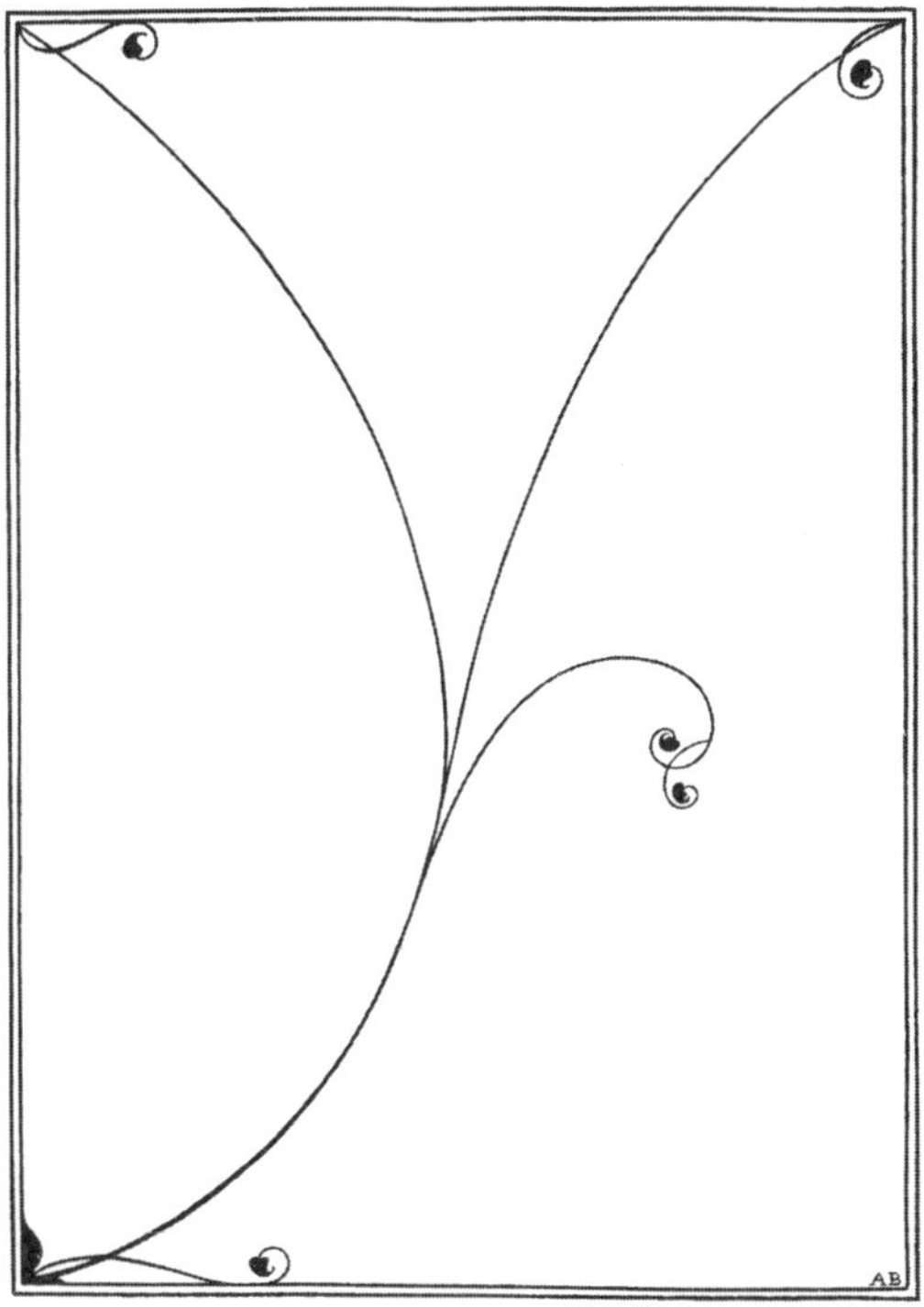

鳥影社

断片化する螺旋
――ホーフマンスタールの文学における中心と「中心点」――

目次

断片化する螺旋

――ホーフマンスタールの文学における中心と「中心点」――

何たる人間の不思議よ
解き明かせぬものを解き明かし
一度も書かれたことのないものを読み
縺れたものを自在に結びつけつつ
永劫の暗闇にあってすら道を見出すとは

フーゴー・フォン・ホーフマンスタール
——『痴人と死』より

序論

1　問題設定

十九世紀末ウィーンに生を享けた作家フーゴー・フォン・ホーフマンスタールが一九一八年に書き遺した手記の中に、以下のような言葉が見出される。

> ロマーンの中核（Kern des Romans）とは、我々が出会いによって初めて、諸力に従い自らが何者であるか、いかなる領域に属しているかを知ることだ。[一]

ここで定義された「ロマーンの中核」が思い起こさせるもの、それは当時——数年の中断を経て再び——執筆され始めた著者唯一のロマーン『アンドレーアス』[二]の主人公に関する一文、「彼の魂は一つの中心点を持った」[三]である。この「中心点 Mittelpunkt」を、マイアーは「ロマーンの中核」だと断定した上で、そこに含まれる矛盾を指摘している。というのも、ホーフマンスタールが造形した主人公アンドレーアスは、「他者から影響を受けやすく、他者の生が彼の中に純粋かつ強烈に存在している」（XXX. 102 ff., N 68.）特異な性質ゆえに、出会った人間たちや動物たちを自らと同一化してゆき、結果として彼の自我は散り散りに引き裂かれてしまうからだ。「出会い」は彼を完全な自己同一性へと導くどころか、むしろ正反対の状態へと陥らせる。「異国の人々と知りあい、異国の風習を観察し、作法に磨きをかけて」（XXX. 63.）、一廉の人物となるべく始まったアンドレーアス修養の旅は、先へ進めば進むほど目的から遠ざかる。こうした主人公の在り方を、伝統的な教養小説、たとえば『ヴィルヘルム・マイスターの修業時代』の結末に反するものであると見なしたマイアーは、『アンドレーアス』を「反統合（Disintegration）のロマーン」と呼び、主人公が抱える解消不可能な分裂によって前者から区別されうるとした。「反統合のロマーン」の主人公たちは、自己同一性への要請から発せられる求心力よりも他者との出会いから生じる遠心力に引き寄せられ、遂には「ロマーンの中核」そのものを中心から周辺へと移動させてしまうのだという(四)。

しかし、『アンドレーアス』において問題となっているのは自己同一性の崩壊に伴って生じる、より大きな合一の予感だ。それは、旅の目的地ヴェネチアへ向かう途上、アンドレーアスが経由地ケルンテンで遭遇した事件に顕著である。投宿先フィナッツァー家の屋敷で、番犬が毒殺された。この犬を介して——非行の犯人である従者ゴットヘルフ、さらには少年時代のアンドレーアスによって背骨を砕かれた小犬などといった——「すべてがあちこちで連関し、そこから一つの世界が、現実の背後にあって現実のように空虚かつ荒涼としていない世界が紡ぎ出されているのだ」と感じる場面（XXX. 72.）だ。この果てしない連関は、ホーフマンスタール自身が名指した「ロマーンの中核」のみならず、マイアーが提示した中心ならざる「中核」をも超えた〈何か〉である。いかに主人公が遠ざかろうとも、中心に存在する〈何か〉は彼に影響を及ぼし続ける。そして、連関を失って無数の部分へと解体してゆくロマーンに、仮象にすぎないものだとしても全体性を与えようとするのだ。

こうした〈何か〉、すなわち『アンドレーアス』においては作品の構成要素として確定されえないが、暫定的に「中心点」（XXX. 76.）と呼ばれているものについて論じた研究は存在しない。原因は、作品それ自体に帰せられる。そもそも『アンドレーアス』は、世に出てから八十年を経た現在も評価が定まらない作品だ。このロマーンは、ホーフマンスタールが二十年以上の歳月を費やしたにも関わらず未完のままに終わった。そして彼の死後、膨大な覚え書き群として遺されたのだった。そのため、編集者のみならず研究者たちにとっても、長らく「いかにテクストを再構成し、ロマーンとしてのありうべき全体を顕現せしめるか」が関心事となっていた。彼らが『アンドレーアス』を「ロマーン・フラグメント Roman-Fragment」、あるいは「ロマーントルソー Romantorso」と呼ぶ所以だ。作品が初めて公表された『コロナ』誌掲載時および、それに基づく初版において、故人の手稿は前述の要求に適う形へと編集された。すなわち、一九一二年から一三年の間に書かれ、比較的まとまった分量および内容を持つ一部分、「小犬を連れた貴婦人」と題された覚え書きが「本文」とされ、それを補完するためのごく限られた遺稿のみが収録されたのだ。というのも、当時の編者は――連関の定かならぬ断片の寄せ集めではなく――あくまでも未完のロマーンとしての体裁を整えるために、覚え書きの日付を無視し、「小犬を連れた貴婦人」から類推される筋連関に沿って取捨選択を行ったからだ。こうした初版の方針は、一九七九年刊行の全集（Gesammelte Werke）に至るまで踏襲される。一方これらのテクストに依拠した研究においても、全体性の回復は自明の前提であった。初版について「かつてドイツ語で書かれた最も振れ幅の大きい散文である八十頁」[五]と述べたアレヴィンは、ホーフマンスタールが『アンドレーアス』執筆の際参照した精神分析学の手法を用いて、小説の筋を主だった登場人物たちの関係へと還元し、図式化してみせた。この作業が目指すところは、テクストの「振れ幅」を解消することに他ならない。

これに対し、一九八二年に出版された批判版全集第三十巻で、編者パーペはあらゆる覚え書きを成立年代順に並べ、これまで他より優位に置かれていた「小犬を連れた貴婦人」もその中に位置づけることによって、いわば筋に還元しきれない、より大きな連関の可能性を提示した。すなわち、ロマーンの計画書であると同時に、常にそこから逸脱しようとするテクストの実験的な性格を露にしたのだ。この傾向は、九五年の『ホーフマンスタール年鑑』において先鋭化する。そこで研究者たちは一斉に、『アンドレーアス』がロマーンではなくフラグメント[六]であると主張したのだった。フラグメントに対する彼らの見解は、形式の開放性を称揚する肯定的なもの（アウルンハンマー）と芸術作品にならなかった素材にすぎないと断じた否定的なもの（ハンブルガー）に大別されるが、作品の断片性を強調し、いかなる連関をも排除しようとする点では変わるところがない。

本書は、『アンドレーアス』を取り巻く状況が迫ってきた二者択一のいずれにも与せず、それらが取り上げて来なかった「中心点」の問題を論じる。確かにこの作品は断片の集積ではあるが、それらの間には多様な連関、さらにそれを生じせしめる〈何か〉が存在しているからだ。この〈何か〉を、ロマーンの主人公アンドレーアスが追い求めた「中心点」、「あらゆる引き離されたものを結びつける」（XXX. 76.）点であると仮定する。ただし、この「中心点」は到達不可能であるため、それを巡る運動によって示唆され、かつ維持され続けねばならない。よって、「中心点」そのものではなく、テクストを再構成する立場、あるいは完全に解体したものと見なす立場のいずれも捉えきれなかった作品に内在するダイナミズムを示すことが必要となる。

また、『アンドレーアス』において「中心点」と呼ばれる〈何か〉は、ホーフマンスタールが定義した「中核」とは異なり、ロマーンに限定されない問題の広がりを持ちうる。なぜなら、「中心点」はロマーンの主人公のみならず、ホーフマンスタール自身にとっても到達不可能であるがゆえに、それを巡る試みが多様な（メールヒェン、フラグメント、アフォリズム、リブレット、さらにはエッセイや講演をも含む）文学形式において展開されているからだ。それらを比較考察する中から、これまで「中心点」という仮の名で呼ばれていた名指されえぬ〈何か〉、つまり『アンドレーアス』一作品にとどまらずホーフマンスタールの文学活動全体に及ぶダイナミズムを生じさせる〈中心〉の存在が明らかになるはずである。この〈中心〉を多様な接近によって浮かび上がらせんとする研究方法は、ホーフマンスタール自身の文学的試みと、ある種の並行関係に置かれうるものである。さらに、こうした手法は、〈中心〉の問題が最も顕著に表れているにも関わらず、複雑な成立過程によって未だ評価が定まらない『アンドレーアス』の位置価値を――従来の研究史において取り上げられていない『新しい小説』も含め――測ることにもなるだろう。その際、多様な形式と作品内部に現れてくる形象という二つの次元で、それぞれの作品を分析してゆく。もっとも、両者を完全に分離することは不可能だ。したがって、実際にはこれらの絡みあいが論じられねばならない。

2 「失われた中心」から確定不可能な「中心点」へ

ホーフマンスタールの文学における〈中心〉の問題は、たびたび世紀転換期の政治・宗教的次元から、かつては手中にしていたものの喪失として言及されてきた。つまり、第一次世界大戦後、ハプスブルク帝国の解体に伴い、首都ウィーンは「真空」化したのだった。[七] 失われた中心を探し求めるホーフマンスタールは、ザルツブルク音楽祭への参加を通じて、芸術によるオーストリアのアイデンティティー再建を目指した。というのも、ヨーロッパにおける地理的・精神的交差点としてのザルツブルクの位置は、戦争によって引き裂かれ、分割された世代を和解させるための象徴的存在になりえたからだ[八]。ホーフマンスタール自身の言葉によれば、ザルツブルクは「演劇の危機」、「観客の精神的危機」に見舞われる世界の中で例外とはゆかぬものの、「荒波に揉まれる船にあっては、比較的揺れない場所」であり、上演作品を通じて多様な人々を統一へと、つまり「観客」へと纏め上げうるのだった[九]。この都市を新たな中心と定め、ホーフマンスタールは、反資本主義（あるいは反物質主義）と神聖ローマ帝国の文化遺産継承を掲げた活動に尽力する[一〇]。こうした活動を巡る彼の著作および発言は、理念的・観念的であり、その射程はオーストリア・ドイツの文化政策に限られているにも関わらず、それらを政治の次元に適用せんとする研究が後を絶たない[一一]。たとえば『国民の精神的空間としての著作』は、今もってそのようなプログラムとして読まれ続けている。そこでは「保守革命」が、失われた国家の全体性を宗教的・政治的次元で回復せんとする努力と見なされるのだ[一二]。むろん、そこには政治的な「保守主義」とは異なる、継承された伝統を変化し続ける状況に従って解釈し直し、新たに受容せんとする態度が含まれている[一三]。しかし、「創造的復古」[一四]の動因をルネサンス・宗教改革によって引き起こされたモデルネの個人主義克服のみに帰するならば、その目指すところは結局過去、とりわけ自立した自我としての人間を知らない「黄金の時代」たる中世のごとき安定した静止的秩序を——それが現実の国家ではなく、精神的な共同体、あるいは「探究者」によって先取りされた予感にすぎないとしても——再び創出することに他ならない[一五]。

　しかしながら、ホーフマンスタールがオーストリアの伝統として考えていたものは、動的な性格を帯びている。一九一六年の講演『文学に反映したオーストリア』（RA II. 13-25.）で、彼は「すべてを消し去り、平均化する」時間に対抗しうる「非常に持続的な諸要素」として二つの次元に現れたオーストリアの「多様性」を挙げている（18）[一六]。一つは「風土の独自な生から導き出された」、すなわち統治上の区分ではない「風土の地方分権主義」（17）、そしてもう一つは「社会的タイプの豊かさ」を基盤とする「個々人の地方分権主義」（18）だ。多様なる要素が「相互に響きあう地方分権主義」において目指されているのは、〈結びつきと個別化〉という相反する運動によって担われる関係なのである。多義的かつ連関に満ちた「オーストリア全体の雰囲気」（19）、「国民的神話 ein nationaler Mythos」（20）の成立に不可欠なもの、共同体の最も内なる実質が効果を表す要素が、「文学」と「行為」だった。共同体という「全体なるもの das Ganze」(21)、そこに現れる「本当の調和 eine wirkliche Harmonie」(22) は、一九一八年以降顕著になった「神話化」、つまりオーストリア・ハンガリー二重帝国消滅後の現実から「普遍の価値に存在の根拠を持った堅固で安定した」「黄金時代」への逃避、あるいは均衡状態を危うくする「行為」を徹底して排除しようとする「静止状態 Die Statik」、「不動主義 Der Immobilismus」[一七]とは相容れない。ホーフマンスタールにとって、文化は、「死せるもの、完結したものではなく、生き生きとしたもの」(24)、様々な図形が描き出されることによってのみ「中心点」が暗示されうる「幾何学的な場」(25) でなければならない[一八]。

　こうしたダイナミックな綜合を最もよく表現しうる形式として、ホーフマンスタールが向かったものこそ演劇であった。前述のザルツブルク音楽祭への取り組みも、文化政策的次元のみならず、こうした文脈からも理解されうる。ゼードルマイアーは、造形芸術を考察の主な対象とする研究において、劇場建築との関連から総合芸術としての演劇に言及している。十九世紀に生じたかつてない様式の混乱、すなわち諸芸術が個別化し、独自の道を歩み、別々の発展を遂げてしまった原因は、個々の芸術を統一された様式へと纏め上げる綜合芸術が、もはや存在しないという点にあった。ワーグナーによって提唱され、ホーフマンスタール―シュトラウス―ラインハルトによる「遅れ咲き」をもたらした理想的な綜合芸術という理念は、ロマン派が熱望したが実現できなかったものとされている[一九]。クレーマーによれば、確かにロマン派の「綜合芸術」は、少なくともシェリングにおいて目指されていた宗教的・社会的次元では挫折した。というのも、読者なきロマン主義文学、「公衆の生」に影響を及ぼす能力の完全な欠如を批判したワーグナーは、民衆の時宜に適った生の表現として「未来の綜合芸術」を志向し、ロマン派の芸術性および閉鎖性に別れを告げたのだから[二〇]。

　しかし、美学的次元では、ロマン派はまったく新しい形式の創出に成功した。ジャンルの厳格かつ体系的な分割の上に成立した古典主義に対し、ロマン派は様式やジャンルの混合に興味を抱いていた。F・シュレーゲルが打ち出した「普遍文学」は、そうした綜合芸術のヴィジョンとして理解されうる。彼は、「完全なる文学においては、あらゆる本がただ一冊の本でなければならない」(KA. 2. 256.) とし、「絶対的な本」としての文学を夢想した。ただし、この「普遍文学」には発展、すなわち完結不可能性が同時に要請されている。「絶対的な本」は、「永遠に生成する本」(KA. 2. 256.) なのだ。かつて存在しながら失われてしまったものを復元するのではなく、未だ実現されていない一つの普遍的形式へと無限に接近してゆかねばならない「進展的普遍文学」、それを表現しうるのがロマーンだ。というのも、ロマーンは、あらゆる形式を統合しうる「超ジャンル」であるが、実際にはそこを目指してゆく「過程」として、つまり多様な形式で書かれたフラグメントとしてのみ表出可能だからだ[二二]。

したがって、ショースキーが導き出した「事物の多様性を[二三]、その独自の形態のままで受け入れ、そのダイナミックな相互関係の中で統一を顕わにする」という詩人の課題に直面したホーフマンスタールが多様な文学形式と、それら全てを包括しうるロマーンを並行して執筆したことも不思議ではない。その際多様なるものと統一の間に生じる緊張が、到達不可能な〈中心〉となってホーフマンスタールの文学に現れてくる。すなわち、断片化してゆく作品にあってなお求められる「中心点」の存在からは、完結へと向かう統一性とさらなる展開へと向かう多様性を同時に実現するという要請が顕著に読み取れるのだ。この問題に対するホーフマンスタールの取り組みを、以下の構成で論じる。

3 構成

第一章ではホーフマンスタールのメールヒェンを取り上げる。その根底をなす美学的原理「アラベスク」が、二つの方向から一見閉じた作品を内部から揺るがせてゆく。第一に、意味からの解放が挙げられる。意味づけられるものが、意味づける者を中心として形成される閉鎖的な関係を解体し、あらゆるものを関連づける存在としての主体が退けられる。第二に、無限の生成だ。無限に展開する充溢と完結へと収斂する統一を二つながらに希求するという要請が、決して捉えられない〈中心〉を巡ってどこまでも伸びてゆく円環状のアラベスクとなって現れる。これを体現したのが、『影のない女』だ。そこでは最初、あらゆるものを関連づける点が、一人の人物（帝）として提示されている。こうした所有する者である帝を中心として形成された閉鎖的な円が、妃の行動によって解体される。しかし、真の「中心人物」と目された妃は、作品の完結性を保証する円環構造において中心となるはずの第四章に現れず、〈中心〉として固定されることを拒む。また、あらゆる変化から隔絶された精霊であった彼女が、人間という不完全な存在になる結末は、作品自体を不確実性の中へ投げ入れる。絶えざる変化と結びつけられた作品の始点と終点はすれ違い、閉じられるはずだった円環を螺旋へと解体してしまう。このメールヒェンにおいて、作品構成要素としての中心が空位となることにより、作品を内側から開いてしまう別の〈何か〉が暗示される。

第二章では、『影のない女』で明らかになった〈何か〉を、ホーフマンスタール自身の表現に即して仮に「中心点」と呼び、そこから生じる『アンドレーアス』のダイナミズムについて論じる。この作品は、一九九五年以降主流となったホーフマンスタール研究が主張するような単なる断片ではなく、ある〈中心〉を有している。しかしながら、それは到達不可能であり、従来試みられてきたようなテクストの「再構成」によって作品内部に固定しうるものではない。フラグメントに関するホーフマンスタールの認識は、実現不可能な全体性を前提とした後期啓蒙・初期ロマン派以来の伝統を継承している。ただし、それをいかに文学作品において表現しうるかという試行錯誤からは、彼の独自性が見て取れる。この主張を証明すべく、『アンドレーアス』の作品分析を行う。主人公は、「中心点」の予感を与えられるが、自身は「中心点」そのものではなく、それを巡ることによってその存在を示唆する者である。また、彼によって「中心点」だと錯覚される様々な女性たちもまた、「中心点」ではない。というのも、真の「中心点」は作品の時空間内に決して現れず、それをめぐる運動によってのみ担われるからだ。こうした運動を端的に表しているのが、マリア／マリキータという二重人格の女によって体現される「相互作用的なもの」である。それは、両極が作用しあい、より高い次元で止揚されるという安定的構図ではなく、いかなる統合も拒みつつ極から極へと移行し続け、遂には解体へと至る過程なのだ。

第三章では、フラグメントにおいて見出された到達不可能な「中心点」が、アフォリズムの中で実現不可能な「全体」へと読み替えられ、追求されていることを証明する。フラグメント同様現前する部分と決して現れない全体のダイナミックな関係を問題にするアフォリズムという形式においては、一見そこに含まれているものすべてが「中心点」として機能しうるかのように思われるが、真の〈中心〉は、それらの間にあらゆる連関を生じせしめる点、つまり到達不可能な全体性そのものである（したがって、個々の点は真の〈中心〉ではない）。その例として、『友の書』を論じる。『友の書』とは、ホーフマンスタール自身による「夜会」という構想そのままに、死者と生者、著者と読者の精神が確定不可能な〈中心〉を巡って繰り広げる対話、厳密には対話が行われている「場」そのものである。この「場」を、『国民の精神的空間としての著作』は一冊のアフォリズム集に収まらない「精神的空間」へと拡大する。すなわち、「決して書かれない主著」を中心に、個々の著作が様々な形で交錯し、そのつど異なる「空間」が生じるのだ。ゆえに、ホーフマンスタールが「保守革命」を通じて実現しようとした「精神的統一 geistige Einheit」（RA III. 40.）は、「精神的空間」において交錯する多様な要素を伝統の力によって一義的な綜合へと止揚するといった類のものではない。「国民の精神的空間」実現のためにホーフマンスタールが必要とした「新しい神話」はまさしく「決して書かれない主著」であり、実際にはその「序章」のみが無数に書かれ続ける。

　第四章では、引き続き「新しい神話」について考察を行う。ホーフマンスタールが、第一次世界大戦後の荒廃を、「伝統 Überlieferung」、「精神的秩序 geistige Ordnung」としての「古代の精神 der Geist der Antike」に対置しているのは事実だ（RA III. 13-16.）[二三]。しかし、彼によって提唱された「新しい古代の創造」とは、伝統に立ち戻ることによって、現代においては失われてしまった「綜合 Synthese」（RA III. 15.）を甦らせんとする文学的使命を意味しているのではない。というのも、ホーフマンスタールの手になる神話は、伝統を志向してはいるものの、単なる回帰ではないからだ。少なくとも『ナクソス島のアリアドネ』において、作家が目指していたのは「一見古めかしいものに立ち戻るように思われる新しいジャンル」であり、伝統に立ち戻るのは、そこに至る「すべての発展が螺旋を描きながら行われてゆく」[二四]ためだ。その上、ホーフマンスタールは、神話を素材とする作品に取り組む際、必ずしも多様なものを一義的に綜合しているわけではない。『ナクソス島のアリアドネ』には、見せかけの「合一」とは裏腹な相克が現れてくる。なぜなら、真の綜合は相反するもの同士の絶えざる移行によってのみ担われるからだ。『ナクソス島のアリアドネ』の前芝居においては、オペラ・セリアとオペラ・ブッファ、それぞれの形式を代表する人物形象たる作曲家とツェルビネッタの衝突として表されている。続くオペラでは、この対立がさらに高次の次元で現れる。すなわち、『アンドレーアス』でも再三言及された「相互作用的なもの」が、アリアドネとバッカスの合一として顕現するのだ。しかし、それは単なる神秘体験ではなく、相反するもの同士が突然入れ替わってしまったという結果から事後的に存在が確認されうる〈変化を可能にせしめる何か〉の表出だ。一見成就したかのような合一をツェルビネッタの再登場がさらに覆す幕切れは、その〈何か〉が依然として確定されておらず、無限にずれてゆきかねないことを露にする。

第五章では、『アンドレーアス』の中で『新しい小説』と名づけられた覚え書き群を論じる。この構想は、断片と化してしまった『アンドレーアス』を新たな枠組みへと回収するために始められた。しかしながら、「決して何かを背後に置き去りにするのではなく、より高い螺子山へと上がって同一点に戻る」(HS, BW. 187, 23. 6. 1912.) 螺旋状の発展が、またしても一義的な統合を妨げる。すなわち、次々と新たな着想へ流れ込む直線的な進歩ではなく、新しい構想に向かいながらも絶えず古い作品に立ち戻る運動を繰り返す中で、「中心点」となるべく新たに定められた主題および登場人物(「社会的な個人」)がその機能を果たせなくなり、作品は再び断片へと解体してゆく。統合を目指しながらも、断片化の過程としてのみ現れる『新しい小説』の分析を通して、調和と運動を同時に希求し、そのどちらにも安らうことのできなかったホーフマンスタール文学の本質を明らかにする。

前述の章分けにおいて、ホーフマンスタールの作品は必ずしも成立年代順に論じられているわけではない。主だった五作品の内、最も早く世に出たのは『ナクソス島のアリアドネ』である。『アリアドネ』の初演が一九一二年なのに対し(改訂版初演は一九一六年)、『影のない女』の初演およびメールヒェン版完結は一九一九年である。さらに『友の書』の出版は一九二二年、『国民の精神的空間としての著作』講演が行われたのは一九二七年だ。しかしながら、ホーフマンスタールの文学における〈中心〉の問題は、時間の経過と共に発展してゆくといった性格のものではなく、異なる時期に、異なる形式を用いて書かれた複数の作品に散見される。言語によって包摂不可能な〈何か〉を、まさしく言語によって捉えようとする文学的試みが、極めて多様な形態を取りつつ、互いに連関し合っていることを示すためには、ある種の操作が必要となる。『アリアドネ』が第四章に置かれているのは、第一章および第二章において問題とされた「相互作用的なもの」、そして第三章において取り上げられた「精神的空間」としての「新しい神話」が、端的に表れているからだ。

また、ホーフマンスタールは幾つもの作品を同時に書き進めたため、成立の過程は複雑に絡みあっている。たとえば、『影のない女』と『アリアドネ』の場合、着想は前者の方がわずかに早い(二五)。すなわち『アリアドネ』は、『影のない女』が大作となることを見越したホーフマンスタールによって、「短いつなぎの仕事(二六)」としてシュトラウスに用意されたのだった。ゆえに両者の執筆時期は重なりあっており、共に「相互作用的なもの」というホーフマンスタール文学の重要な概念を含む(二七)。さらに厄介な事例が『アンドレーアス』だ。一九〇七年から一九二二年まで書き継がれ、さらに一九二五年以降『新しい小説』へと形を変えて続くロマーンは、並行して取り組まれた多くの作品と問題を共有しつつ、独自の連関を形成している。このような事態を前に、厳密な成立年の特定は意味をなさないだろう。したがって、本書では年譜に基づかない章立てを試みた。

註

(一) Hugo von Hofmannsthal: Gesammelte Werke. Reden und Aufsätze III. Hg. von Bernd Schoeller und Ingeborg Beyer-Ahlert (Aufzeichnungen) in Beratung mit Rudolf Hirsch. Frankfurt a. M. 1980. S. 550. 以下、RA III. と略し、頁数を記す。

(二)『アンドレーアス』のテクストは、Hugo von Hofmannsthal: Sämtliche Werke. XXX. Hg. von Manfred Pape. Frankfurt a. M. 1982. を参照した。編者パーペは、すべての覚え書きに対し、成立年代順にN 1から番号を付しているが、「小犬を連れた貴婦人」と題されたもののみはH (andlung) として区別した。したがって、N 1からN 64までがH執筆以前あるいは執筆中に、N 62からN 385までがH執筆中、あるいはそれ以降に書かれたものとして大まかに整理されている。以下、XXX. と略し、Hからの引用は頁数のみを、Nからの引用は併せて番号も記す。

（三）XXX. 76. ホーフマンスタールの手稿（「小犬を連れた貴婦人」）において、この箇所は「彼女（訳者注：ロマーナ）は生きた存在であり、一つの中心点だった。そして彼女の周りには、谷の向こうに聳えているような現実の楽園があった」となっており、全集（Gesammelte Weke in zehn Einzelbänden. Erzählungen, erfundene Gespräche und Briefe, Reisen. Hg. von Bernd Schoeller in Beratung mit Rudolf Hirsch. Frankfurt a. M. 1979. S. 239. 以下、E. と略し頁数を記す）もこれを採用している。それに対し、批判版全集においては、著者自身の指示に従って別紙に書かれた覚え書きが挿入され「彼の魂は一つの中心を持った」とされた。Vgl. XXX. 343-344.

（四）Mathias Mayer: Die Grenzen des Textes. Zur Fragmentarik und Rezeption von Hofmannsthals Andreas-Roman. In: Études Germaniques 49. Amsterdam 1994. S. 469-492. および Hugo von Hofmannsthal: Andreas. Hg. von Mathias Mayer. Bibliographisch ergänzte Ausgabe. Stuttgart 2000. Nachwort. S. 127-148. こうした「反統合のロマーン」の筆頭に、マイアーはK・P・モーリッツのロマーン『アントン・ライザー』を挙げている。ホーフマンスタールは、『ドイツ読本』初版に寄せた序文の中で、モーリッツを一七五〇年から一八五〇年までの百年間に見出される「ドイツの偉大な散文家」の一人と認め、『アントン・ライザー』の一節を収録した。このロマーンについて、ホーフマンスタールは、ゲーテの『マイスター』と重なる題材を扱いつつ、そこから除外された「陰鬱な要素」を含むがゆえに、ジャン・パウルの文学と境を接する作品と評している。Deutsches Lesebuch. 2. verm. aufl. Hg. von Hugo von Hofmannsthal. München 1926, S. XII, 147-151, 336-337. また、同作品は、ホーフマンスタールが『アンドレーアス』執筆時に参照した文学作品の一つとして、覚え書き群の中にその名を留めている。SW. XXX. 186-187, N 291 および 187, N 292. 詳細は、本書第五章参照。

（五）Richard Alewyn: Andreas oder die Vereinigten. In: Über Hugo von Hofmannsthal. Vierte und vermehrte Auflage. Göttingen 1967. S. 128-130. S. 128.

（六）本書では、「フラグメント」を形式の名称として用い、そこに含められるべきホーフマンスタールのテクスト（批判版全集収録の『アンドレーアス』や『新しい小説』においてNやHを付されたもの）は「覚え書き」と呼んで区別した。また、ホーフマンスタール文学に見出されるフラグメントとロマーンの親縁性については、本書第二章で取り上げる。

（七）ブロッホによれば、ウィーンにおける政治の真空化は、絶対王政から市民民主主義への交替に失敗した一八四八年の革命にまで遡ることができる。Hermann Broch: Hofmannsthal und seine Zeit. Frankfurt a. M. 2001. S. 55-69.

（八）スティーヴン・ギャラップ『音楽祭の社会史』城戸朋子、小木曽俊夫訳　法政大学出版局、一九九三年、一八頁〜二〇頁。

（九）Das Publikum der Salzburger Festspiele (1928). In: RA III. S. 183-186.

（一〇）ホーフマンスタールのこうした態度は、たとえば『ヨーロッパの理念』（一九一七）に顕著である。「自我のこの上なく危険な狭小と堕落、万物の金銭への依存。金銭の覆い隠された影響。行為の疑わしさ。ドイツ語でhandelnという語が、一方では「行動する」、他方では「商売する」を意味するのは特徴的である。あらゆる力関係が金銭と置き換え可能になる。存在の結び目としての、黒魔術の担い手としての金銭。金銭の問題においては、あらゆる人が自らの信念に反して行動するのが見られる。（略）現代における金銭渇望の最大限の先鋭化と蔓延。精神の病気、これにとある精神の機敏が照応する、この現象にも抑制が必要である」、あるいは「二つのローマ帝国の土地に住まいつつ、共同の運命および遺産を担うべく選び出された我々ドイツ人、スラヴ人、ラテン人――我々にとってヨーロッパはまことにこの惑星の基調となる色をなしている」(Gesammelte Werke. Reden und Aufsätze II. Hg. von Bernd Schoeller. Frankfurt a. M. 1979. S. 49-50, 54. 以下、RA II. と略し、頁数を記す)。

（一一）『ドイツ保守革命――ホフマンスタール／トーマス・マン／ハイデッガー／ゾンバルトの場合』青地伯水編　松籟社、二〇一〇年、二八頁。この書で指摘されているように、ホーフマンスタールの文化政策的活動にまつわる諸々の発言、とりわけ後述する『国民の精神的空間としての著作』を当時の政治状況へ適用すべきでないのと同様、特定の文学作品（たとえばノスティッツが指摘しているように、『塔』第一稿におけるジギスムントの別れの辞）と安易に重ね合わせるべきではない。Oswald von Nostitz: Zur Interpretation von Hugo von Hofmannsthals Münchner Rede. In: Für Rudolf Hirsch. Zum 70. Geburtstag am 22. Dezember 1975. Hg. von Rudolf Hirsch. Frankfurt a. M. 1975. S. 261-278, hier S. 262-263.

というのも、そこで提唱されているのは、ホーフマンスタールの文学活動全体を包括しうる「精神的空間」だからだ。その広がりについては、本書第三章で論じる。

（一二）Jeong Ae Nam: Das Religiöse und die Revolution bei Hugo von Hofmannsthal. München 2010. S. 151-162. このような主張に対し、既に一九七〇年代にルドルフは『国民の精神的空間としての著作』においてホーフマンスタールが提示した「社会」あるいは「国家」を同時代に支配的であった特定の政治志操、あるいは過去に存在した特定の社会体制へと還元されえない思惟的・ユートピア的なものと見なしていた。ただし、彼はこうした「全体なるもの」、「統一」としての理念的な共同体創出というホーフマンスタールの使命を歴史、すなわち市民社会の成立に伴って生じた危機――社会と個人を包括する絶対的秩序の喪失――から導き出したため、その成就はフランスにおいて実現している「環」のような、あらゆる対立を止揚しうる閉鎖的空間であると断定し、ドイツに開かれた別なる可能性について追求しようとはしなかった。Hermann Rudolph: Kulturkritik und konservative Revolution. Zum kulturell-politischen Denken Hofmannsthals und seinem problemgeschichtlichen Kontext. Tübingen 1971. S. 218. また、ペリッヒは、作品内在的先行研究には歴史的基盤が欠けているとする批判から、同時代の現象と、それに関するホーフマンスタールの公私に渡る言説、とりわけ書簡の詳細な分析を通じて、詩人が「オーストリア併合」、「反ユダヤ主義」、「ナチズム」といった政治的・社会的問題に対して明確な立場を表明しなかったことを実証し、時代への具体的影響を与えなかったミュンヘン講義の内容を理念的なものと見なしている。一方でペリッヒは、前述のルドルフ同様、二〇年代の危機的状況を強調するあまり、その精神的克服の試みに『国民の精神的空間としての著作』を位置づけてしまう。しかしながら、伝統的な三段階（あるいは三つ組み）の歴史モデル、すなわち「中世における統一状態」、「ルネサンス・宗教改革・フランス革命・ゲーテ時代における統一の断絶」、「保守革命という出来事において実現される新しい統一」の枠組みに当てはめる解釈は、ホーフマンスタールの思考および作品に見出されるダイナミズムを排除してしまう。Severin Perrig: Hugo von Hofmannsthal und die Zwanziger Jahre. Eine Studie zur späten Orientierungskrise. Frankfurt a. M. 1994. S. 175-176.『国民の精神的空間としての著作』については、本書第三章で改めて取り上げる。

（一三）Nam, a. a. O. S. 154.

（一四）Peter Christoph Kern: Zur Gedankenwelt des späten Hofmannsthals. Die Idee einer schöpferischen Restauration. Heidelberg 1969. S. 36.

（一五）Kern, a. a. O. S. 95-96.

（一六）マウザーが指摘しているように、対立と緊張を孕む多民族国家オーストリアの根幹をなすものとしてホーフマンスタールが見出したダイナミックな絡みあいから、『ヨーロッパの理念』（『文学に反映したオーストリア』とほぼ同時期の一九一七年に成立）の中で提唱されている「もはや個々の構成要素の統合ではなく、それらを並列的に貯蔵するシステム」（RA II. 47.）、すなわち多様なる地域が並存しつつ連関する場としての「ヨーロッパ」という概念もまた生じている。Wolfram Mauser: »Die geistige Grundfarbe des Planeten«. Hugo von Hofmannsthals »Idee Europa«. In: HJb. 2（1994）. S. 201-222, hier S. 217.

（一七）Claudio Magris: Der hapsburgische Mythos in der österreichischen Literatur. Salzburg 1966. S. 15. マグリスは終始ホーフマンスタールに「ダイナミックな価値よりも静止的な価値に優位を置く典型的なハプスブルク的態度」（220）を見て取っている。しかしながら、彼の文学に現れるダイナミズムは、こうした「ハプスブルク神話」の枠内に収まりきるものではない。本書第四章では『ナクソス島のアリアドネ』の分析を通じて、ホーフマンスタールが目指した「新しい神話」が静止へと向かわないことを明らかにする。

（一八）ゆえに、こうした国家の在り方を論じたエッセイのみならず、ホーフマンスタールの文学においてジャンル横断的に現れる「全体なるもの das Ganze」という概念は、ウンガーが『袖の下のきかぬ男』から導き出し、かつ敷衍したような「上と下、大と小、主人と従者」といった対立するもの同士の「調和的相互依存関係」を意味しない。Thorsten Unger: Die Bestechung des ›Unbestechlichen‹. Zu Art und Funktion der Komik in Hugo von Hofmannsthals Komödie. In: HJb. 18（2010）. S. 187-213, hier S. 194-195.「全体なるもの」が、失われた伝統的秩序の回復や維持ではなく、止揚されえない対立や多様性から生じ来るダイナミズムの中でのみ顕現しうる〈ありうべき全体〉を表していることは、本書の各章を通じて明らかになる。

（一九）Hans Sedlmayer: Verlust der Mitte. Die bildende Kunst des 19. und 20. Jahrhunderts als Symptom und Symbol der Zeit. 11. Aufl. Wien 1998. S. 40-48.

（二〇）Detlef Kremer: Prosa der Romantik. Stuttgart 1997. S. 101.

（二一）Kremer, a. a. O. S. 6, 12-32.

（二二）カール・E・ショースキー『世紀末ウィーン』安井琢磨訳、岩波書店、一九八三年、三八頁。

（二三）『古代の遺産』（一九二六）。

（二四）Richard Strauss, Hugo von Hofmannsthal: Briefwechsel. Hg. von Willi Schuh. 5. Auflage. Zürich 1978. S. 113. 20. 3. 1911. 以下、HS, BW. と略し、頁数および日付を記す。

（二五）HS, BW. 106 ff., 31. 10. 1910. ホーフマンスタールが『アリアドネ』についてシュトラウスに書き送ったのは一九一一年三月二十日のことである（HS. BW. 112 ff.）

（二六）一九一一年一月二十一日付父親宛て書簡。Hugo von Hofmannsthal: Sämtliche Werke. XXIV. Operndichtungen 2. Hg. von Manfred Hoppe. Frankfurt a. M. 1985. S. 61. Entstehung.

（二七）本書第四章参照。

第一章　円環——名指されえぬ中心——

I　アラベスク[二八]

ホーフマンスタールの作品には、時折不可思議な模様が現れる。いずれも『千夜一夜物語』に着想を得て書かれたものだ。[二九]一八九五年に発表された短篇『第六七二夜の物語』の主人公、日がな一日家財道具を愛でて暮らす商人の息子は、そこに浮かび上がる意匠の数々に情熱を寄せる。

彼は絡みあう模様のうちに、世界という絡みあう不思議の魅惑的な姿を認めた。動物の形や花の形、花が動物に変わってゆくところを見、海豚、獅子、チューリップ、真珠、アカンサスを見た。円柱の重みと、それに抗う堅固な土台の争いや、あらゆる水が昇っては落ちてこようとする様子を見た。運動の至福や静止の崇高、舞踏や死が見出された。花や葉の色、野獣の毛皮や様々な民族の顔の色、宝石の色、荒れ狂い、また静かに輝く海の色が見えた。[三〇]それどころか、月や星々、神秘な球や環、それらに掛かる熾天使の翼が見出されたのだった。(XXVIII. 15-16.)

あるいは、ホーフマンスタールが手がけた同名オペラのリブレットを自ら書き改めたメールヒェン版『影のない女』では、狩の最中神秘な洞窟に迷い込んだ帝の眼前に、一枚の絨毯が延べられる。

帝は、かつてこのような織物を目にしたことはなかった。そこでは三日月、星辰、蔓草と花々、人間と動物が互いに溶けあっていた。(XXVIII. 146.)

花々が動物たちの中へと溶け入り、美しい蔓草の中から狩人や恋人たちが身をよじらせて現れ出た。その上を、鷹が天翔ける花のように飛び、すべてのものは互いに絡みあったまま、一は他に纏れ込み、全体は限りなく壮麗であった。（XXVIII. 147.）

これらの描写は、アラベスクという名で知られる装飾を思い起こさせる。アラベスクとは、弧を描く線によって表されたイスラム芸術の模様を指す。十六世紀末のヨーロッパで受容が始まって以来、この模様は、壁面、舞台、庭園装飾といった周辺的かつ限られた分野で用いられていたが、十八世紀を境として、あらゆる芸術に当てはまる美学的な基礎概念へと昇格した。その際、造形芸術から文学へという媒体の変遷が始まったのは、まさしくメールヒェンという形式だった（三二）。というのも、そこでは、自然の法則に縛られない抽象化された模様が、現実の地平を離れた空想の遊戯と、さらには同じくアラビアからもたらされた『千夜一夜物語』——西洋とは異質な現実に根ざした物語——と容易に結びついたからだ。したがって、ホーフマンスタールが著した二つのメールヒェンの中にアラベスクが現れたとしても、大した不思議はない（三三）。ただし、物語に東洋風の装幀を施すための縁飾りとしてだけではなく、作品を貫く美学的な原理としても現れてきたのだ。それは、ホーフマンスタールの手になる二つのメールヒェンにおいて、それらの中心に置かれていたものを次々と無効にしてゆく。第一に、意味からの解放によって、意味づける者が意味づけられるものに対して保っていた優位を剥奪し、第二に移行状態の強調によって、硬直へと陥りかねない作品の完全性、ひいては完結性をも揺るがすのである。

1　意味からの解放

アラベスクについて最も早い時期に論じた人物の一人に、K・P・モーリッツがいる。ゲーテがアラベスクを造形芸術、あるいは単なる装飾形式と見なしたのに対し、モーリッツは、伝統的なアラベスクの外観を描写する一方で、この形成物を過剰に解釈しようとする態度に警告を発する。[三三]

獣―仮面―唐草模様―カメオ―壺―トロフィー―セイレーン―大小の胸像柱―サテュルスたち―小さな楯―蛇腹―パピリオン―武器―昆虫等々が、この上なく見事に溶け合って連関の中に見出される。

それにもかかわらず、ここでもなお全てがある統一へ向かって並ぶ――我々がここで上っているのは、いわば存在の梯子なのだ――美しい迷宮、そこでは目が消えうせる――

我々は、この組み合わせを、全てを解き明かさんとする神聖文字のごとく見なさぬように心せねばならない――これらの連関の幾つかにおいては、ある種の意図が見出されるだろうが――しかし、多くは気まぐれの産物にすぎなくもある――そうしたものにおいては、さらなる解釈は不可能であり、空想の気ままな戯れが、自らの周りを巡っている――

楽しませる[三四]という以外に、いかなる目的も持たないがゆえに、いかなる法則にも縛られないことこそ、装飾の本質そのものだ。(SAP. 211.)[三五]

モーリッツの論文において、アラベスクは、ともすれば創造者の意図や観察者からの意味づけから逃れて行ってしまう。「空想の気ままな戯れ」の中心を占めているのは、意味づける者ではなく、「自ら」だ。これに、解き明かされうるものとしての「神聖文字 Hieroglyphe」が対置されている。かような神聖文字が、ホーフマンスタールの『手紙』にも現れる。そして、そこで語られるチャンドス卿の体験は、『第六七二夜の物語』における商人の息子や『影のない女』における帝の運命と重なりあう。すなわち、意味を与えることによって、あらゆるものを自らに関連づけようとする者が辿った末路と。モーリッツのみならず、ホーフマンスタールにおいてもアラベスクの賞揚と神聖文字の否定は表裏一体をなしている。したがって、メールヒェンにおける前者の展開を見る前に、後者を『手紙』で確認しておきたい。
「これは、バース伯の次男たるフィリップ・チャンドス卿が、友人フランシス・ベーコン、すなわち後のヴェルラム男爵にしてセント・オルバンス子爵に宛てた手紙であり、文学活動を完全に放棄することを詫びたものだ[三六]」という前置きから始まる『手紙』の中で、チャンドス卿はかつて自らが温めていた創作の「計画」を以下のごとく称している。

> 私は、古代の人々が遺した寓話や神話といった、画家や彫刻家がむやみやたらに好む物語を、密かな汲み尽くせぬ知恵――その息吹を時折ヴェールの奥に感じるように思う知恵の神聖文字として解き明かそうとしていました。（XXXI. 46-47.）

この箇所に続いて述べられる具体的な「計画」の数々は、手紙の受取人に指定されたフランシス・ベーコンの著作に基づいている[三七]。つまり、チャンドス卿におけるそれらの挫折とベーコンが実際行った著述活動を対比させることによって、両者の距離が炙り出される仕掛けだ。だが、この構図に加え、ベーコン、つまりチャンドス卿が訣別を告げようとしている人物は、神聖文字がもてはやされた時代にあって過激な「形象 das Bild」批判を行ったという事実を考慮しなければならない[三八]。神聖文字をはじめとする形象を退けようとするベーコンの主張は、文字の優位に基づいている。というのも、文字は二つの点で形象に勝っているからだ。それが、直接性と保存性である。造形芸術作品、すなわち二次元および三次元的なイメージは「過ぎ去ったもの」の写しにすぎず、しかもその物質性ゆえに時間の浸食を免れない。これに対し、文字は非物質性がもたらす透明さによって書き手の「精神の真正のメディア」となり、時間を越えて読み手の精神に働きかけることができるのだという[三九]。

ベーコンが批判したように、『手紙』において神聖文字は一種の「ヴェール」となってチャンドス卿の目から真理を覆い隠している。しかし、あまたの形象とは異なり、神聖文字の透明性は「解き明かす」ことによって回復されうる――と少なくとも「計画」を立てた時点のチャンドス卿は信じていた。彼にとって「すべてのものが比喩であり、いかなる被造物も他の被造物の鍵であるかのように予感し、自分が次々と真髄をとらえ、それを用いて開きうる限り多くの被造物の真髄を解き明かすに能う者であると感じていた」（XXXI. 48.）のだから。彼は被造物の「真髄」、つまり隠された意味を発見し、関連を生じせしめるが、それは彼の主体に基づいて成立している。要するに、意味づける者として、意味づけられるものである事物を〈判断〉し、自らに〈関連づける〉のだ。被造物は、チャンドス卿の精神の表出たる「神聖文字」となる。

しかし、確信は脆くも崩れ去った。チャンドス卿は、自分が「慣習という何でも単純化する眼差し」に従っていたにすぎないと悟る。そこには、彼の「個人的要素」は関わっていない。彼が立っていると思っていた中心は「空」であり、概念の「輪舞」は彼を閉め出したまま「空」の中心を巡り続ける。チャンドス卿によると、「渦」は、もはや概念によって包括されえなくなった無数の言葉が寄り集まって形成した「目」を言い換えたものであった。この「目」は、見る者を「精神的硬直 die geistige Starrnis」へと陥れる虚ろな中心だ。「神聖文字」を解き明かすとは、すなわち被造物を人間の言語という硬直した体系に組み込み、意味へと貶める作業なのだ。〈解き明かされうるものとしての神聖文字〉に背を向けたチャンドス卿が向かったのは、ベーコンによって退けられた「形象」だった。[四〇]

如雨露、畑に置き去りにされた馬鍬、日向の犬、みすぼらしい墓地、身障者、小さな農家（XXXI. 50.）

ある日の夕方、胡桃の木の下に園丁が置き忘れた半分水の入っている如雨露、木の陰になった水、暗い水面の端から端へと泳ぎ渡ってゆく水すまし（XXXI. 51.）

犬、鼠、甲虫、曲がった林檎の木、丘の上の曲がりくねった馬車道、苔に覆われた石（XXXI. 52.）

チャンドス卿が「言い表せない良い瞬間」のために並べた「つまらない組み合わせ」、「取るに足りない被造物たち」を、アスマンは「モデルネの神聖文字」と呼んでいる。[四一] 事物は自らを縛り付けていた言語、すなわちそれを用いる主体に基づいて成立した価値体系から解き放たれ、新たな連関を形成する。「拡大鏡」(49) を覗き込んだように、詩人の眼前に迫ってくる個々の事物は、事物そのものでありながら、同時に事物以上のものなのだ。こうした事物への過剰な接近、さらには没入によって、これまで注意を向けられなかった既知のものが未知の細部として立ち現れ、それらの間に全く新たな全体、すなわち「連関の世界」が形成されうる。[四二]〈解き明かされうるものとしての神聖文字〉においては、意味づける者が、意味づけられるものの中心に立っていたのに対し、形象の連なりにおいては、あらゆるものを関連づける者としての主体[四三]が退けられる。もっとも、ここで問題となっているのは、事物に対する一方的な支配から同じく盲目的な奉仕への移行ではなく、[四四] 主体と客体、現前する個々の事物とありうべき連関の世界を相互に移行させうる〈何か〉、その運動を可能にせしめている〈何か〉だ。

チャンドス卿は、前述の形象を並べ立てた後、自らが「これらの生き物の中へ流れ込んでゆく」ことによって、事物を己に関連づけるのではなく、自らをも貫いて流れる「流体 ein Fluidum」の一部となる。事物との「途方もない関わり」(51) が、「全存在に対する新しい、予感に満ちた関係」(52) を拓くのだ。この「流体」もまた「渦」をなしており、チャンドス卿はその中心へ導かれてゆくように思う (54)。しかし、「良い瞬間」にのみ現れる「流体」は「渦」の一部を露にするだけで、次の瞬間には消えてゆく。中心は暗示されるのみで、実際には到達されえない。非現実話法が示す通り、我々が「全存在に対する新しい、予感に満ちた関係」へと完全に足を踏み入れることは不可能だ。だが、それだからこそ、完全なものとして現れえない「渦」は言語の「渦」とは異なり、硬直とは無縁なままである。

2　充溢と統一

意味からの解放と並んで、アラベスクにおける充溢と統一という要素はホーフマンスタールの創作メールヒェンにとって重要だ。というのも、彼は『千夜一夜物語』をはじめとする多様な作品——ゴッツィの『蛇女』および『鴉』、シカネーダー／モーツァルトの『魔笛』、ゲーテの『魔笛第二章』および『新メルジーネ』、フェルディナント・ライムントに代表されるウィーンの民衆演劇（特に『精霊王のダイアモンド』）、フリードリヒ・ド・ラ・モット・フーケの『ウンディーネ』、ハウプトマンの『沈鐘』、シュティフターの『独り者』および『森ゆく人』、ハウフの『冷たい心臓』、グリム童話集の『忠臣ヨハネス』から集められた素材の多彩さ（人間と精霊の愛、試練と浄化、不妊、影の売買、石化）(四五)を損なわずに「一つの完全なる世界 eine ganze Welt」（HS, BW. 303.）(四六)を作り出そうとしたのだから。その際、多へと展開しながら同時に一へと収斂してゆこうとする運動が、『影のない女』において円環状のアラベスクとなって現れてくる。それは、あらゆるものを関連づける中心が想定されているにもかかわらず、実際にはそれを捉えられず、無限に延びてゆく閉じない円だ。

既にモーリッツは前述の論文において、充溢と統一がせめぎあうアラベスクを先取りしていた。「獣―仮面―唐草模様―カメオ―壺―トロフィー―セイレーン―大小の胸像柱―サテュルスたち―小さな楯―蛇腹―パビリオン―武器―昆虫等々」と描写されているように、この模様において繰り広げられているのは、形象から形象への絶え間ない移行だ。始まりと終わり、上下左右も定かではない。ところがモーリッツによれば、混沌は、ある統一へと向かって並んでいるという。それは文字通りの「迷宮」——内部を行く者に既視感を与え、混乱に陥れるために、同一の構成要素を反復する建築物の特徴をも思い起こさせる。(四七)

モーリッツは、アラベスクの中では「多様性が支配的なものである」と認めながらも、それらすべてを止揚せんとする統一性を断念せず（SAP. 212.）、進展的移行と静止的調和という相反する二つの原理が引き起す摩擦を、直線ではなく中心を持ちつつ無限に循環しうる円に収斂させようと試みている。無限にして多様なるものへと解けてゆく連なりではなく、それらが等しく関連づけられうる中心を備えた全きものとしての円だ。そこでは、従来アラベスクにあっては放棄されていた、ある種の完結性が要請されている。アラベスクは「自らの周りを巡っている」、すなわち自らの内部に中心を持つものとして、外部から切り離された自律的な「一つの全体」を形成するのである。[四八] ただし、現実にはこの中心が特定されることはないので、円はありうべき点を求めて巡り続けねばならない。[四九] 捉えられない中心を巡って、円の輪郭そのものも無限にずれてゆくのだ。

　こうした到達不可能なものを巡る運動を強調したのは、初期ロマン主義者たちだった。というのも、彼らのプロジェクトである「進展的普遍文学」には、普遍への要請が体系的な完結へと向かわないことが示されているからだ。この理念の下にある限り、あらゆるロマン主義のテクストは、普遍への無限の接近、すなわち開かれた過程としてのみ理解されうる。[五〇] しかしながら、アラベスクは多様なものへと解体してゆくだけではない。というのも、そこには統一への志向が存在するからだ。F・シュレーゲルは綜合的なものでありながら「無限の充溢への志向」[五一] であるアラベスクを、人工的に組織された詩的な繁茂と見なした。[五二] これは、「人工的に秩序づけられた混乱、矛盾の魅力的な対称」[五三] であり、混乱はより高次の秩序を暗示している。[五四] また、ノヴァーリスは『青い花』の中で「あらゆる文学において、混乱が秩序の規則的な紗を通して輝いていなければならない」[五五] と述べ、構成の統一性と素材の多様性を二つながらに希求した。統一されつつ豊かになってゆくという一見矛盾しない要請が成就されえないのは、その根底に前述の進展的移行と静止的調和の対立が存在しているためである。

　こうしたアラベスクにおける充溢と統一の表現を、ホーフマンスタールは自らの創作メールヒェンの源泉となった『千夜一夜物語』に見て取っている。[五六] かの物語に鏤められた「比喩 Trope」は、そのすべてが幾重にも解釈可能であり、すべてが浮遊した状態にある、と述べられている。ところが、こうした多義性は「太古の根源 uralte Wurzeln」(RA I. 364.) から派生してきた。比喩においては、

　かすかに移行してゆくうちに、すべてが根源から離れ、それと似た新たな意味や、もはやほとんど似たところ

のない意味に変わってしまっている。それにもかかわらず、もっとも遠い意味の中にも、なおいくらかその言葉の始原の音が響いており、まるで曇った鏡に映したかのごとく、最初に感じた「形象 Bild」の影が射しているのだ。(RA I. 365.)

「形象」は、直接外的な現実を担わず、主体の内面にのみ映し出されたもの、つまり薄明、あるいは精神の薄明とも言うべきまどろみや心神喪失の中に見出される像とは異なり（五七）、転移を繰り返すうちにおぼろげになってゆくものの、最後まで輪郭を失いはしない。むしろ完全に輪郭が失われないからこそ、繰り返される転移が露になってゆくのである（五八）。形象が輪郭を失わないように言語を用いる限り、「流体」の分節化は避けられない。ホーフマンスタールは、あくまで言語表現にとどまりつつ、その限界を超えてゆく何かを捉えようとした。かつてチャンドス卿が行ったように、ホーフマンスタールもまた比喩において眼前に存在する事物を手当たりしだいに数え上げ「模倣」しているのではなく、一つの形象を満たしては溢れ、別の形象へと流れ込んでゆく「流体 ein Fluidum」を描き出そうとする。そこに見出されるのは、あらゆるものを呑み込む濁流というよりも、その中に形象の輪郭が透けて見える透明な流れだ。この流れに満たされることにより、事物はそれ自体でありながらそれ以上のもの、つまり無限なる連関を一時的かつ部分的に顕現させるための「器」となりうるのである。「流体」は「良い瞬間」と共に消え去り、後に残された形象の連なりは生命を失う。だが、それは再び現れ、また別の形象へと流れ込む。変幻自在な「流体」によってもたらされる言語表現の無限なる多様性に目を奪われるチャンドス卿に対して、ホーフマンスタール自身は、多様性が生じ来るところへ、一見ばらばらな形象を繋ぎとめている根源へと思いを馳せてゆく。ゆえに彼は、シェヘラザードの背後に存在する複数の語り手が織りなす複雑怪奇な『千夜一夜物語』にも、「まるで一つの魂から生まれたような一つの詩、一つの全体なるもの、一つの世界」(RA I. 363.) を見て取るのだ。

ホーフマンスタールは『千夜一夜物語』から数々のモチーフを借用し、多彩な比喩に導かれるまま昏い夜の世界から明るい昼の世界へ、バグダッドやバスラの街角からオーストリアの農家の中庭へと辿り着く「快楽の迷宮 ein

Irrgarten der Lust」(RA I. 369.)を建てようとした。しかしながら、入口に立った時には概観可能だと思われた全体は、入り組んだ路を歩む内に失われてゆく。見通しのきかぬ薄闇の中で迫り来る細部への注視と、ありうべき全体を俯瞰する幻視が交錯する迷宮としてのアラベスクこそが、『影のない女』だ。

II　二つのメールヒェン

1　意味づけと忘我

ホーフマンスタールが描き出すアラベスクは、いずれも閉ざされた空間における美の享受と結びついている。『第六七二夜の物語』の主人公である商人の息子は、若くして自ら社交の場を退き、屋敷に引きこもる。彼が飽かず眺める品々は、亡き父から受け継ぎ、今や己の手中に収めた財産にして「人類の大いなる遺産」である。商人の息子は、それらの装飾、あたかも世界の秘密を絡め取ったかのような模様を目にしては、その中に湛えられた美から深遠な意味を汲み取る遊戯に熱中する。また、『影のない女』に登場する帝は狩の途上、羚羊に姿を変え野山に遊ぶ精霊王の娘を捕え、宮殿へと連れ帰って妻とした。その後、妃を狩った折自らの失策によって手離してしまった「赤い鷹」の探索に赴くと、そこで出会う「絨毯の円や絡まりに似た」子供たち――実は帝と妃の間に生まれるよう運命づけられている「未生の子供たち」に向かって、「わたしが望むものを手に入れるのは、常日頃のことです」と叫び、我が物にしようと企てる。彼らが求めているのは、所有を通じて他者から悦楽を貪る行為であり、結局は満たされた自分自身を享受する行為に他ならない(五九)。

商人の息子と帝――これら二人の登場人物は固有の名を持たず、己に与えられた役割に相応しい振舞いをする。とりわけ前者に与えられた名、「商人の息子」は、故人となった「父／商人」および彼から受け継いだ遺産に依存した生き方そのものを物語っている(六〇)。しかも、二人が憑かれた所有欲は、財物を譲り受けるだけでは満たされない。彼らは飽くなき情熱をもって新たな人や物を手に入れようとするし、譲り受けた所有物において、「閉ざされた不可思議な世界の謎めいた言語」（XXVIII. 18.）を解読するかのごとく、改めて自分だけの価値を見出し、胸の奥深くに仕舞い込むのだ。商人の息子は、家政を取り仕切る老女に幼年時代の懐かしい思い出を結びつけ、亡き母を偲ぶよすがとする。彼女の娘は商人の息子の乳母であったが世を去っており、他の子供たちもすべて亡くなっていた。老女は、周囲の死によってあらゆる変化から隔絶され、堆積する時間の重みを受けて石と化した記憶を幾つも抱いており、近い将来自らもその一つとなるであろう者だった。他にも、遠目には美しいと思われない女中の造作に細部の美しさを見て取り、ペルシア王使節の宴では、談笑に興じる他の客たちをよそに、ある下男の有能さに目を留め、後日雇い入れる。こうした「深遠な意味」の発見あるいは再発見は、所有物への一方的な価値観の押し付けによって、己を特権的な地位へと引き上げ、「秘めた人間としての至らなさ」（XXVIII. 19.）を覆い隠す行為に他ならない。

しかし三人の召使は、主人が――かつて被造物の真髄を解き明かすことができると信じていた頃のチャンドス卿と同じく――あらゆるものを自らに関連づけようとする態度から逃れてゆく。老女は、死んでしまった自らの子供たちの代わりに、遠縁の少女を手元に引き取る。少女が見せる打ち解けない不機嫌な表情、突然窓から中庭目がけて身を投げるという不可解な行動は、もはや自らの意志で生者の期待を裏切ることなど不可能となった思い出の中の死者たちとは異なり、商人の息子の充足を妨げる。その上、「あの娘は、ここにいたくないのではないか」という問いかけに対する老女の返答、「そのようなことはございません」は、商人の息子にとって理解しがたいものであり、既に硬直した記憶の一部になりかけていた彼女を、不安な変化の中へ連れ去ってしまう。女中にしても、息子は、せっかく見つけ出した彼女の「非常な美しさ」（XXVIII. 20.）が、決して自らの手に入らないと自覚している。彼が読み解こうとした「閉ざされた不可思議な世界の謎めいた言語」は翻訳不可能であり、別の何かと完全に置き換えられはしないのだ。彼は、部屋から路地、河岸へとさまよい出てゆき、女中の「美しさ」と等価だと思われる花や香料といった品々を探し歩くが、ついに求めるものと出会うことはない。下男に至っては、商人の息子が愛する類まれなその資質が、匿名の中傷によって貶められてしまう。名乗りもせず、目的も告げない手紙の真意を、商人の息子は測りかねる。しかし、彼は気づいているのだ。手紙が暴こうとしているのは、下男の罪ではなく、召使を高く評価した商人の息子の「至らなさ」だと。ゆえに彼は、自分が所有するすべての財産を卑しめられたと感じたのである。

　帝はというと、手ずから狩った精霊王の娘を、先代の帝から継承したであろう財宝の一つに加える。その際様々な要因――狩に伴ってきた赤い鷹の助力や、一時身体を借りた獣を狩人から守りたいという妃の願い――が重なりあった結果とはいえ、最終的には帝が狙いを定めた獲物の正体を見破ったところに、商人の息子と同じ所有の手続きが生じてくる。帝は、自分が今にも槍を投げつけようとしていた羚羊の瞳から、獣の皮に覆い隠された真の姿を読み取り、我が物とすべき美しい乙女を引きずり出したのだ。人間界の理を超越した精霊の姫に、彼は「妃」という名を与え、彼女がそれ以外の何者かとして在ることを許さない。帝が望むのは、最初の出会いにおいて見出した乙女としての妃であり、動物に化身する精霊の能力はもちろん、子を産み、母となる彼女の未来すらも拒み続ける。ところが、帝の留守に、妃は王宮から忍び出てゆく。与えられた「妃」の身分を捨て、下賤な人間に仕える彼女は、帝の理解が及ばぬ存在へと変容する。「君は、お妃さまの書状を懐に抱いていらっしゃいますが、それをお読みになれはしないのでございます」(XXVIII. 155.) という未生の子供たちの嘆きは、やはり帝の「至らなさ」に対する告発だ。

　商人の息子と帝は、あらゆる他者にとっての中心であろうとする。[六一] 彼らは、手に入れた美麗な品々や、それらと同列に扱われる人々を周囲に並べて壁と成し、外界から遮断された快適な空間を築き上げた。だが、そこから逃れられない囚われの身は、所有物ではなく、むしろ彼らの方だった。屋敷や宮殿の外に出て行っても、背後に閉じ込めてきたはずのものたちが、その似姿でもって追いすがってくる。老女は緑柱石の飾りに、女中は金鎖に、老女の遠縁だという少女は不気味な幼女に姿を変え、次々と商人の息子の行く手に現れる。彼を町へと赴かせた下男、匿名の手紙により「何か忌まわしい罪」を犯したと告発され、主人に事の真偽を確かめさせずにはおかなかった男は、正体の摑めない非行を介して、幼い頃の記憶――一枚の金貨を持っていながら、どこでそれを手に入れたか言おうとしなかったので人々から脅され、不安に顔を引きつらせていた男の顔――と交わり、最後には醜い馬となって彼に死をもたらす。[六二] 他方、帝は妃の面差しを宿す未生の子供たちに囲まれて、石と化してゆく。

四方の壁が寄りあい、扉が消え、部屋は環の形になった。天井が開き、星々がのぞいた。人影も消えうせ、中央には帝の立像だけが残った。（XXVIII. 157.）

商人の息子にせよ、帝にせよ、所有者たちは自分たちこそが所有物に存在の意味を与えていると思い込んでいた。けれども、実際は所有物によって辛くも存在を保っていたにすぎないという事実が明らかになる。所有が脅かされ、失われようとするとき、所有者は無に帰すか、あるいは真空の中に取り残されてしまう。『第六七二夜の物語』に挿入される「昔の偉大な王」の逸話が、彼らの置かれた立場を簡潔に物語っている。広大すぎる領土は現実には統治不可能であり、そこから得られるのはただ「これらの国々を征服したのは我にして、我こそが王である」（XXVIII. 22.）という空疎な誇りだけなのだ。他者を意味づけること、他者の中心であることを断念しない限り、彼らが所有という呪縛の圏内から出る術はない。

しかし、『影のない女』では、商人の息子や帝の自己享受とは異なる美の在り方についても述べられている。未生の子供たちの一人、機織の乙女は、「そなたはいかにして、かくも完全無欠にこのような模様を描き出せたのか」と問う帝に向かって「私が織物をいたしますときは、布地から美を隔てるようにいたします。五官にとって誘惑となるもの、愚かしさと堕落へとおびき寄せるものを、捨て去るのでございます」（XXVIII. 147.）と語りかけ、絨毯の装いが、それを享受する者のために生じるのではなく、ゆえに所有を欲する手からすり抜けてしまうのだと教えている。彼女の言葉によれば、美は受容者の五官に働きかけ、その充足に寄与するという役割に甘んじてはならない。それは「完全無欠さ die Vollkommenheit」と同義であり、己の存在を他者に負うてはいないのだ。

2　解けた円環

アラベスク模様が織り込まれた絨毯を、乙女はいささか奇妙な形に仕上げようとする。

もしもこの絨毯が、あなたにご満足いただけるよう願っております粗餐の席で、おみ足を乗せるにふさわしいものになるとすれば、縁の糸が断ち切られてはならず、最初の糸と結び合わされねばならないでしょう。（XXVIII. 146.）

彼女がこう語るとき、織物は帝の敷物に供するという現実的な目的に従っているのではなく、「一つの完全なる世界」たろうとする作品を体現している。そして、自らの内部に中心を持つ全きものは、自らの外にあって、我こそは中心であると主張して譲らない存在を引き攫ってしまう。洞窟へと足を踏み入れた帝は、何にもまして絨毯の模様に目を奪われ、しばし忘我の状態に陥る。そのわずかな間ではあるが、彼は、美――ここでは、それ自体が一つの全体を形成しているもの――と対峙する際、対象を自らに関連づけるのではなく、自らを対象に関連づけようとする態度、アラベスクの自律性について述べたモーリッツが、『自らの内部で完成したものという概念の下に美に関するあらゆる芸術と学問を統合する試み』において自律的な美の在り方について述べた「利己的でない愛 die uneigennützige Liebe」（SAP. 5.）と呼ぶ境地に近づいてゆく（六三）。

あらゆるものを自らに関連づけずにはおられない帝に対し、乙女の妹が口にする言葉「奉仕は支配への道でございます、他に道はございません」（XXVIII. 151.）は、二様に解釈されうる。一つは妃が体現する道徳的な関係だ。彼女は、帝と結ばれ人間界で暮らすようになった後も影を持たぬ異形の存在であり続けていたが、物語の冒頭でその理由を知ることとなる。彼女の愛する帝は、死すべき人間の身でありながら精霊の娘を妻としてしまったために呪いを受けていた。妃が一年と三日の内に影を得られなければ、帝は石と化してしまうという。精霊界から付き従ってきた乳母から影を手に入れる方法を聞き出した妃は、言われるがまま人間から影を買い取ろうとする。彼女は最初、影を手に入れる対価として、取引相手と定めた染物屋の女房に奉仕する。しかし、目的の達成と引き換えに女房の、そして彼女の夫バラクの幸福を犠牲にしなければならないという罪の意識が、妃にそれ以上の償いを要求する。未生の子供たちの一人が帝に語る戒めは、繰り返し妃の口にのぼる言葉「わたしには、責任があるのです」と響きあい、そこから他者のために自らの望みを断念した場合にのみ求めるものが得られるという逆説が導き出される。

他方、「奉仕」は、チャンドス卿が予感した生命なき事物に対する新たな関係をも含んでいる。絨毯のアラベスク模様に似ているとされた「見物」、未生の子供たちが帝の前で行う給仕や余興は、見ている者のみならず、行っている者の意志とすら関わりなく進んでゆく。すべてを掌握しているかのような主膳の頭もまた、この演目を切り上げたり、また引き伸ばしたりする権限は持ち合わせていない。機織の乙女は、帝に語りかける。

織物をいたしますとき、私はわが君の御目がご覧になられるときのごとくにいたします。私は在るものを見るのでも、また在らぬものを見るのでもなく、常に在るものを見ております。それに基づいて織物をするのでございます。(XXVIII. 147.)

この「常に在るもの」とは、模様のように直接布地の上に現れるものではなく、環という織物の構造によって示唆されるもの、機を織る際乙女が従うべき〈何か〉である。乙女は、目の前に広げられた絢爛たる敷物ではなく、そこに現れない〈何か〉を見るよう帝に促しているのだ。それと同時に、彼女の謎かけは、帝に供された食卓で起こっている説明のつかない出来事とも合致する。帝と向かいあう空席の左右で、子供たちが給仕を行っているのである。彼らの言葉の端々から、空いたままの座を占めるべきは妃であることが察せられる。不在でありながら客人として遇せられる妃の在り方は、先に述べられた中心との密接な関わりをうかがわせるに十分だ。

他にも、『影のない女』には、自律性あるいは完全性へと読み替え可能な円環のモチーフが散見される。人間の世界と境を接していながら、「どこにも始まりが見出されず、終わりは始まりと結び合わされている」(XXVIII. 141.)山々に護られた精霊たちの住まう異世界、自然の法則に服さず「山の奥深くへと遡って戻ってくる」(XXVIII. 182.)黄金の水(生命の水)が、その例だ。いずれの場合も中心は明らかになっておらず、輪郭が示されているのみである。このうち精霊界については、妃の父カイコバート王の名が浮上するものの、彼自身は決して姿を現さず、その存在は不在の形で暗示されるにとどまっている。しかし、完成された輪郭こそ、円を円たらしめている中心が内部に現存するという何よりの証となる。それを端的に表しているのは、かつて妃に与えられていた変身の能力である。彼女は、「わが身から動物の体の中へ潜り込む力」(XXVIII. 111.) によって「教えられなくとも己の道を見出すことができる」(XXVIII. 113.) 羚羊、鳥、蝮などに宿り、再び自らの身体へと戻ってくるのだった。ところが、変身の能力と、その力を与えていた護符は、精霊界を離れて人間の手に帰した彼女から失われてしまう。こうして自ら不動の中心たろうとする帝と運命を結び合わされた妃は、一時自らの肉体どころか居城の「青の宮殿」からも出られぬ境遇に陥った。彼女の手に護符を返し、王宮の外へ導くのは赤い鷹——未生の子供たちの一人でありながら、遥かな高みより俯瞰の眼差しでもってすべてを見通す者である。様々な試練を経た後、妃は精霊界に帰還する。そこは、帝と邂逅した場所であると同時に、父王から変身の秘法を授かった場所でもあった。

まるで囚人のごとく、自らの身体の中に閉じ込められているように思われた。思わず妃は護符に手を伸ばした。一筋の澄んだ光のように、妃の心を貫くものがあった。彼女は、なぜ、そしていつから変身の能力が奪われてしまったのかを理解した。しかし、このように妃を罰した父は、これまでよりも彼女に近しかった。その近寄りがたさの中に、妃は父を感じた。妃の額には父の面影が輝いていた。(XXVIII. 183-184.)

始まりの場所に引き戻されることによって、妃が辿った軌跡は一つの円、精霊界を支配している法則を描き出す。このとき彼女は、偽りの中心であった「青の宮殿」から解放されたにもかかわらず、顕現した別の中心カイコバート王に逃れがたく縛り付けられているのだった。

これらのモチーフに対し、作品全体は、複数の登場人物、分岐する筋、並列する場面といった多様なものの中から、その全てを統一する点を見出し、そこから輪郭を確定する作者の試みとして読まれうる。『影のない女』の登場人物において、まず円環の中心に存在する者として現れるのは帝だ。というのも、立像と化した彼を押し包むように四方の壁が迫り、神秘な洞窟は出入り口のない円形の密室を形成したのだから。これが自己享受を許す唯美的空間であることは、前述の通りだ。帝は、妃が導き入れた黄金の水、彼とは別の中心（カイコバート王）を巡る流れ(六四)によって押し上げられ、唯一開いていた天井から外に脱出する。その後帝の石像が生命を取り戻したことに伴い、空間は中心を失って、事実上解体された。

　ところで、帝はすっかり石と化してしまう以前に、少しずつ身体の自由を奪われてゆく。環の形に仕立てられた敷物から冷気が立ち上り、彼の四肢を麻痺させていたのだ。絨毯は、「一つの完全な世界」を顕現させる一方で、硬直をもたらしもする。すなわち、円には完全性ばかりでなく、閉鎖性が担わされているのだ。常に同じ場所へ戻るよう要請し、あらゆる変化を退ける円の閉鎖性は、「瞬間と瞬間を量り比べる」（XXVIII. 110.）ことを知らぬ精霊たちが住まう世界の秩序に相応しい。そして一見すると『影のない女』は、まさしくこの織物を模して構成されているように思われる。物語を構成する章は、精霊界を取り囲み、人間の世界から隔てる「月の山」の数と同じ七つだ。ただし、精霊界の山々が領土の輪郭を描き出すだけであるのに対し、作品の方では全七章のちょうど真ん中、かの織物が披露される第四章が中心として提示される。むろん、これは単なる数字上の問題ではない。筋の連関においても、第四章を挟んで、ある種の対称が見出されるからだ。第一章（呪いの告知と「青の宮殿」からの出奔）と第七章（呪いからの解放と「青の宮殿」への帰還）。第二章（染物屋の女房の願掛け）と第六章（願いの成就）、第三章（妃による女房の誘惑者エフリートへの敵対）と第五章（妃による染物屋バラクへの奉仕）は、まさしく対称的に配されている。この章を軸に、「終わりが始まりと結び合わされ」、作品が閉ざされるはずだった(六五)。

　しかし、第四章には、ホーフマンスタールが「作中で最も重要な人物(六六)」と記した妃の姿がない。そもそもメールヒェンに先行して書かれたオペラ台本には、第四章に相当する内容が欠落していた(六七)。第二幕、すなわち三幕から成るオペラの中心部において、鷹を追っていた帝が辿り着いたのは未生の子供たちが住まう神秘の洞窟ではなく、彼が召し抱える鷹匠の小屋だった。ここで、影を得るべく「青の宮殿」を出奔した折妃が帝に送った書状——それを書く場面はメールヒェンにのみ挿入されているのだが――が帝によって読み上げられる。「鷹匠の家、人里離れた森の中／三日の間　そこが私の住まい／私の周りには乳母のみ――人間たちから離れ、世間から身を隠して――」（XXV. 1. 39-40.）。ところが、小屋に籠っているはずの妃の気配はない。茂みから様子を窺っていたいた帝は、彼女が夜になって乳母と共にどこからともなく戻ってくるところを目撃し、彼女の嘘と真実、すなわち下賤な人間への奉仕を知る。「作中で最も重要な人物」たる彼女自身が、自らの行為によって知らしめるのだ。これに対しメールヒェンでは、未生の子供たちが未だ来ぬ客人として彼女を話題にするのみである。

帝と未生の子供たち（帝と妃の間に生まれ来る子供たち）との対話と符合する場面、妃と未生の子供たち（バラクと女房の間に生まれ来る子供たち）との対話は第七章に挿入され、それまで第一章と呼応するかのように進んできた筋を断ち切ってしまう。第一章と第七章は共に、眠れる妃とその傍らに侍る乳母という場面から始まっている。前者においては、帝が石と化す刻限を告げるため、最後の使者が「青の宮殿」へと現れたが、後者では精霊界へと帰還した乳母の前に最初の使者が姿を見せる。それから、自らと女主人の運命を左右する人間に対する乳母の不安と、その人間を翻弄してやった結果得られた満足、目覚めた妃が彼女に命じる「影を手に入れて」と「償いをさせて」という正反対の内容が続く。さらに、王宮からの出奔に際しては道を知る者であった乳母は、故郷である精霊界に戻った途端に道を失い、物語の最初で精霊界から流れ出した黄金の水が、最後には戻ってくるといった具合だ。しかし、この直後、第七章では妃と子供たちとの会話が行われ、それを境に第一章との対応関係は見られなくなる。

妃は自らの不在を通じて、帝の自己中心的態度はもちろん、作品を閉ざそうとする力をも退ける。彼女、あるいは彼女によって引き起こされた他者の変化が、カイコバート王に象徴される精霊界の理を不確実性の中へと投げ入れるのだ。死の眠りから醒めた後、帝は、かつて取り逃がした鷹が天高く舞う姿を目にする。だが、あらゆるものを己に繋ぎとめておかなければ我慢ならなかった支配者の驕りは、今や影を潜めている。彼は自らの身体を妃の元に残したまま、旋回する鷹に没入する。陶酔に浸る帝の眼差しは、「青の宮殿」からやって来た迎えの行列をかすめたものの、翼の羽ばたきと共に広大な空をさまよい続ける。（六八）妃はといえば、こちらは現すらも離れ、彼方から響いてくる未生の子供たちの歌声に耳を傾けている。物語の時空間外から呼びかけてくる存在と結び合わされることにより、彼女の変化は、瞬間という永遠の中で変化とは無縁であった精霊が「人間になること ihr Menschenwerden」(HS, BW. 284. 25. 7. 1914.) を越えて、その先へと続く生そのものになる。

ここで物語は終り、一つの問いが浮かび上がる。彼らは、本当に「青の宮殿」への帰還を果たしたのであろうか。卑しい者どもが暮らす下界から隔絶し、所有物で埋め尽くされた壮麗な宮殿は、帝が石となって囚われていた部屋の相似形であり、自らが中心たることを欲しない者たちが戻る場所としては相応しくない。帝と妃を旧居まで送り届けない幕切れは、作品の完結性を静かに揺るがせる。本来ならば「青の宮殿」への帰還でもって締めくくられるべき物語が、異なる結末へと流れ着く可能性が生じてしまうのだ。たとえ、彼らが宮殿に戻ったとしても、もはやそこに留まることはできないのではないだろうか。こうした問いの前に、始点と終点は交わることなく、すれ違う。一時的に乱された秩序の積極的な回復が目指される「民話 Volksmärchen」の環状構造(六九)が、この「創作童話 Kunstmärchen」には当てはまらないのである。ホーフマンスタールは、作品の構成要素として帝をはじめ、カイコバート王、妃といった幾つかの中心を選び出してはみたものの、結局完全な円を描き出すには至らなかった。なぜなら、彼の文学は常に、とらえられないものを中心とする運動となって現れるからだ。

『影のない女』において、作品の中心として提示された第四章は二重に空洞化される。一度目は「中心人物」である妃の不在によって、二度目は精霊だった彼女が「人間」という不完全な存在となる、すなわち不変を具現化していた「青の宮殿」という始点にして終点となるべき場への帰還を保証しない結末によって、自律的かつ完全無欠な芸術作品を表わす円環構造が揺るがされてしまった。このメールヒェンにおいて、中心は放棄されていないが、それと目されたものの不在を通じて暗示されるにとどまる。こうした中心の在り方が、『影のない女』メールヒェン版執筆以前から書き続けられてきた『アンドレーアス』にはより顕著に現れている。後者において、主人公は「中心点」の予感を得るが、彼自身は「中心点」そのものではなく、またそこへ辿り着けもしない。それは作中の時空間内に直接現れない到達不可能な点であり、周囲を巡る螺旋運動によってのみ示唆される。そして、主人公が描き出す軌跡が作品に内在する運動の表出になっているのだ。この到達されえないにも関わらず想定され続ける「中心点」が、『アンドレーアス』にあっても、展開と完結、すなわち遺された膨大な覚え書きとありうべき全体としてのロマーンとのダイナミックな相互関係を生じせしめる。

また、中心の空洞化と並んで『影のない女』の完結性を考える際に重要な要素が、やはり『アンドレーアス』において問題とされる「相互作用的なもの」だ。ライアンはアレヴィンが提示したホーフマンスタールの作品に見られる四角関係の系譜（本書第二章参照）を基盤とし、妃らが迎えた結末を「相互作用的な解決」[七〇]と称した。それによれば、妃は精霊界と人間界という二つの世界に属する、いわば引き裂かれた存在（202）であり、己の内なる矛盾を染物屋の女房という他者との〈相互作用〉によって自覚する。というのも、不変の若さと美貌に固執する女房は、精霊界へ戻りたいという妃の密かな望みを体現しているからだ。この願望を犠牲にし、人間界を選び取った時、矛盾は「解決」され、自己同一性がもたらされる（205）。ライアンは、この「相互作用的な解決」を、一九一六年以降成立の『私自身について Ad me ipsum』に書き留められた『影のない女』に関する記述、「相互作用的なものの勝利」（XXXVII. 139）と同定している。しかし、ライアン自身も認めているように、作品の結末において存在の矛盾がすべて解消されるわけではない（206）。たとえば、自らが中心であることを放棄した帝と妃が未だ「青の宮殿」の主であり続けているという状況は、やはり『私自身について』に記された「社会的なもののアレゴリー」から連想される社会階層の問題——支配する者としての帝と妃、支配される者としての染物屋夫婦という補完関係に集約しきれるものではないからだ。「相互作用的なものの勝利」とは、本当に「解決」を意味しうるのか。この問いに対し、不変なるものを予感しつつ、それを担いうるのは絶えざる変化・運動のみであるという根本的な矛盾から逃れられなくなった者の運命を描いた『アンドレーアス』、そして対立する二つの要素の内どちらかを切り捨てたり、あるいは止揚したりするのではなく、両者が相互に作用し続ける運動として「相互作用的なもの」を提示する『ナクソス島のアリアドネ』との比較により、安定的な発展の構図から逃れてゆくホーフマンスタール文学の本質を明らかにする。「相互作用的なもの」については、本書第四章で集中的に論じる。

註

（二八）本章は『詩・言語』七二号（二〇一〇）所収の『アラベスクと円環——ホーフマンスタールのメールヒェンにおける中心点について——』を大幅に改稿したものである。

（二九）『千夜一夜物語』のフランス語翻訳が出版されたのは、一七〇四年のことである。Historisches Wörterbuch der Rhetorik. Bd. 5. Hg. von Gert Ueding. Tübingen 2001. Märchen の項（執筆者ハイケ・マイアー）参照。

（三〇）『第六七二夜の物語』および『影のない女』のテクストは、Hugo von Hofmannsthal: Sämtliche Werke. XXVIII. Hg. von Ellen Ritter. Frankfurt a. M. 1975. を用いた。以下、XXVIII. と略し、頁数を記す。

（三一）ワイマールの出版業者フリードリヒ・ユスティン・ベルトゥフは、一七九〇年に出版されたメールヒェン集（Blaue Bibliothek aller Nationen）第一巻の序文で、「あらゆる不可思議なメールヒェンや伝説、珍奇な物語や小説の蒐集」をアラベスクやグロテスクと称し、第二巻では、あるメールヒェンをヴァチカン宮殿の回廊に施された有名なアラベスク模様と比較している。Ästhetische Grundbegriffe. Historisches Wörterbuch in sieben Bänden. Bd. I. Hg. von Karlheinz Bark. Stuttgard 2000. Arabeske の項（執筆者ギュンター・エスターレ）参照。

（三二）これらのメールヒェンを執筆するに際し、ホーフマンスタールは『千夜一夜物語』から少なからぬ影響を受けている。ただし、『影のない女』が、そこから挿話や数々のモチーフを借用しているのに引き換え、『第六七二夜の物語』は題名のみだ。それゆえ、シュニッツラーは後者について、メールヒェンではなく夢の体験として語られるべきとの批評を著者宛てに書き送っている（Hugo von Hofmannsthal, Arthur Schnitzler: Briefwechsel. Hg. von Therese Nickl und Heinrich Schnitzler. Frankfurt a. M. 1965. S. 63.）。ホーフマンスタール自身、後年この物語を「商人の息子と四人の召使いの物語

Die Geschichte von Kaufmannssohn und seinen vier Dienern」、あるいは「商人の息子 Kaufmannssohn」とのみ呼ぶようになった。Vgl. XXVIII. S. 213.

（三三）Werner Busch: Die Notwendige Arabeske. Wirklichkeitsaneigung und Stilisierung in der deutschen Kunst des 19. Jahrhunderts. Berlin 1985. S. 47.

（三四）「楽しませる vergnügen」という述語は、芸術作品が観察者に与える作用を問題にしているかのような印象を与えるが、モーリッツにおいてはそうではない。彼が、芸術の最終目的を「楽しみ das Vergnügen」だとするメンデルスゾーンの言説から出発した際、そこからは有用性、すなわち観察者の完全性を促進させるものとしての効果が徹底的に排除されている（Versuch einer Vereinigung aller schönen Künste und Wissenschaften unter den Begriff des in sich selbst Vollendeten. 1785.）。もっとも、イタリア滞在（一七八六〜八九）以前の著作、たとえば『アントン・ライザー』第一部などには、社会的・道徳的有用性を重視する啓蒙主義的思想、すなわち作用美学に基づく記述が見られる。山本惇二『カール・フィリップ・モーリッツ――美意識の諸相と展開――』鳥影社 二〇〇九年、九八頁。

（三五）『アラベスク Arabesken』（一七九三）。モーリッツのテクストは、Karl Phillip Moritz: Schriften zur Ästhetik und Poetik. Hg. von Hans Joachim Schrimpf. Tübingen 1962. を用いた。以下、SAP と略し、頁数を記す。

（三六）Hugo von Hofmannsthal: Sämtliche Werke. XXXI. Hg. von Ellen Ritter. Frankfurt a. M. 1991. S. 45. 以下、XXXI. と略し、頁数を記す。

（三七）Stefan Schulz: Hofmannsthal and Bacon. The Sources of The Chandos Letter. In: Comperative Literature 13（1961）. S. 1-15, hier 6-14.

（三八）Aleida Assmann: Hofmannstahls Chandos-Brief und die Hieroglyphen der Moderne. In: HJb. 11（2003）. S. 267-279, hier S. 269. Amk. 6.

（三九）アライダ・アスマン『想起の空間』安川晴基訳、水声社、二〇〇七年、二三〇〜二三四頁。

（四〇）「形象」は、近年ホーフマンスタールの文学が論じられる際に、極めて重要な位置を占めてきた。とりわけ、チャンドスが『手紙』を通じて書き綴った危機、思考と判断を行うための道具たる抽象的な概念言語の崩壊という窮境に対し、その只中にあっては決して言い表すことができないものを「形象」において言語化し、伝達する技術として「比喩」が持ち出されてきたのだった（Wolfgang Riedel: »Homo Natura«. Literarische Anthropologie um 1900. Berlin 1996. S. 4-5.）。そこには絵画と文字の互換性、あるいは翻訳可能性という問題が関わってくる。ポテンハウアーは、概念言語への無力に苛まれた一九〇〇年前後の文学にとって、視覚的なものが新しい表現力となり、言語の限界を言い表せない領域へと拡大していったと述べ、ホーフマンスタールの作品が同時代における外部の現実を担わない内的な像についての研究、知覚心理学、感覚生理学、深層心理学、認識論、文化人類学、美学、芸術史にとっても道標と見なされうることを指摘した（Helmut Pfotenhauer: Hofmannsthal, die hypnagogen Bilder, die Visionen. Schnittstellen der Evidenzkonzepte um 1900. In: Poetik der Evidenz. Die Herausforderung der Bilder in der Literatur um 1900. Hg. von Helmut Pfotenhauer, Wolfgang Riedel und Sabine Schneider. Würzburg 2005. S. 1-18.）。シュナイダーもまた、形象を複数のメディアが交錯する場ととらえた上で、そこで生じる形象と文学との境界現象を論じている。彼女は、形象の同時的効果が語りの因果律に基づく理論を破壊してゆく例として、『アンドレーアス』を挙げている（Sabine Schneider: Verheißung der Bilder. Das andere Medium in der Literatur um 1900. Tübingen 2006. S. 22.）。そこでは、流れ込んでくる夢の形象と幻覚、ノヴェレ的な瞬間が教養小説の発展という理論を無効にし、語りの糸の上に並べられることを拒むのだ（26）。こうした局面にあっては、抽象言語と具象的な形象が問題なのではなく、言語の彼岸にあるものを言語を用いて呼び出すということが重要となってくる（21）。レンナーは、絵画表現自体を「内なる像を作り上げることによって、内界と外界、創作のプロセスと受容のプロセスを結びつけるものだ」とした上で、ホーフマンスタールの視覚的な体験は内と外、形象と〈見ること〉、夢と現実、過去と現在、語り手と解釈者が互いに浸透しあう場を作り出すものであると述べている（Ursula Renner: »Die Zauberschrift der Bilder«. Bildende Kunst in Hofmannsthals Texten. Freiburg 2000. S. 31, 69.）。したがって、ホーフマンスタールの文学に呼び出された「形象」はベーコンが述べたような模倣を意味してはいないだけでなく、あくまで言語の表現可能性という問題として捉えられねばならない。

（四一）Assmann, a. a. O. S. 273.

（四二）Claudia Bamberg: Hofmannsthal. Der Dichter und Dinge. Heidelberg 2011. S. 207-209. しかし、詩人が事物へ没入することによって立ち現れてくる「連関の世界」は、決して全体を俯瞰できないため、所有どころか名指すことすらできないものとして捉えられるのみだ。ゆえに、バンベルクが主張した「連関の世界」が、現前する部分とありうべき全体のダイナミックな相互関係である限り、両者が融合和一に達するゲーテ的「調和」よりも、部分から全体、またその反対へと、論理的な段階を踏むことなく急激に移行するアラベスクの原理に近しいと思われる。

（四三）David E. Wellbery: Die Opfer-Vorstellung als Quelle der Faszination. Anmerkung zum Chandos-Brief und zur frühen Poetik Hofmannsthals. In: HJb. 11 (2003). S. 281-310, hier S. 291. ウェルベリーによれば、「良い瞬間」とは時間軸に沿った経験から切り離された美学的体験である（238）。それを体験している自我（Ich）は己の個性を捨て、いわば認識の純粋な主体へと高まる（285）。こうした主体の「中立性 Neutralität」（294）が、チャンドス卿においてはあらゆるものを自我へと関連づけようとする態度から、意志の力で呼び寄せられない「瞬間」に黙せる事物によって占拠され「器」と化す受動性への急激な変化として表れるのだ。ウェルベリーが示した主体の在り方は、ホーフマンスタール自身が用いた「相互作用的なもの das Allomatische」という概念と結びつく。また、「瞬間」が主体の意志ではなく取るに足りないものによって呼び起こされることにより従来の価値体系が無効になるという彼の説は、前掲のバンベルクによる研究、すなわち主体による客体の所有を長らく後者と見なされてきた事物の側から否定する姿勢を先取りしている。

（四四）Bamberg, a. a. O. S. 65. Vgl. Die Frau ohne Schatten. XXVIII. 151.

（四五）『影のない女』執筆のためにホーフマンスタールが参照した文献に関する最も詳細な研究を行ったのは、コンラートだ（Claudia Konrad: „Die Frau ohne Schatten“ von Hugo von Hofmannsthal und Richard Strauss. Studien zur Genese, zum Textbuch und zur Rezeptionsgeschichte. Hamburg 1988. S. 26-112.）。彼女は、リブレットをメールヒェンでもって補完せんとする従来の手法への反撥から、自著の序において後者を自らの研究対象から除外すると断言している（1）。しかしながら、（オペラと）「同じ素材のメールヒェンに取り掛かる」というホーフマンスタールの言葉（22）からわかるように、二つの版はある時期まで成立過程を一にしており、参考文献は共通であると考えられる。コンラート自身、作品と参考文献との関係を述べる際、幾度かメールヒェン版にも言及している。

（四六）一九一九年十一月二十六日付ルドルフ・パンヴィッツ宛て書簡には、メールヒェン版について「個々の多くの部分は、私をことのほか喜ばせたので、あなたは「全きもの das Runde」が——どの点から見ても——現前するとお認めになるでしょう。この「全きもの」こそ私が仕事中常に求めていたものなのです」と記されている。XXVIII. 427.

（四七）タウシュは、ミノタウルスの迷宮を主題とするベーア＝ホフマンの作品を論じるに当たり、上記の定義を行った上で『千夜一夜物語』と比較し、既視感を覚えるが全体の構造を見通せない前者に対して、後者を概観可能なアラベスク模様、すなわち読者がメタファーの素晴らしさに驚嘆しつつ安心して出口へと辿り着ける安全な施設としてイメージしている。Harald Tausch: »von dem Innern des Labyrinth aus gesehen«. Beobachtungen zur Architektur von Richard Beer-Hofmanns *Der Tod Georgs* (1900). In: Poetik der Evidenz. S. 31-50, hier S. 36.『千夜一夜物語』に関する類似の見解は、ホーフマンスタールにも見受けられる。Vgl. »Tausendundeine Nacht«. In: RA I. 362-369.

（四八）ホーフマンスタールとモーリッツに共通する全体なるものへ向けられた眼差しを、両者の批評から導き出したのがシュナイダーだ。もっとも、前者が批評家や美術評論家について「彼らの判断が全体の代わりに破片や部分へ、絶対的なものの代わりに相対的なものへ向けられている」とした非難（『詩と生』）が、後者によるヴィンケルマンの『ヴェルヴェデーレのアポロ』描写への批判「眼差しを全体なるものから引き離し、作品の明確さから断片の合成物を作り上げてしまった」に連なるという彼女の主張（Schneider, a. a. O. S. 125-126.）は、それにもかかわらず存在し続ける部分への眼差し、さらには止揚されえない部分と全体が相互に移行し続ける運動によって補完されねばならない。

（四九）コスタッツァは、モーリッツが文学作品の中に想定した重心あるいは中心点を、たいてい一つの場面であるとし、そこから作品における構成部分や筋が必然的な連関の中で理解されうると説明している（Alessandro Costazza: Schönheit und Nützlichkeit. Karl Philipp Moritz und die Ästhetik des 18. Jahrhunderts. Berlin 1996. S. 157.）。しかし、この主張には何故「場面」が作品に含まれる他の要素、たとえば登場人物や事物、台詞などより優先されるのかという明確な根拠が示されていない上、モーリッツ自身が提示した中心点を巡る無限の運動にもそぐわない。人間の限られた思考力では、あらゆるものを関連づけうる真の中心点に到達できないとしながらも、そのつど新たな中心点を選び出し、そこから新たな連関を創出することによって無限に接近しうるとしたモーリッツの命題（SAP. S. 9-10.）は、主として韻文作品を念頭に置いて書かれたものであるが、たとえば『アントン・ライザー』の主人公にも当てはまる。極端な卑屈と自尊、現実と夢、さらには個とその解体による他者への没入の間をさまようアントンは、その中心を外れた在り方ゆえに均衡を求めてある時は学問、ある時は演劇に邁進するが、結局中心が示されることはない。ベガンは、それを的確に「無限の空間のイマージュと狭い独房のイマージュ」、「上昇感と失墜感」として呈示し、そこにアラベスクと共通の要素、すなわち全体を俯瞰する塔からの視点と眼前に迫ってくる細部に翻弄される迷路が突然入れ替わる運動を示唆している（アルベール・ベガン『ロマン的魂と夢』小浜俊郎・後藤信幸訳、国文社、一九七二年、第二章参照）。また、やはり未完に終わったモーリッツのロマーン『アンドレーアス・ハルトクノップ』についても、類似の事例が見出される。ヴァーグナー＝エーゲルハーフは、ヨハン・クリスティアン・コンラート・モーリッツが兄の美学的中心思想としてジャン・パウルに書き送った「もっとも重要なもの、芸術作品の要石は、常に作品の中心に己の場所を持つ」を引き、『アンドレーアス・ハルトクノップ』では、それが二つの巻の中心に置かれた主人公の死であると指摘している。すなわち、続編でありながらハルトクノップの前史を追う『伝道師時代』は、彼の死を巧みにかわそうとする無限の彎曲であり、決して目的地に辿り着けない東への放浪と合致するというのだ（Karl Philipp Moritz: Andreas Hartknopf. Hg. von Martina Wagner-Egelhaaf. Stuttgart 2001. S. 280.）。だが、直線的時間軸に沿って結末を目指す流れに逆らい、始点へ戻ることによって描き出されるはずの円は、〝主人公の生涯を叙述する〟という目的に従わない「戯れのような」曲線そのものを志向し、自らの内部に目的を持つようになる。主人公の死は迂回されるべき直線上の目的であり、曲線が内包する目的にはなりえない。

（五〇）Kremer, a. a. O. S. 17-20.

（五一）Friedrich von Schlegel: Literary Notebooks. Edited with introduction and commentary by Hans Eichner. London 1957. S. 56. Nr. 407.

（五二）Busch, a. a. O. S. 45.

（五三）Friedrich Schlegel: Seine prosaischen Jugendschriften. Hg. von J. Minor. 2. Auflage. Wien 1906. Bd. 2. S. 375.

（五四）Busch, a. a. O. S. 45.

（五五）Novalis: Heinrich von Ofterdingen. In: Gesammelte Werke. Bd. 1. Hg. von Carl Seelig. Zürich 1945. S. 286.

（五六）Hugo von Hofmannsthal: »Tausendundeine Nacht«. In: Gesammelte Werke. Reden und Aufsätze I. Hg. von Bernd Schoeller. Frankfurt a. M. 1979. S. 362-369. 以下、RA I. と略し、頁数を記す。

（五七）Helmut Pfotenhauer, a. a. O. S. 1-18. ただし、ポテンハウアーも、存在の輪郭を明確にするという言語の機能を完全に否定しているわけではない。Vgl. S. 16.

（五八）シュナイダーは、概念を凌駕する前記号的表現をホーフマンスタール、リルケ、ムージルらの作品に描きこまれた色彩の中に見出してゆく。というのも、色彩は分節を無に帰せしめ、因果律に基づく語りの一貫性を破壊することによって言語の液体化をもたらす同時的効果を発揮するからだ。「熱せられた金属かガラスのように溶解した言語」が、メディアの境界を越えてゆくという現象を扱った彼女の研究において、形象の輪郭は顧慮されないか、この上なくおぼろなものとして考えられている（Schneider, a. a. O. S. 19.）。しかし、ホーフマンスタールは事物の鮮明な輪郭を描き出した上で、その内部にとどまることができずに流れ出すものをとらえようとしている。こうした流出と、それを引き戻そうとする運動は、ホーフマンスタールの文学――形象のみならず、登場人物、作品そのものにおいて重要であり、特に『アンドレーアス』における螺旋運動という文学的試みについて考察を行う際には、不可欠な要素と言える。

（五九）所有に対するホーフマンスタールの批判は、たとえば一九〇九年の手記「所有――友人――敵――時代精神――これらは非創造的な硬直した思考の形式だ」（RA. III. 499.）などにも現れている。

（六〇）Dorrit Cohn: “Als Traum erzählt”. The Case for Freudian Reading of Hofmannsthals “Märchen der 672. Nacht”. In: DVjs. 54 (1980). S. 284-305, hier S. 288-289.

（六一）ブリオンは、使用人たちによって辛くも存在を保っている商人の息子の在り方に、彼を「中心点」とする「四角形」

を見出す。すなわち、使用人たちは息子を囲い込み、安全かつ庇護された空間を形成しているというのだ。この「楽園」は、召使いの罪を告発する手紙によって一角を崩され、息子は自らではなく死を中心とする螺旋状の迷宮へと踏み出してゆく。Marcel Brion: Versuch einer Interpretation der Symbole im ›Märchen der 672. Nacht‹ von Hugo von Hofmannsthal. In: Deutsche Erzählungen von Wieland bis Kafka. Hg. von Jost Schillemeit. Frankfurt a. M. 1966. S. 284-302, hier S. 286-287. しかし、ブリオンが後から補足しているように、四人の召使いとの「秘密に満ちた、説明がつかない絆」は、守護されるべき「中心点」たる息子に「息苦しさ」や「不安感」を与えずにはおかない（293）。というのも、召使いの罪を告発する手紙が舞い込む以前から、三人の女性たちは各々の方法で息子の意味づけを逃れ、彼が中心であることを脅かしているからだ。さらに、息子には理解不能な連関を生じせしめているものは、名指しようのない〈何か〉であり、単純に死と同定されえない。したがって、四人の使用人たちを「地獄からの使者」や「パルカ」（292）だとするブリオンの解釈は妥当とは言い難い。

（六二）こうした『第六七二夜の物語』第一章と第二章に間に見られる対応関係を、コーンはフロイトの『夢判断』に即して精神分析学的に説明している（Cohn, a. a. O. S. 290-293.）。まず、シュニッツラーと同じく第二章を夢の記述であると断定。第一章は、夢を見ている人間の伝記的過去であり、第二章で語られる内容を解釈するための手がかりである。その際、すべては不在の両親を巡っているとされる。というのも、四人の召使いたちは息子の抑圧された願望（エディプス・コンプレックス）が置き換えられた（displace）存在であり、老女は息子の亡き母親そのもの、若い女中は母親への近親相姦的な愛情、有能な下男は己が家長となるに際し克服すべき父親、女児は両親の愛を享けずに育った怒れる幼年時代の息子自身を映し出しているからだ。第二章で彼らが様々な事物に姿を変えて息子を死へと導くのは、息子の願望を罰するためである。だが、この作品で真に問題になっているのは、若い女中に見出された美しさに顕著な〈置き換え不可能なもの〉、つまり息子を中心とする連関とは無関係なものだ。精神分析学の構図からすり抜けてゆく〈何か〉がホーフマンスタール文学にとっていかに重要であるかについては、次章で『アンドレーアス』を取り上げる際に改めて指摘する。

（六三）これに対し、ホーフマンスタールが自らオペラ台本のために書き下ろした「あらすじ」（観客に世界観をより深く理解してもらうという目的に沿って書かれたため、台本の要約ではなく、メールヒェン版にのみ記されている記述も含めた数々の補足が含まれている）には、妃に対する帝の態度が「利己的な愛 selbstsüchtig liebend」だと表現されている。XXV. 1. 83.

（六四） Vgl. Hellmuth Himmel: Textkritisches zu Hofmannsthals Erzählung „Die Frau ohne Schatten". In: Modern Austrian Literature. Vol.7. No. 3/4 (1974). S. 135-151, hier S. 136.

（六五） キュンマーリング＝マイバウアーは『影のない女』を構成する七つの章がシンメトリックに配されているとした上で、帝の石化という決定的な出来事を含んでいる点、および他の章と比べて二倍近い分量を持つ点から、第四章が作品の「中心部分」であると断じている。こうした構造から、彼女は物語の完結性を強調し、この作品を第一次大戦後のヨーロッパ凋落という危機的状況に直面した著者による調和的世界像の構築、ひいてはモデルネの生感情に合致しない無批判なメールヒェン信仰への逃避と結論づけた（Bettina Kümmerling-Meibauer: Die Kunstmärchen von Hofmannsthal, Musil und Döblin. Köln 1991. S. 91, 220-221.）。本書は、『影のない女』を、確定不可能な中心点を巡るホーフマンスタール文学の一作品と位置づけることにより、その完結性に疑問を投げかける立場を取るため、彼女の見解には与しない。また、第一章と第七章の対応関係を基盤として作品構造を論じたチュリも、第四章を「対称軸」と見なしている。彼によれば、この作品の根本的命題「唯美的なものと倫理的なものの合一」は、帝と妃において実現されねばならない（その他の要素、登場人物およびモチーフはすべてそこから派生したヴァリエーションにすぎない）。すなわち、両者が出会った瞬間成就しながらも、生から隔絶した青の宮殿に引きこもるという帝の倫理的なものに背く行いによって失われた合一が、第七章で妃の自己犠牲という倫理的な行いによって回復されるのだ。その一方で、チュリは第四章に登場し、合一の成否を左右する未生の子供たちを、「生の持続性」を体現する存在と位置づけている。この「持続性」、子供たちの一人である乙女の手になる織物から顕現する「始まりと終わりのなさ」は、失われたものが回復される過程ではなく、チュリ自身が書いているように「高められつつ」絶えず変化するため、対照的構図を破る結果となるはずだ。Károly Csúri: Hugo von Hofmannsthals späte Erzählung. Die Frau ohne Schatten. Struktur und Strukturvergleich. In: Literary and Possible World

(Studia Poetica 2). Ungarn 1980. S. 125-257, hier S. 155-156.

(六六) HS, BW. 284. 25. 7. 1914.

(六七) オペラ台本は、Hugo von Hofmannsthal: Sämtliche Werke. XXV. 1. Operndichitungen 3. 1. Hg. von Hans-Albrecht Koch. Frankfurt a. M. 1998. を参照した。以下、XXV. 1 と略し、頁数を記す。

(六八) オペラの幕切れ近く、帝は「静かに横たわるための場所は、どこにもなく、錨も港も、何一つない——ただ飛び立つための場所は、どこにでもある」(XXV. 1. 77.) と述べ、これまで囚われていたものとは異なる生の在り方を暗示する。

(六九) Kremer, a. a. O. S. 53.

(七〇) Judith Ryan: Die ›allomatische Lösung‹. Gespaltene Persönlichkeit und Konfiguration bei Hugo von Hofmannsthal. In: DVjs. 44 (1970). S. 189-207. ライアンが提示する「相互作用的なもの」とは、引き裂かれたものが相互に補完しあい、安定的な「解決」へと向かう構図である。しかしながら、実際には死と生、支配と奉仕といった相反するもの同士が突然入れ替わる説明のつかない変化だ。このことは、『影のない女』に先駆けて執筆された『アンドレーアス』のマリアとマリキータ、そして『ナクソス島のアリアドネ』のアリアドネとバッカスの間に生じる「変身」において既に明らかにされている。本書第二章および第四章参照。

第二章　螺旋——崩れゆく円——

I　ホーフマンスタールにおけるフラグメントとは何か

1　テクスト

1―1　再構成

『アンドレーアス』は、ホーフマンスタールが晩年に至るまで書き続けたにもかかわらず、ついに完結を見なかった。作品の冒頭、ウィーンの下流貴族に連なる青年アンドレーアス・フォン・フェルシェンゲルダーがヴェネチアに到着、その後回想の形で故郷からの道中が語られる。見聞を広めるためヴェネチアへ向かう旅の途上にあった彼は、押しかけ従者ゴットヘルフによって、ケルンテンの山中へ、そこに邸宅を構える豪農フィナッツァー家へと誘われてゆく。主の一人娘ロマーナとの恋は、アンドレーアスに彼女との婚姻、ケルンテン永住という願望を抱かせる。しかし、脱獄囚としての本性を露にしたゴットヘルフの悪事、結果訪れた不本意な出立が、彼を本来の目的地へと送り出す。下宿先の奇妙な一家、マルタ修道会騎士、謎の女との邂逅を経て、いよいよヴェネチアにおける体験が始まろうとする矢先、物語は突然断ち切られる。

以上は、「小犬を連れた貴婦人」と題された覚え書き、すなわち一九一二年から一三年にかけて執筆され、最もまとまった形をなしている一部分にすぎない。遺された原稿の大半は、著者がその時々に書き留めた、連関の定かならぬ断片である。ゆえに、『アンドレーアス』は研究者たちの間で「ロマーン・フラグメント Roman-Fragment」あるいは「ロマーントルソー Romantorso」と呼ばれ、こうした断片から作品の〈全体像〉を構築せんとする試みが行われてきた。その先陣を切るのが、ハインリヒ・ツィンマーである。彼の編集によって、遺稿は著者の死からほどなく『コロナ』誌上に掲載され、一九三二年に『アンドレーアス、あるいは合一した人々』として出版されたのだった。初版本刊行の際、幾つかの覚え書きが追加されたものの、収録された量は全体の三分の一ほどに過ぎなかった。しかもパーペの指摘によれば、たった八十頁の内に、読み間違い、複数の単語あるいは一文まるごとの脱落、誤った語順、見落とされた訂正、編者の誤解に基づいて挿入された削除と補完、正書法の不統一など千箇所以上の間違いが含まれていたという。[七一] しかし、雑誌掲載原稿および初版において何より問題だったのは、編者による極端なテクストの整形である。すなわち、「小犬を連れた貴婦人」を〈本文〉として採用し、他の覚え書きに優先させたのだ。さらに、〈本文〉を多くの小さな段落に分けることにより、ローマンの計画書という性格を払拭し、一つの物語として提示した。手稿のところどころに挿入された見出しが明示していた章分けも、ことごとく無視されている。残りの覚え書きは、「小犬を連れた貴婦人」から導き出された筋連関に適合し、かつそれを補完しうるように、取捨選択の後整然と並べられた。膨大な覚え書き群として遺された原稿を未完のローマンとして再構成しようとする初版の方針は、一九七九年刊行の全集（Gesammelte Werke）に至るまで連綿と受け継がれていった。

一―２　筋連関の解体

前述の版に対し、遺稿に備わっている覚え書き群という性格を取り戻したのが、一九八二年に出版された批判版全集第三十巻だ。編集に当たったパーペは、『アンドレーアス』という作品に従来の版とは全く異なる姿を与えたのだ。[七二] もっとも、彼もまた作品の全体性を露にするという意図から出発している。それが、既に述べた「ローマンの計画書」としての側面だ。ホーフマンスタールは最初に立てた計画に沿って覚え書きを幾つかの章に分けようとしていたため、これに従って読み進めてゆけば、個々の出来事が互いに関連づけられ、ある程度までは全体が見通せるようになる。だが、パーペが従来の編集者たちと一線を画するのは、原稿は暫定的で完結しておらず、あらゆる修正の可能性に向かって開かれたままだという意識を持っていた点だ。彼によれば、『アンドレーアス』は随意に構成要素同士を交換しうる緩やかな連なり、ホーフマンスタールの死まで続けられた「とらえどころのない実験 ein vages

Experiment」だった。(七三) ゆえに、パーペは移行期にある作品の暫定的な発展状態から完結した作品を精製するために切り離されてしまったテクスト群（Apparat）を再び本文に統合してゆく。(七四)「小犬を連れた貴婦人」を含むあらゆる覚え書きが同等に扱われ、成立年代順に並べられたことにより、批判版は筋には収まりきらない大いなる連関可能性、また「計画書」からの逸脱とそこへの立ち戻りを繰り返しながら生成してゆくテクストの運動を明らかにしたのだ。

2 研究史

2―1 未完のロマーンとして

テクスト編集の次元のみならず、研究の次元においても、初版に基づくテクストに依拠し、未完のロマーンとしての全体像を描き出そうとする流れが存在する。たとえば、アレヴィンは、小説の筋を主だった登場人物たちの関係へと還元し、図式化してみせた。すなわち、ヴェネチアで愛憎劇を繰り広げるアンドレーアス、マルタ修道会騎士サクラモゾー、貴婦人マリアと娼婦マリキータの四人を、ホーフマンスタールの作品に見られる四角関係の系譜（『影のない女』（一九一〇～一九一九）妃―帝、染物屋―女房、『ナクソス島のアリアドネ』（一九一一～一九一六）バッカス―アリアドネ、崇拝者―ツェルビネッタ）へと組み入れたのだ。それらは一見、対置された二組の男女でしかなく、異性間における合一のみが問題となっているような印象を与える。だが、男性同士、女性同士はそれぞれ、高貴と卑賤、記憶と忘却といった対立的性質を付与された存在でありながら、ホーフマンスタールによって相互補完が目指されており、他の三人を巻き添えにせぬまま一人だけ動かすことは不可能だ。(七五)

この論を継承しつつ推し進めたヴィートヘルターは、特定の登場人物から成るアレヴィンの構図に、作中の様々な人物を代入してゆく。彼らは皆自律性を欠き、他者と取り替え可能な等価物である。それゆえ、あらゆる組み合わせの可能性が潜む四角関係は、ケルンテン（アンドレーアス―ロマーナ―ゴットヘルフ―フィナッツァー家の女中）、ヴェネチア（アンドレーアス―マリア―サクラモゾー―マリキータ、およびアンドレーアス―ツスティィーナ―ツォルツィィ―ニーナ）

と位相を変えつつ反復され、主人公のケルンテン帰還をもって円を描くように完結するはずだった。[七六]

　こうした図式を基盤としてアレヴィンがテクストの再構成を試みる際、重要な役割を果たしているのが精神分析学だ。[七七]彼はブロイアーとフロイトによる『ヒステリー研究』（一八九五）と並んでアメリカの精神科医モートン・プリンスによる診察記録を『アンドレーアス』成立の主要な参考文献とし、その症例から作品を読み解いてゆく。[七八]プリンスの患者、女子学生クリスティーン・L・ビーチャム（Miss B.）は、少なくとも三つの異なる人格を示す多重人格者である。各々の人格は、観察された順にBⅠ、BⅢ（自らを「サリー」と称する）、BⅣと名づけられた。[七九]これらの解体された（disintegrated）人格に対し、プリンスは暗示や自動書記など催眠療法を駆使し、統合をもたらそうと試みる。そして、『アンドレーアス』においてアレヴィンが提示した四角関係[八〇]の一翼を担うマリアおよびマリキータも、「一人の同じ人格が分裂したもの」であり、「お互いにトリックを演じあっている」（XXX. 10, N 4.）のだ。精神分析学的要素の受容は、『アンドレーアス』以外のホーフマンスタール作品にも見られる従来の構図で最も重要とされていた異性間の合一を後方へと退かせ、同性間の補完、さらには引き裂かれた己自身との合一に光を当てる。

　ホーフマンスタールは、自らの小説の登場人物のために、ビーチャムにおいて観察された複数の人格の中から、相補的性格を備えたBⅠ、BⅢを選び出した。プリンスの本に挟んであった彼の覚え書きは、遺稿部分においてマリア／マリキータを指して用いられるMⅠ／MⅡという記号がプリンスの記述から借用されたものであることを明らかにする。[八一]MⅠとMⅡは、どちらも「半分 ein Halbes」にすぎぬ存在であり、自らを「全体 das Ganze」であると宣言したり、他方を否定し、排除することによって合一は成就しない。互いを知り、認め、和解するとき初めて、彼女たちの乖離は止揚される。[八二]このように「全体」が回復されうるものとして想定されている限り、マリアとマリキータの分裂は「より高次の統一」に向けて用意された前提でしかない。以上が、アレヴィンによる論の骨子である。

　しかしながら、モデルネの複雑な社会において、ますます多様化する統一困難な諸要求に直面した主体という深刻な同一性の問題を巡って、精神分析学と文学が互いに協力しあうだけでなく競合する関係にもあったように、[八三]ホーフマンスタールは前者を無制限に肯定したわけではなかった。分裂した人格に相対したとき、精神分析学者たちは一貫してその再統合を目指す。[八四] これに対し、ホーフマンスタールはこうした手法を退けている。なぜなら、精神分析学に対する彼の関心は、もっぱら自らの創作に用いる素材としての用途に限られているからだ。『アンドレーアス』のさらなる分析とアレヴィンの論との比較考察を通じて、この点を明らかにする。

ブロイアーやプリンスによって詳細に記述されたヒステリー患者の症状、すなわち一人の女性における二つ、あるいは複数の「完全に分離した意識」という状態に対し、ホーフマンスタールがいかに深い興味を抱いたかは、一九一二年から一三年に書かれた初期の覚え書きからうかがわれる。登場人物の名前から個々の症状に至るまでプリンスの著作に依拠した「分裂　サリーはＢⅡに対抗して酩酊する、甘汞を飲み、ＢⅠに百足や蜘蛛を見せる（ＢⅠは幻覚だとわかっているが、それを恐れる）」（XXX. 21, N 33.）は、『アンドレーアス』に現れた精神分析学受容の最も顕著な例だ。ホーフマンスタールは、実際の記録を参照しつつ、それらを自らのロマーンの様々な場面に当てはめ、独自の症例集を書きあげてゆく。すなわち、あるときはヒステリー患者に多く見られる歩行困難を示唆し[八五]、またあるときは日常生活の中で生じる人格の交替を描き出した。その際、驚愕といった強い情動が引き金となる場合（XXX. 124, N 113.）もあるが、多くは予測不能な出来事として書かれている。[八六]

こうしたマリア／マリキータの「分裂」という不可解な現象を、ホーフマンスタールは一応精神分析学の理論に依拠して解明しようと試みている。すなわち、その原因を押し殺された願望に帰したのだ。「ＢⅠ（訳者注：マリアを指す）の物語」は、サクラモゾーによってヴェネチアへ連れて来られる以前のマリアについて述べている。

> 果てしない愛の後、棄てられる。愛していない男と結婚——夫は彼女を一度所有しただけで、重病になり、彼を看病（街道の宿で——その窓辺に、彼女を棄てた不実な恋人がやってくる）（XXX. 23, N 35.）

この思いがけない邂逅以来、彼女の魂を引き裂く苦しみが始まる（XXX. 25, N 39.）。ここで描かれているのは、「アンナ・O嬢」において最も根源的な病因としてブロイアーが突き止めた看病による自己犠牲、快楽の断念であるが、さらに――プリンスがほのめかし、フロイトが「エリザベート・フォン・R嬢」の診察記録において露にした、性的な情動の抑圧だ。一九一七年から一九二一年の間に成立した覚え書き「体験」では、マリアの行動がより具体的に報告される。

> しだいに彼女は恋人の手紙の何通かに返事を出すようになり、一度彼女と会うことに同意する。その際、彼女は会うという快楽以上のものを考えない――しかし、この出会いの中に、彼女は果てしなく落ち込んでゆく。それは彼女にとって、通り過ぎてゆく彼の姿を見るというたびたびあった出来事とは異なり――出会いとは視覚的なものに対する彫塑的なもの――それ以上だと思われる。それに対して、夫はますます平面的になってゆく。出会いの少し前に、彼女は取りやめ、引き返し、帰宅する。彼女には、夫が刺繍枠のそばに座って、自分を待っており、彼と視線があうのではないかという気がする。彼女が帰宅するとき、背後に恋人の気配を感じるが、振り向かない。家の閾までやってくる力はあった。階段を上り、扉を開けると、実際に夫は刺繍枠のそばに座って彼女に視線を向けている。しかし、彼は死んでいた。(XXX. 165, N 231.)

この叙述によると、実現しなかった不義、正確には不義への願望と夫への貞節が、彼女の魂を引き裂いたとされている。

マリアが夫の死以来、あらゆる欲望を抑制しようとし、とりわけ性行為に嫌悪感を抱いているのに対し(XXX. 20, N 30.)、マリキータはこの領域に関しても奔放さを発揮する。後者は「娼婦 die Cocotte」や「情婦 die Curtisane」と呼ばれ、複数の男たちと関係を持っていることが示唆される[八七]。もっとも、マリキータが自堕落な生活を送るのは、ただ快楽に溺れているだけではなく、マリアに向かって憎しみを示すためだ、マリキータは、自らが理解できず、それゆえ決して持ちえないマリアの高貴さを羨望するあまり、これを「卑俗さの中へ沈めよう」(XXX. 10, N 3.) と画策するのである。

また、マリアとマリキータが体現する不一致は、ただ性に関する点のみではない。批判版に収録された膨大な覚え書きには、装い、立ち居振る舞い、体質、習慣、信仰など様々な領域で正反対の方向を指し示す彼女たちの特性が、ときに対をなして、ときにばらばらに挿入されている。一つの筋に統合されえない覚え書き群は、引き裂かれ、気まぐれに入れ替わるマリア／マリキータを表現するために、この上なく相応しい形式である。なぜなら、互いに矛盾する内容を持ち、それぞれの間に確たる関係が示されない構造からは、統合不可能な分裂が立ち現れてくるからだ。これに伴って、ホーフマンスタールの中ではしだいに症状の病理学的な分析よりも、「人間の内なる、矛盾するものの連関という驚嘆すべきもの」（XXX. 157, N 210.）が重大な関心事となってゆく。覚え書きは精神を病む女ばかりでなく、「深淵が隔てている二つの面」（XXX. 33, N 53.）を持つアンドレーアス、そればかりか超然としたサクラモゾーをも多面的に映し、「彼の本性の二重性」（XXX. 110, N 79.）、まるでアンドレーアスかマリキータのごとき、非常に子供っぽく、弱々しく、至らない「別の顔」（XXX. 141, N 166.）を暴き出す。これらの断片的な描写は、統一されるのではなく、より大きな連関に委ねられるのだ。

その証拠に、プリンスの著書と『アンドレーアス』の間に見られる対応図は、アレヴィンが描き出したよりも複雑な様相を呈している。というのも、ＢＩと相補的関係にあるのはＢⅣだからだ。(八八) 実際、ビーチャム嬢の「解体された」人格再建は、ＢＩとＢⅣを統べるＢⅡ、通常催眠状態にしか現れない人格の覚醒によって成し遂げられた。また、両者の補完関係がマリア／マリキータに継承されたことは、「日記帳の中のＭＩとＭⅡの肖像」と題された初期の覚え書き、

> ＭＩと共にいることは、個人というこの上なく繊細かつ奥深い概念を追い求めることだ。この方向を、ＭＩの宗教的唯美主義は志向している。彼女にとっては、魂の統一性、唯一性が重要だ（しかし肉体において彼女は滅びるだろう）。彼女の美しさや容姿の細部について誉めそやすのも不可能だろう。彼女は、どの木も、どの雲も、それとおなじものはないと思い込んでいる。彼女は、取り違えと共に働く愛を恐れている（彼女は、『タッソー』の

姫を思わせる）。
M IIにおいて、唯一にして永遠に思われるのは、肉体の個々の部分である。膝、腰、微笑み。それ以外、彼女は唯一性をほとんど気に掛けない。彼女は、魂の不滅を信じていない。彼女の話、議論、思考自体が完全にパントマイムであり、潜在的な官能である、そこではどの言葉も瞬間を超えた意味を持ちはしない——彼女は、自分を取り巻くすべてものと絶えず情事をしている。（XXX. 18, N 25.）

あるいはB IとB IVに倣って作成されたマリアとマリキータの表から確認できる。[八九]

	マリアI	マリアII
道徳的なもの	老女になりたいと望んでいる 好んで自分は死んでいるのだと想像する 老人たちを愛する 子供たちに怖れを抱く	年をとることに怖れを抱く 死に対して恐れを抱く 老人たちを見るのを好まない 子供たちを自分の周りに集める

（XXX. 123, N 109.）

ところが、ホーフマンスタールの覚え書きによれば、マリキータは統合の外に置かれたB IIIだった。B IVが大人の女性として描写されるのに対し、自らをサリーと名乗るB IIIは、しばしば「幼児のよう childlike」と形容される。[九〇] これは、マリキータ（M II）が示す「何か厚かましいところ、子供っぽいところ」（XXX. 88.）、「大人の厚かましさというより、子供の生意気さ」（XXX. 89.）と共通の性質だ。彼女たちは絶えず予定調和な構図の網をすり抜け、見通しがたい混沌の中へと身を翻そうと待ち構えている。

では、統合から締め出されたＢⅢの末路は、いかなるものだったか。彼女は、独立した人格としては抹殺され、無意識下へと閉じ込められてしまう。「真のビーチャム復活は、サリーの死によって可能だった[九一]」のである。こうしたプリンスの〝殺人〟を再現するのが、サクラモゾーだ。誰しもが認める高潔なマルタ修道会騎士は、マリアの気高さを崇拝するあまり、その瑕疵マリキータの殺害を企てる（XXX. 10, N 4.）。そして、マリキータのみを葬り去ることも、彼女を愛することも不可能であると悟った後、自ら死を選ぶ。

　サクラモゾーの運命を通じて、ホーフマンスタールは、否定や排除による一体化を決定的に退け、アンドレーアスと共に別の道を模索する。アンドレーアスもまた、「M Iその人を救うために、ほとんどM IIを殺してしまいたい」（XXX. 118, N 96.）と考える。だが、彼はその「誘惑」に打ち克ち、合一の「前提」から外れた、ともすれば合一そのものを危うくしかねない存在にすら、死ではなく愛を与えようとするのだ[九二]。彼は、「二人のうちのどちらの女からもその時々でより多くの欲求を覚える」一方で、「どちらの女の中でも、極めて繊細かつ純粋に別の女を愛している」ことにより両極性を予感する（XXX. 118, N 95.）。アンドレーアスの愛は、等しくマリアとマリキータに向けられ、彼女たちの乖離を超越する。これが、サクラモゾーには与えられなかった「いかに全体を一つにするかという予感」（XXX. 144, N 174.）をアンドレーアスにもたらすのである。彼は、どちらか一人を切り捨て、偽りの統一を成し遂げるのではなく、「相互作用的な連関」から〈どちらでもあると同時に、どちらでもない女〉を出現させる。したがって、アンドレーアスの「愛」は「両極」間の絶えざる移行を生じせしめるものであることが明らかになる。その中にのみ、「恋人であり、妹であり、母であり、聖女である全体なる女」、「マリアでもマリキータでもなく、二人以上のもの」（XXX. 22, N 33.）は存在しうるのである。

　しかし、アンドレーアス自身、マリアとマリキータの双方を愛するがゆえに、己の内部に亀裂を生じてしまう。彼が、「他者の運命の幾何学的場」と称される所以だ。

　アンドレーアスにおいて、彼（訳者注：サクラモゾー）を惹きつけたのは、前者が他者によって非常に影響されやすいところだ。すなわち、他者の生がアンドレーアスの中には純粋に、鮮烈に存在しており、ちょうど他者の血の一滴や吐き出した息をガラスの球に入れて強い火にかけるように、彼の中に他者の様々な運命が含まれている（アンドレーアスは、商人の息子のようだ。他者の運命の幾何学的な場）（XXX. 102, N 68.）

この性質が、アンドレーアスを、彼が出会った無数の他者へと分裂させてゆく。彼は、「自分自身と一体化する」（XXX. 119, N 101.）という問題をマリアおよびマリキータと共有しているのだ。

しかし、いずれの覚え書きでも、合一への具体的な過程は明らかにされていない。アンドレーアスの予感は予感のままに終わる。これに対し、アレヴィンは、アンドレーアスとマリアの別離に、両者が自分自身と一体になった証を見出そうとする。彼らはどちらも存在の「半分」でしかないために互いを必要としていたのだが、自らの「半分」と一つになり、「全体」を取り戻した後は、もはやその限りではない。アンドレーアスは、ロマーナと結ばれるためにケルンテンへと旅立ち、マリアは神と合一を果たすべく修道院に入る。[九三]彼の主張は、最初期の章立てに沿って暫定的に書かれた最終章へとつながる箇所「（ヴェネチアを）逃れて、再び（ケルンテンの）山へ登ってゆくと、まるで彼の引き裂かれた半分と半分がまた一つになるかのように思われる」（XXX. 21, N 30. 括弧内は訳者による補足）という内容とも整合する。これによって、「ロマーナ物語 Romana-Geschichte」を枠とし、「ヴェネチアの体験 das venezianische Erlebnis」を中心とした小説全体の構成が姿を現す。[九四]

では、本当に己自身との合一は果たされたのであろうか。マリキータは、かねてより修道院に入りたいというマリアの願望を警戒しており、それを阻止するため、アンドレーアスに彼女を誘惑するよう依頼すらしていた（XXX. 10, N 5/19, N 28.）。[九五]つまり、修道院に入ったマリアは、マリキータを永遠に葬り去ってしまったのであり、失われた「半分」を埋めるために神との合一を望むのではないか。そう考えれば、前述の結末は、むしろマリキータの〝死〟へと近づいたと言える。また、アンドレーアスの場合はどうか。一九一三年の夏に書かれた「ヴェネチア滞在の帰結」から は、彼がケルンテンに帰還しうる人間となった姿を見て取ることは難しい。それは、「何一つ制限されず、何一つ重く圧しかかってくるものもないが、そのことによって何一つ存在していないように思われる状態」であり、「すべてが関係を思い起こさせるが、関係そのものは何もない」(XXX. 119, N 102.)。

さらに、同年秋に書かれた覚え書き「アンドレーアスの帰郷」には、彼が「自己という感情 das Gefühl des Selbst」を失った、とある(XXX. 129, N 129.)。ここで言う「自己という感情」には、アンドレーアスに欠けていると指摘され続けてきた自己愛や自尊心のみならず、己が限られたものであるという自我の認識も含まれるだろう。アンドレーアスは、サクラモゾーとの師弟関係において、己の境界を知るはずだった。ところが、現実には「境界について何の予感もない」、「すべてが彼の中に食い込む」、「無知な前段階」(XXX. 188, N 293.)を脱することができなかった。他者を無制限に受け入れた結果、アンドレーアスは自己の境界を見失ってしまったのだ。アンドレーアスが内包する他者の運命は、「万華鏡の中の小石」(XXX. 120, N 102.)のように、幾何学模様にも似た連関を作り出す。けれど、模様はそのつど異なっており、決定的な形をとらないままだ。この危機を解消しうるのは、すべての矛盾を止揚かつ統合する手法ではなく、相容れないもの同士、あるいはそれら一つ一つとありうべき全体とのダイナミックな連関のみである。

ホーフマンスタールは、分裂した人格における統合不可能な複雑さの前に、またそれを解消しうる唯一の可能性である「相互作用的なもの」への予感ゆえ、意識的に精神分析学が提示した再構成の手法を退けた。では、『アンドレーアス』とは、いかなる連関も持たない断片の集積にすぎないのだろうか。それも否と言わざるをえない。再構成による統合と同様、徹底した解体もまたテクストの本質を捉えられないからだ。以下、後者の系譜における問題点を論じる。

2―2　フラグメントとして

批判版全集の刊行から十年余り後、そこで露にされた覚え書き群として姿を踏まえた上で、研究者たちは『アンドレーアス』をロマーンとして再構成しようと努めてきた従来の編集・研究方針に対して一斉に異論を唱えた(九六)。その際、パーペによって提示された来たるべき全体を暗示する開かれた計画書までが非難の的となっている。つまり彼らは、『アンドレーアス』は未完のロマーンではなく、フラグメントであると主張したのだ。もっとも、彼らの見解は否定的なものと肯定的なものに分かれる。前者に属するのが、ハンブルガーだ。彼はホーフマンスタールの作品が中断する理由を、抒情詩や韻文劇を執筆していた初期は内的障害、『アンドレーアス』を含む後期は外的障害、すなわち仕事の重複による締切期限および優先順位の強要であるとし、[九七]いずれにしても著者のみに帰すと共に、「フラグメントの間で破片と骨子を区別せねばならない」という見解の下、初版で「本文」とされた部分を除く『アンドレーアス』の覚え書きを「芸術作品にならなかった素材」[九八]と断じた。一方、後者を代表するのがアウルンハンマーである。彼は、フラグメントは補完されねばならないとする前提に立つアレヴィンや、無益な解読と断片を全体像へと纏め上げる作業に取り憑かれたヴィートヘルターを名指しで批判した。[九九]その論拠は、主に三つ述べられている。一つ目は、語りの極端な主観化である。全知全能の語り手が存在せず、アンドレーアスの限られた視点を通して語られるため、連関を失った出来事は断片的にならざるをえない。[一〇〇]二つ目は、成立の事情である。ホーフマンスタールは『アンドレーアス』執筆に際し、ゲーテの『ヴィルヘルム・マイスターの演劇的使命』、シラーの『見霊者』およびノヴァーリスの『青い花』という「断片に終わった教養小説 fragmentarische Bildungsromane」を手本にしており、初めから主人公の人間的完成は断念されていた。[一〇一]いわば、ホーフマンスタールはフラグメントから新たなフラグメントを作り出したのである。そして三つ目に、フラグメントという形式の開放性（Offenheit）が強調される。アウルンハンマーによれば、決して完成することのないフラグメントにとって、作品の全体像は架空のものに過ぎず、尺度とはなりえない。

　右に挙げた二つの論は、『アンドレーアス』をフラグメントとして扱おうという基本姿勢で一致しているものの、その動機は異なっている。ハンブルガーにおいては、「本文」の再構成を徹底するために、それを妨げる断片を――連関の可能性ごと――排除しようとする意図がうかがわれるのに対し、アウルンハンマーは再構成そのものを否定しているからだ。このとき、後者が拠り所としているのが、初期ロマン派のフラグメント論である。後述するように、かつてF・シュレーゲルはフラグメントについて、決して到達されえない全体を予見させるものであり、その一部として理解されねばならないと考えた。[一〇二]ただし、作品の来るべき全体は無限に先へと延ばされ、読者の創造的受容によって書き継がれてゆく。[一〇三]アウルンハンマーは、ロマン派のフラグメントが担うこうした時間的な開放性を際立たせている。すなわち、フラグメントとしての『アンドレーアス』は常に始点を意味し、そこから果てしなく書き続けられうると言うのだ。[一〇四]以下で説明する通り、確かにホーフマンスタールはロマン派のフラグメント論から多大な影響を受けている。だが、彼は、アウルンハンマーによって指摘された開放性や断片性だけでなく、そこにまとわりつく全体性——たとえ仮象にすぎないとしても決して拭い去れない全体なるものの刻印ごと継承したのだ。その意味で、ホーフマンスタールは伝統の継承者にすぎない。したがって、フラグメントに対する彼の独自性を考える上で問題にすべきは、伝統をいかなる方向へ推し進めたかではなく、いかにして彼がそれを自らの文学作品の中で表現したかに尽きる。

フラグメントを介したホーフマンスタールとロマン派の伝統との親近性は、前者がロマーンという形式をどのように考えていたかに関する記述から浮かび上がってくる。一九一二年から一九一四年にかけて、『アンドレーアス』は、「大部な物語 eine große (längere) Erzählung」という名でホーフマンスタールの日記や書簡に登場している。その後、一九一六年八月二十五日付シュニッツラー宛ての書簡で「厄介なフラグメント diese problematischen Fragmente」と綴ったのを境に、ホーフマンスタールは作品を一貫してロマーンと呼ぶようになった。[一〇五]そして、両者が共に開かれた形式であることを明らかにするためには、それ自体まとまった形をなさず、様々な著作に散見されるF・シュレーゲルのロマーン理論を参照することが有益である。

シュレーゲルにとって、ロマーンとは古い詩的規範を打ち破る新たな方法だった。規則に適った言語形成として理解され、模範として継承されてきた韻文中心の文学は、本来備わっているはずの生命力——思いがけないもの、風変わりなもの、粗野なものを閉め出してしまう。これに対して、ロマーンは伝統の束縛から解き放たれた散文であり、あらゆる手法、文体、様式を受け入れうる。[一〇六]『アンドレーアス』が内包する雑多な文学形式は、その証左となるだろう。というのも、そこには一人称で書かれた『フォン・N氏の旅行日記』、サクラモゾーとアンドレーアスによる哲学的対話、アリオストを巡る詩論、ゲーテやノヴァーリスらの言葉を抜粋した箴言集、そして精神分裂症患者の診察記録などが混在しているのだから。

一方で、ホーフマンスタールが生きた世紀末ウィーンには、様々なロマーン批判が繰り広げられていた。カール・クラウスによるロマーンの仰々しさ・冗長さへの弾劾、それと表裏をなすアフォリズムの簡潔さへの傾倒。さらに、シュテファン・ゲオルゲに代表される美学的排他性の追求だ。ゲオルゲは、抒情詩を文学のための特別な言語によって書かれた芸術として高く評価する一方、叙事詩やロマーンは日常の伝達記号にすぎないとして退けた。そして最後は、アルフレート・ポルガーが行ったロマーンの模倣的態度、いわゆるリアリズムに対する非難で、芸術は我々の日常、すなわち経験世界を反復するために存在するのではないと断じた。スメガチは、この三つが重なりあいながらロマーンというジャンルへの嘲笑と自粛という当時のウィーンを席巻した文学的潮流を形成したと述べ、そこからホーフマンスタールの『アンドレーアス』が未完のまま日の目を見なかった理由を説明しようとする。[一〇七] しかしながら、そうしたロマーン批判はホーフマンスタールには当てはまらない。ホーフマンスタールがロマーンという形式を用いたのは、クラウスがロマーンの対極に位置づけた形式「アフォリズム」をも含みうる「混淆した形式 eine Mischform」ゆえである。こうした「混淆」から生じる多様なコンテクストの中へと、個々の語彙あるいは文が投げ入れられることによって、慣習的な読解可能性を拒む「わかりにくさ Unverständlichkeit」が生じるのだ。[一〇八]

ホーフマンスタールは、こうした多様性を包括する「全体」を放棄したわけではない。それが、たとえ「架空のもの」にすぎなくとも、仮定され続けることに意味があるのだ。この実現不可能な全体は、ロマン派において文学的プログラムとして機能している。オスターマンは、崩壊した全体性の遺物および未だ存在しない、あるいはなお生成の内に把握される全体性がフラグメントを通して表現されうると述べている。[一〇九]

未来のフラグメントと名づけられうるプロジェクトに対する意識は、過去のフラグメントに対する意識から、ただ方向によってのみ区別される。すなわち、前者においては進展的であり、後者においては後退的である。
（アテネウム断章二二二）[二一〇]

「過去のフラグメント」は失われゆく、そして「未来のフラグメント」は未だ完全に現れ出てはいない全体なるものを目指している。シュレーゲルが目指したのは、失われたものの再現ではなく、既に現存する、しかし歴史の彼岸にあるダイナミックな全体性の流出、無限の充溢、生成する神性、至高なるものの表現であったが、その現実的な顕現は、断片として間接的に予告されるのみである。[二一一]シュレーゲルはフラグメントについて、決して到達されえない全体を予見させるものであり、その一部として理解されねばならないと定義した。

前述のシュレーゲルとは異なり、ホーフマンスタールの文学においてフラグメントは完全にはプログラムとしての役割を果たしていない、とレンナーは指摘している。[二一二]だが、この形式において希求され続ける来たるべき全体は、到達不可能なものとなってホーフマンスタール文学を貫き、規定する重要な主題である。ホーフマンスタールは、決して実現されえない全体が刻印されたフラグメントという伝統を受け継ぎつつ、これを文学作品において独自に表現しようと試みた。「真の作品（das Werk）には、高きものへの連関を持たない部分は一つもない」（RA III. 534.）と、ホーフマンスタールは一九一六年に書いている。つまり、一見すると主人公の自我と共に境界を失ったかと思われる『アンドレーアス』は、無限の拡張を続けてゆくわけではない。[二一三]次々と立てられる目次、さらには「新しい小説」という構想が、ともすれば無数の部分へと崩れ去るロマーンを、そのつど「全体なるものとしての作品」（RA III. 534.）へ引き戻す。断片化しつつも「作品」へ纏め上げようとする力は依然として存在しており、無限に解体し、流出してゆくものを引き戻す運動となるからだ。こうした部分と全体の間に生じる運動が、『アンドレーアス』においては到達不可能な「中心点」を巡る螺旋として表されている。以下ではパーペが取り出してきたテクストに内在するダイナミズムを、ロマーンへの再構成や断片への解体によって無に帰せしめることなく、作品分析を通じて際立たせてゆきたい。

II 「中心点」

1 円から螺旋へ

『アンドレーアス』は、長短合わせて四百近い覚え書きから成り立っている。それらの中でも比較的初期、一九一二年から一三年の間に成立した一つに、マルタ修道会騎士サクラモゾーの言葉が記されている。

個別的なものは何一つ存在しません。すべては円が巡るように生起するのです。(XXX. 35, N 55.)

ここには、突然断ち切られた、あるいは複数の覚え書きに散見される断片的な出来事をつなぎ合わせ、一つの全体なるものへとなしうる〈何か〉が暗示されている。(一一四) その手がかりとして、後に『影のない女』でも取り上げられる全体性および完全性を体現するものとしての円が現れる。というのも、サクラモゾーが「円」について語るとき、「個別的なもの」を「一つの全体なるもの」へと止揚する連関が問題になっているからだ。(一一五) 未だ現れない連関を見通すことによって、サクラモゾーは既に、あらゆるものが関係づけられうる点、円の中心に立っている(一一六)――と少なくとも彼自身は信じている。サクラモゾーにあって、円は自らへと回帰することにより、それ以外の周辺から自らを切り離すのだ。「小犬を連れた貴婦人」の末尾付近には、サクラモゾーの言葉と呼応するかのような一節が置かれている。(一一七)

この秘密に満ちたものは、彼にとって何一つ過ぎ去ってはおらず、円のように反復しているのだった。それが再び現在となるためには、彼が円の中へ戻ってゆきさえすればよかった。（XXX. 97.）

「秘密に満ちたもの」とは、アンドレーアスが旅行先のヴェネチアで出会った二人の女を指す。それぞれ「貴婦人」・「娼婦」という呼び名を冠せられた女たちは、実は「一人の同じ人格が分裂したもの」（XXX. 10, N 4.）として構想されており、アンドレーアスは両者の間に「ある秘密に満ちた関係」（XXX. 92.）を予感している。彼は、円の中心に「貴婦人」と「娼婦」のいずれでもあり、またいずれでもない〈女〉を見出すのだ。前述のサクラモゾーと同じく、アンドレーアスにとっても円は、ばらばらなものを秩序づけ、大いなる連関を顕現せしめるはずだった。しかし、アンドレーアスに与えられた予感、すなわち決して到達されえない「中心点」を巡って、閉ざされていた円が螺旋へとほどけ出す。

2　アンドレーアス

『アンドレーアス』において、主人公はある「中心点」を予感する。しかし、この「中心点」は物語の時空間内に直接現れることはない。したがって、主人公は虚構内現実の中に確定可能な〈予感した点〉を「中心点」と取り違え、再びそこへ戻ろうとする運動を繰り広げてゆく。彼は作品内に確定されうる点を目指しているが、その際問題となっているのは確定不可能なものであるため、決して戻ることはできないのだ。こうした「中心点」への予感は、個人的体験を通じて主人公に与えられ、それを巡る円周運動は、主人公と他者との関係から得られる。ただし、「中心点」の存在は円周運動によって示唆されるのみであり、運動が消滅すると、共に消滅してしまう。R・シュトラウスに宛てた一九一二年六月二十三日付の書簡で、ホーフマンスタールは「あらゆる発展は、あなたご自身の発展もそうですが、螺旋状に動いてゆき――決して何かを背後に置き去りにするのではなく、より高い螺子山へと上がって同一点に戻るものです[一八]」と述べている。「高きものは、推移において認識される。すべての生は一つの推移である」（XXX.

111, N 81.）――そのため、中心点への予感を抱いてしまった主人公は、とどまることなく動き続けなければならない。

アンドレーアスが「中心点」への予感を抱く過程には、前章で取り上げた『第六七二夜の物語』の商人の息子や『影のない女』の帝と共通する要素が幾つか見出される。外界から隔絶され、内部において完全に秩序づけられた空間への固執。その空間内に存在する人々や事物、それらを統べる秩序ごと継承かつ所有することにより、空虚な己に擬似的な中心という意味を与えようとする態度。それに対し、意味づけや秩序から外れたものたちによる閉ざされた空間の否定。既存の意味づけや秩序からは生じえなかった、たとえば「罪」を介した新たな連関の顕現。しかし、こうした比較からは『アンドレーアス』の独自性も浮かび上がってくる。まず、メールヒェンに現れる完結および閉鎖を体現した空間（商人の息子の館、青の宮殿、精霊界）を満たす〈流れ去らない時間〉が、『アンドレーアス』では、明白に〈反復される時間〉として立ち現れる。この閉鎖および反復を不可能にするものが、「中心点」なのだ。次に、『影のない女』においては円環構造によって暗示されるにとどまっていた「中心点」が、アンドレーアスの予感にすぎないとはいえ名指される。それは、従来の意味づけ、既存の秩序から解き放たれた人々および事物の間に生じうる無限の連関可能性を保証するものだ。ただし、この「中心点」を捉えることは、登場人物、そして作品自体にも依然として不可能なままである。『影のない女』の結末で帝と妃に暗示された〈二度と同じ場所（青の宮殿）には戻れない〉という未来が、アンドレーアスにおいては現実のものとなってしまう。最後に、作品の内部に確定されえない「中心点」を表出させる試みとして、前述の閉じない円と並んで挙げられるのが、ホーフマンスタールの後期文学を決定づける概念の一つ「相互作用的なもの」だ。そこでは、対立するもの同士、それと同時に〈現前する部分〉と〈ありうべき全体を指し示す何か〉とが論理的な段階を踏むことなく突然入れ替わり、また入れ替わり続ける運動によって、「中心点」の存在が示されうるのだ。以下、『アンドレーアス』に基づき、これらの問題を論じる。

２―１　反復される過去

ウィーンの下流貴族アンドレーアス・フォン・フェルシェンゲルダーは、故郷を離れ、旅という「滑りゆくもの das Gleitende」(二九)に身を委ねる。そして、アンドレーアスが遠ざかってゆくのと比例して、ウィーンは彼を引き戻す力を失ってゆく。「小犬を連れた貴婦人」の冒頭に記された一七七八年九月七日は、マリア・テレジア治世の末期に当たる。同時期に書かれた覚え書きには、「君主が崩御したことを聞く」(XXX. 34, N 55.) という記述すら現れる。このため、アンドレーアスの旅は何の妨げもなく目的地ヴェネチアへ向かうかに見えた。ところが、彼は記憶の中のウィーンに何度も引き戻されてしまう。これは、彼がロマーナの両親の会話を立ち聞きしたとき、「もう一度自分の少年時代に戻ってゆかねばならぬような気がしてきた」(XXX. 61.) ように、現在が過去に飲み込まれる形で起こった。あるいは、時間の流れが錯綜する夢の中で、「これまでの人生において経験したあらゆる屈辱、やりきれなさ、不安が重なり、彼は再び幼年時代や少年時代の奇妙にゆがんだすべての場面をくぐり抜けてゆかねばならなかった」(XXX. 64.) のである。

ただし、アンドレーアスが引き戻される場所は、ウィーンだけではない。「好むと好まざるに関わらず」、「日に一度、朝か晩に」(XXX. 46.) 彼を襲ってくる道中の記憶があった。このケルンテンにおける体験は、ヴェネチア到着後に時間を遡って回想される。しかし、回想には、現在の彼――作品が則っているはずの教養小説という形式に即して言えば、体験を通じていくらかでも成長したはずの現在の彼という要素が、ほとんど混じってこない。例外は、未来を先取りするような幾つかの表現、「最初の一日は万事が順調だった。しかしながら、その日すらも今となっては陰鬱かつ不快にアンドレーアスの内面を通り抜けてゆくのだった」(XXX. 49.)、「御者は、ようやく翌日の晩にやってきた。それゆえ、アンドレーアスはなお二日も、フィナッツァーの館で過ごすことになった」(XXX. 68.) などであるが、語り手にしろ主人公にしろ、そこから結果以上の何か教訓めいたものを引き出そうとはしない。文字通り「彼はふたたびフィラッハの旅亭にいた」(XXX. 47.) のだ。また、この回想の中で不規則に用いられる現在形の語り(XXX. 54.) は、二つの現在を含んでいる。つまり、ヴェネチアの下宿先で回想している現在と、まさにケルンテンで体験している現在だ。そして、二つの現在の間には、時間の流れが存在していない。時間の流れが無に帰してしまう背景には、希薄な現在がある。その場に居合わせないはずの父親の言葉が、「非常に鋭く、はっきりしており、まるで心の声ではなく、外から聞こえてくる声」（XXX. 68.）のように感じられるのは、アンドレーアスが過ぎ去ってしまったものに対抗しうる確かな現在を見出せないからだ。

2—2　静止

旅の途上で、アンドレーアスは確かなものを探し求めている。彼の望みは、ケルンテンの山中で出会ったフィナッツァー家、そのひとり娘ロマーナとの婚姻という形で成就するかに思われた。石壁を廻らせた美しい地所で、古い貴族の血筋を守って近親婚を繰り返す一家の数百年来変わらぬ暮らしぶりは、閉ざされているがゆえに完璧な静止の時空間を形成する。それは、何一つ新たなものを生み出さない反復だ。いかなる「推移」も入り込む余地のない完結性において、この名家は旅の目的地となるに相応しい。ドイツ・アルプス地方の農民階級にとって皇帝への忠誠は、深く心に根づいており、政治的なものをいっさい超越した完全に神秘な伝統だった（二〇）。フィナッツァー家はより完全な姿を保ったウィーン貴族の相似形であり、かつ両者は補完しあう。というのも、アンドレーアスが旅を終わらせ、ケルンテンにとどまるならば、ウィーンにおいて過去の世代が信じていた「確固たるもの」がかの地で回復され、それを脅かしていた「多義性」と「不確実性」は否定されるからだ。ここに、アンドレーアスの使命は、ウィーンとケルンテンのいずれにおいて果たされても構わないことが明らかにされる。これ以上旅を続ければ、二つにして同一の目的地、ウィーンとケルンテンが形成した静止の圏内に、ふたたび「推移」を呼び込んでしまう。ゆえに、押しかけ従者ゴットヘルフの悪行という不本意な理由であれ、一度ケルンテンを出立して「推移」に身を委ねてしまったアンドレーアスは、二度とかの地に受け容れられないのだ。ロマーンの結末として構想されていた再会の折、ロマーナはアンドレーアスがヴェネチアから引き返してきたことを疑う余地などありはしないにもかかわらず、「彼女を妻として連れ帰るためにウィーンからやって来たのでないかぎり、もう決して会わない」と誓う（XXX. 21, N 31.）。

他方アンドレーアスの父親、厳密に言えば、父親が体現しているウィーンの貴族社会も、息子を「滑りゆくもの」である旅に送り出しはしたが、あらかじめその目的地を定めていた。そもそも、父親が彼を旅に行かせたのは、「外国の人間と知りあい、外国の風習を観察し、礼儀作法に磨きをかけるため」(XXX. 63.)だった。息子の旅は、多様な体験をウィーンの価値観の下に一元化するという目的に向かって収斂してゆく過程にすぎない。アンドレーアスの旅には帰郷が前提とされており、真の目的地はヴェネチアではなくウィーンであると言っても過言ではない。ゆえに、今やウィーン以上にウィーンらしい伝統を保持したケルンテンが、目的地に成り代わりうるのだ。父親のこうした考えは、アンドレーアスにおいて先鋭化する。ケルンテン滞在中に、アンドレーアスが想像の中で両親に宛てて書いた手紙によれば、旅は「人生の幸福」に到達するための手段にすぎないという。目的こそが重要であり、過程は問わないという彼の態度からは、「滑りゆくもの」を完結させようとする強固な意志がうかがえる。アンドレーアスは、旅を通じて、絶えず自分を呼び返そうとするウィーン、つまり、かつてその都市を統べていたが、今や失われつつある秩序と等価なものを手に入れようとするからだ。

アンドレーアスが、本来「滑りゆくもの」である旅を完結させようと試みるのは、「高きもの」が静止の内に見出され、かつ所有されうると考えたためだ。しかし、『第六七二夜の物語』の主人公がそうであったように、求めるものは決して手に入らない。ケルンテンを追われたアンドレーアスは、ヴェネチアにおいても所有の欲望に憑りつかれるが、そのつど不可能性が露になる。たとえば、彼が下宿先プランペロ伯爵家の姉娘ニーナの恋人に納まろうとするとき、子供の頃にしばしば見た夢が脳裏に甦る。

お腹を空かせて、彼は一切れのパンを切り取ろうと貯蔵庫に忍び込んだ。パンの塊を握りしめ、ナイフを手にした。しかし、何度やってもナイフはパンのそばをすり抜けて空を切るのだった。(XXX. 96.)

ニーナを所有するというのは、要するにヴェネチア社会の一員となることを意味している。彼女のために屋上庭園を借り受け、屋敷と召使いを用意し、親兄弟の生活にまで心を砕く。それは、放浪生活に終止符を打ち、ウィーンやケルンテンに代わる安住の地を得る手続きだった。だが、その際必要な資金は、アンドレーアスの手元にほとんど残されていない。ゴットヘルフがケルンテンで旅費を持ち逃げしたと知ってからというもの、アンドレーアスは飽かず「フェルシェンゲルダー家の財産が、どれくらい減ったか」(XXX. 70.)計算している。両親が彼に与えた金は、銀貨一枚を持つだけだった身から皇帝の侍従となった彼の祖父より、貴族の称号と共に受け継がれてきたものだった。旅費を無駄に減らしたアンドレーアスは、粗暴な振舞いによって家名を貶めたレオポルト叔父同様(二二)、ゴットヘルフから吹き込まれた欲望をロマーナとの婚姻という形で昇華しうる高貴さを汚してしまった。もはや彼には、ニーナに群がる様々な男たちの欲望を退け、貴族の令嬢から女優に身を落とした彼女を元の身分に相応しく迎える力はない。アンドレーアスがそう悟ったとき、ゴットヘルフの残像が彼を嘲笑し、永遠なれと願った美しい瞬間は失われてしまう。

また、ニーナの許に辿り着く頃には、アンドレーアス自身も静止へとつながる従来の所有の在り方に違和感を覚え始める。それをうかがわせるのが、ニーナの肖像画に関するやり取りだ。ニーナを巡って争う男たちの一人が描かせた絵は、アンドレーアスにとって「粗野な目には生き写しに見えるかもしれない。しかし、ニーナの顔つきは冷たく卑しかった。(略)これは、顔を形作るものはすべてそろっているが、画家の魂が露呈したというべき惨めな肖像画の一つだった」(XXX. 93.)。アンドレーアスは、所有するために描かれた女を受け容れない。「よく似ていますが、本当に嫌な絵だと思います」という言葉が示すように、画布に固定されたニーナは、彼が欲する女と似て非なるものでしかないからだ。現在持ちうるものを手離し、否定することを通じてのみ、求めるものが現れる。アンドレーアスが「画布に描かれたニーナについて手厳しく、嘲るように話すならば、別の女が彼に、そして彼がその女に言葉で言い表しうるよりも近しくなる」(XXX. 96.)。この不可思議な所有については、アンドレーアスとロマーナ、さらにはマリアおよびマリキータとの出会いと別れを通じて、しだいに明らかになってゆく。

2-3　連関

ホーフマンスタールのメールヒェンに登場した静止の時空間、すなわち『第六七二夜の物語』における商人の息子の屋敷、『影のない女』における青の宮殿は、所有者の意味づけ・所有から逃れてゆく者たち（前者の召使いたち、後者の妃）によって脅かされる。というのも、彼らによって主たちは安息の空間から引きずり出され、自らが創出した――と思い込んでいるが実際には父祖から継承した――秩序とは全く異なる連関へと巻き込まれてしまうからだ。商人の息子や帝らと同じ運命をアンドレーアスに用意するのが、フィラッハ以来の押しかけ従者ゴットヘルフだった。ゴットヘルフは最初、アンドレーアスを立ち寄る予定のなかったケルンテンへと誘い、かつ投宿先の娘ロマーナへの欲望を吹き込むという不埒な行為によって、むしろ主人の願望、フィナッツァー家に連なるための婚姻を後押しするかに見えた。ところが、その正体は地上のいかなる秩序をも顧みない「脱獄してきた殺人犯」（XXX. 68.）であり、フィナッツァー家で行った極悪非道の数々は、ついにアンドレーアスをケルンテンから退去せしめた。それにも関わらず、ゴットヘルフは作品の中で肯定的な意味を持ちうる。というのも、他ならぬこの男によって、アンドレーアスは現実的に当然可能だと思われる結びつきとは別の連関へと送り出されるからだ。ゴットヘルフは、フィナッツァー家の礎を揺るがせないまでも、アンドレーアスの足を掬ってゆく。

ゴットヘルフは欲望の赴くままに、既存の秩序に照らして正当と見なされる段階、つまり貨幣の支払いや法的な手続きを経ずに奪い取り、用が済んだら打ち捨てる。つまり、商人の息子や帝、さらにはアンドレーアスが憧れる継承可能な恒久的所有とは無縁の存在だ。だが、こうした欲望の帰結たる罪が、時に背後から、時に先回りしつつ旅の妨げとなってきたウィーンの呪縛を断ち切ることになる。アンドレーアスは、ゴットヘルフが働いた悪事を糾弾してやまない「現在」から身を振りほどくため、少年時代の記憶に逃避しようとする。この時、「現在以外なら、すべて生きるに値するもののように思われた」（XXX. 71.）という彼の独白が否定しているのは、過去によって、つまりウィーンの価値観および倫理観によって規定された「現在」だ。記憶の中で、十二歳のアンドレーアスは、卑劣な振舞いに及んだ小犬の背中を踵で踏みつけ、容赦なく砕いてしまう。定かならぬ過去の出来事を「自分のせいだ」と思った瞬間、彼は罪そのものを媒介として他者とつながり、その卑劣さ、ひいては存在そのものを引き受ける。

ついに、彼は牢獄から脱するように、自分自身から飛び出してしまった。彼は勢いよく跳躍した。この瞬間のこと以外、何一つ思い浮かばなかった。ときには自分がレオポルト叔父で、牧羊神のごとく百姓娘を追いかけて森の中を飛び回っているように思われたし、ときにはゴットヘルフのごとき罪人、殺人犯で、捕吏に追われているようだった。しかし、彼は自らを救う術を心得ていた——女王陛下の前に跪くことだ……（XXX. 71.）(三三)

静止の圏内から引きずり出された者たちの末路、すなわち彼らの意味づけ、さらにはその拠り所となる既存の秩序に照らしては不可能であった連関の中に絡め取られてゆく様は、やはり二つのメールヒェンでも描かれている。『第六七二夜の物語』において匿名の手紙によって告発された下男の罪は、商人の息子が幼少時に目にした名も知らぬ男の（どこから金貨を手に入れたか白状しないという）罪を呼び起こし、さらに不当な所有という彼自身の罪を暴き出す。また、『影のない女』では妃が、己の欲望のために他者を犠牲にするという罪によって染物屋の女房と、その償い、つまり従来ならば自らが支配すべき下賤な者への奉仕によって女房の夫バラクと結びつき、やはり帝の意味づけと所有を退ける。というのも、商人の息子や帝を中心としない連関においては、金貨や王権は力を失ってしまうからだ。

彼ら、そしてアンドレーアスも、一度大いなる連関の中へ送り出されてしまった者は、二度と静止の圏内へは戻れない。ある者は金貨で様々な人品を贖おうとし、ある者は神秘の洞窟から美しい子供たちを連れ帰ろうとし、またある者は「女王陛下」への忠誠によって、失われたもの、静止を作り出す意味づけと所有の秩序を取り戻そうとするが、その望みは破れ、虚しくさまよい続けるしかないのだ。一九一三年の夏に書かれた覚え書きからは、彼らの陥った状況が読み取れる。ケルンテン滞在を経てヴェネチアでの体験を重ねた結果、

彼（訳者注：アンドレーアス）は戦慄とともに、自分が制約されたウィーンの生活には戻れないと感じる。彼は

ウィーンから巣立ってしまったのだ。しかし、彼が身につけた状態は、彼を喜ばせるよりも不安にさせる。それは、何一つ強要するものはなく、抑圧するものもないが、そのために何一つ存在していない状態であるように思われる。すべては、ただ様々な関係を思い起こさせるだけで、関係そのものはない。(XXX. 119, N 102.)

過去を失ったアンドレーアスの前に現れたのは、「関係」であった。これは、とどめられぬばかりか、決して同じ形では甦らない。閉鎖と反復による不変を基盤とした従来の秩序に比すれば、その時々で形を変えてゆく「関係」など無も同じだ。アンドレーアスは秩序から脱してしまったものの、それに代わる新たな秩序を見出せない。

商人の息子、帝、そしてアンドレーアスらの前には、既存の秩序からは生じ得なかった連関が現れる。その際、メールヒェンの主たちは、己を中心とする意味づけとは全く異なる結びつきの前に、ひたすら惑う。というのも、彼らは己以外の中心を認められないため、それ以外の連関など理解できようはずもないからだ。ただし、帝の場合は妃によって中心であることを断念させられる。夫と異なり、妃は高貴と下賤が逆転しつつ結びつく新たな連関を受け容れて、始まりの場所へと戻ってきた。そこで、彼女はかつてカイコバート王という中心から引き離され、帝という中心へと関係づけられたのだった。しかし彼女は今や卑しき者への奉仕によって帝を、絶えず変化にさらされる不完全な存在(人間)になることによって父王を中心とする閉鎖された空間および反復される時間から身を振りほどく。妃は、不変の永遠を失ったのと引き換えに、「より高い螺子山を上がって同一点へと戻」ってきたのである。この運動が、帝やカイコバート王とは別の中心、それを巡ってさらなる高みへと上り続ける行く末を示唆する。自らを「高きもの」でないと認めたがゆえに「高きもの」へと近づいた妃と結ばれた帝も、同様だ。そして、妃と帝の運命を引き継ぐのがアンドレーアスである。彼が「自分自身」から飛び出し、前へ前へと突き進んだ先は、ゴットヘルフによって命を落としたフィナッツァー家の飼い犬の墓、その前に倒れ伏す自分自身だった。

ここだったのだ。さんざん走り回ったところで、無駄だった。自分自身から逃げ出すことなどできはしない。

ときにあちらへ引っ張られ、ときにこちらへ引きずられ、自分はこの遥かな道へと送り出された。その道も、いつかどこかで終わってしまう。まさに、ここで！　彼と死んだ犬の間には、何かがあった。ただ、彼にはそれが何であるかわからなかった。犬の死を招いたゴットヘルフと彼の間にも、何かがあった。――他方館の犬とあの小犬の間にも、何かがあるのだ。それらすべてのものが、あちこちで関係を生じ、そこから一つの世界が、現実世界の背後にあって、現実世界のように空虚でなく、荒涼としてもいない世界が紡ぎだされていた。やがて、彼は自らに対して驚きを覚えた。「僕は、どこからやってきたのだろう」――そこに横たわっているのは別の男で、その中に自分が入ってゆかねばならないような気がした。しかし、彼はそのために必要な言葉を失くしてしまっていた。（XXX. 72.）

アンドレーアスを同じ場所にして「より高い螺子山」へと上らせた〈何か〉。それは、無数の連関を生じせしめている〈何か〉だ。その予感を抱いた点から出発し、「より高い螺子山」において再び同じ点へと戻る運動を維持し続けることによって初めて、それを可能にせしめる「中心点」が示唆される。というのも、不変なるものは、変化し続ける「推移」によって担われねばならないのだから。『影のない女』において不在や否定の内にのみ現れる名指されえぬものだったのに対し、アンドレーアスは予感にすぎないとはいえ「中心点」を見出すのだ。

2－4　「中心点」への予感

ケルンテン出立の前夜、アンドレーアスはロマーナの夢をみた。フィナッツァー家を離れねばならない時が迫るにつれ、アンドレーアスの心は沈んでいた。ヴェネチアへと発ってしまえば、二度とこの地を踏めないと知っていたからだ。彼女は、永遠に彼の手から失われてしまった。彼をフィナッツァー家、さらにはウィーンにつなぎとめていた秩序は、既に断ち切られている。夢の中のロマーナにとって――そしておそらく現実のロマーナにとっても、アンドレーアスはもはや結ばれるべき相手ではなく、忌まわしいゴットヘルフと見分けがつかなくなっていた。それでもなお、彼女はアンドレーアスと共に行くことを誓う。だが、むろん許されるはずもなかった。父が、母が、死んだ兄弟たちが、重く澱んだ血でもって彼女をケルンテンに縛り付けているのだから。アンドレーアスが身動きできないロマーナのもとに戻ろうとしたとき、彼女は「もう一度来てちょうだい」という言葉を残し彼の前から姿を消すが、しばらくの後「明るく楽しげに、何事もなかったかのごとく」(XXX. 73.) 再び現れる。

では、絶望に駆られてその場から駆け去ったアンドレーアスに向かい、近づいてきたもう一人のロマーナは何者なのだろうか。少しも傷を残しておらず、むしろ輝きを増した彼女の姿は、アンドレーアスの願望が見せた都合の良い幻だったのかもしれない。それにもかかわらず、この変容は一時の慰め以上のものを彼に与えた。なぜなら、ロマーナは、彼の背後から追いすがるのではなく、前方からやって来たのだから。アンドレーアスは、置き去りにしてきたはずのものを、行く手に見出すのである。離れ離れになっていた間に傷ついた生命を甦らせたロマーナは、彼がこの先出会うであろう未来だ。しかし、それだけではない。ロマーナの変容に驚嘆するあまり、アンドレーアスは再会の喜びを告げるどころか彼女の名を呼ぶことすらできず、「きみは、何て娘なんだ」(XXX. 73.) という言葉をかけただけだった。この問いに対し、ロマーナの口から「これが私なのよ」という言葉が発せられたとき、初めてアンドレーアスに過去と未来の彼女を統べる「最も内なる存在 innerstes Wesen」(XXX. 73.) が啓示される。それは、いかなる変化とも無縁でありながら、変化の中にのみ見出される「無限なるもの」だった。アンドレーアスは、束の間の別れを経た後、今度こそ本当の彼女と出会うのだ。

幸福な夢の終わりは、唐突に訪れた。アンドレーアスがロマーナを抱きしめようとすると、彼女は「いやよ」という叫び声を上げ、熊手で彼に打ちかかった。今現在の彼では、生まれ変わったロマーナの相手として相応しくなかったのである。眠りから覚めた彼が、「時は過ぎ去ってしまう。僕はここにとどまることはできない。だが、また戻ってくることはできる。(略) 同じ自分でありながら、別の人間になって戻ってくるのだ」(XXX. 75.) と独白している箇所からわかるように、彼女と結ばれるためには、彼自身も変容を遂げねばならない。アンドレーアスは一度ケルンテンを後にする必要があった。もっとも、この旅には帰還が約束されている。それが成就するとき、ロマーナのみならず彼の「引き裂かれていた存在の半分と半分が再び一つになったかのよう」(XXX. 21, N 30.)(一三)に「最も内なる存在」もまた顕現しうる。前述の独白にあった「同じ自分でありながら、別の人間として」とは、こうした変容を意味している。その際、またしても現実の時間と距離は意味を失い、「自らの内なるものであろうと、外なるものであろうと、彼が彼女を失うことはありえなかった」(XXX. 73.)。むしろ、現在のロマーナを手放すことによって、より高次の存在となった彼女を所有しうるのだ。

だが、アンドレーアスは大きな誤謬を犯している。変容を遂げたロマーナと現実の彼女が同一であると考えた点だ。「最も内なる存在」は、夢に現れた二人のロマーナが体現している変化の中に予感されるだけで、彼女自身ではない。むろん、所有など不可能だ。ところが、アンドレーアスは、両者を取り違えたままケルンテンを後にする。しかも、戻ってきた彼を待ち受けているロマーナに、変容は訪れていない。なぜなら、彼女はケルンテンから一歩も出ないまま、あらゆる変化に背を向け、ヴェネチアから戻ってきたアンドレーアスを拒むことになるのだから。「高きもの」に関する予感と引き換えに望むものを見出せなくなってしまったアンドレーアスの前で、またしても始点と終点はすれ違う。

では、より高次の段階におけるロマーナとの合一は果たされないのだろうか。答えは否である。それは、彼が旅立ち、かつ戻ってゆこうとしているケルンテンにおいてではなく、「推移」、すなわち旅の途上で起こる。アンドレーアスは、フィナッツァー家から遠ざかって行く馬車の上で、天高く舞う鷹の「最高の力と天分が、自分の魂の中に流れ込んでくるのを感じた」(XXX. 76.)。鷹の翼が夕空に描き出す「幾つもの円」は回帰を、そして「あらゆる引き離されたものを結びつける」に十分な高みからの眼差しは、この円が巡りながら、同時に上昇してゆく螺旋であることを先取りしている。アンドレーアスは、現実のロマーナから離れてゆこうとする瞬間に、現在と未来の狭間で引き裂かれたロマーナの「最も内なる存在」との合一を体験する。

> 彼の内にロマーナが生きていた。彼の魂は一つの中心点を持った。(XXX. 76.)

しかし、「中心点」が生命を保ち続けるために、アンドレーアスはその周囲を回り続けねばならない。というのも、楽園は「ロマーナと共にいること」(XXX. 129, N 129.)ではなく、ロマーナとの個人的な体験から得られた「中心点」を巡る運動にあるからだ。

2−5　螺旋の果てに

こうした到達不可能な「中心点」を巡る運動は、アンドレーアスがヴェネチアで出会う「貴婦人」マリアと「娼婦」マリキータにおいて顕著になる。「一人の同じ人格が分裂したもの」であり、決して同時に現れることのない二人の女は、完全にとはゆかぬまでも、互いの存在を認識し合っている。アンドレーアスは、偶然訪れた町外れの教会で、この女がマリアからマリキータへと変貌を遂げる瞬間に立ち会う。何一つ事情を理解せぬままその場を立ち去った彼は、最初教会で祈っていた慎ましい女と、自分を追ってきた奔放な女は別人だと思う。しかし、どこまでも追いすがってくる後者の正体について考えを巡らせていたアンドレーアスに「ある説明のつかぬものが、あらゆる秩序から飛び出して、関わりを持ってきた」(XXX. 91.)。それは、女装した男や娼婦といった現実的可能性ではなく、何の縁もないと思われていた教会の女との「秘密に満ちた連関」(XXX. 92.)だった。

今や彼には、二人の女が、グラスに注がれた赤葡萄酒が手品師の手で白葡萄酒とすりかえられてしまうように、一人がもう一人に代わって現れるとか、二人がお互いについて何一つ知らないなどということは、ありえないと思われた。(XXX. 91-92.)

アンドレーアスは、目下探している奔放な女が、実は先刻祈りを捧げていた女本人であると悟った。彼は教会へと引き返す。そして、あの一節が現れる。

この秘密に満ちたものは、彼にとって何一つ過ぎ去ってはおらず、円のように反復しているのだった。それが再び現在となるためには、彼が円の中へ戻ってゆきさえすればよかった。(XXX. 97.)

前述の引用においては、円の「中心点」は書かれていない。というのも「高きもの」、この〈女〉の「最も内なる存在」は、マリア並びにマリキータとの邂逅と別離を繰り返す円の中心にのみ現れるからだ。[二二四] アンドレーアスがどちらか一方のもとにとどまれば、求める〈女〉は存在しなくなってしまう。ロマーナの場合と異なり、彼はもはや〈女〉を所有できるとは考えていなかった。彼にとって唯一の思い違いは、この円が同一軌道上を巡り続ける環ではなく、螺旋だと気づいていないところにある。むろん、螺旋も円である以上、同一点に戻りはする。ただし、そのときには「螺子山を一つ上がって」おり、まったく同じ場所を通過するわけではないのだ。上昇する螺旋運動において、体験は位相を変えつつ繰り返される。したがって、再び教会に足を踏み入れたアンドレーアスは、誰にも出会えなかった。彼は、遅かれ早かれ悩める女と再会するだろう。もっとも、〈今、教会で〉ではなく、〈いつか、この都市のどこかで〉。

マリアとマリキータを巡る運動は、ともすれば二つの中心を持つ楕円であるかのように思われる。しかし、彼女たちのどちらも真の中心ではない。彼女たちは巡り続ける運動を形成し、真の「中心点」を顕現させる断片の一つにすぎないのだから。飼い犬、手紙、そして何より「他者によって非常に影響されやすい」(XXX. 102, N 68.) アンドレーアスを媒介として、両者は「互いに駆け引きを演じ合って」(XXX. 10, N 4.) おり、どちらか一方が優位に立つことはない。これが、「相互作用的なもの das Allomatische」だ。[二二五] そして、こうした一方から他方へ、また他方から一方への急激な変化が起こってしまったがゆえに遡及的に措定せざるをえない点、すなわち両者の移行を媒介する点こそ、アンドレーアスが求める〈女〉の正体なのだ。変化それ自体は完全に一回性の出来事でありながら、それを可能にせしめる点が確定されえないため、両極は止揚されず、互いに作用し続ける。さらに、マリアとマリキータの関係は、巡り続ける円の中心にのみ現れる〈いずれでもあり、またいずれでもない女〉とアンドレーアスとの関係に拡大される。なぜなら、アンドレーアスは、マリアとマリキータを結びつける「作用するもの」である一方、自らは両者の間で引き裂かれてゆくからだ。分裂した彼の内面が、今度はマリア／マリキータの〈いずれでもあり、またいずれでもない女〉を見出し、また彼女との合一を望むことによって、結びつけられうる「作用されるもの」でもある。

他方、サクラモゾーが二元について語るとき、この螺旋は現れない。

サクラモゾーは二という数字を信じている。そこで、彼は自らの人生の二つの決定的な体験を語る。たった一つの体験によって永久に決定されてしまうためには、非常に天才的な資質がなければならない（アッシジの聖フランチェスコのように）。平凡な人間は、恐ろしい経験が一方への道を遮ると、もう一方へ向かうだろう。（XXX. 15-16, N 18.）

サクラモゾーは、中心となるべき一を選び出すと、それに他を従属させようとする。「魂の統一性、唯一性」（XXX. 18, N 25.）を信じるマリアの性質は、彼自身と同一である。ゆえに、彼にとって彼女と結ばれることは「最高の、最も純粋な自己享受」、すなわち「自己自身との合一」（XXX. 104, N 70.）を意味している。これに対して「肉体の個々の部分のみが唯一にして永遠なるもの」（XXX. 18, N 25.）とするマリキータを、サクラモゾーは受け容れられない。

向上を目指す絶対的かつ統一的な志向が感じられなければ、彼においてすべてが片づいてしまう。彼は、人間的と名づけたものを拠り所にする――彼は、単に部分的なものをたちまち見抜く――混乱した努力が、個々の善き特性が、何の役に立つだろう――ダナイスの桶、シシュポスの運命を、私は我が身から遠ざける。（XXX. 105, N 71.）

統一を成就させるために、サクラモゾーはマリキータをマリアに従属させるどころか、切り捨てようとさえする。それが成功を見なかったとき、彼は自ら命を絶つ。なぜなら、自殺とは、「第一」に自己享受という最も崇高な行為、精神が肉体を真に従えることであり、第二に世界との最も完全な交わりである」(XXX. 113, N 82.) からだ。

このような態度に接し、アンドレーアスは「サクラモゾーにあっては、すべてがただ正面でしかない」(XXX. 112, N 81.) のではないかという不安を抱く。ゆえに、彼はサクラモゾーとは別の解決法を見出してゆく。

マルタ修道会騎士とアンドレーアス――比較

(略) マルタ修道会騎士：自らを疑わず、自らの運命を疑っている。彼は、悦びの中で、苦しみの中で、二面的なものを一緒にして、全体を纏め上げる――しかし、すべては彼にとって、部分的なままだ(これに対して、アンドレーアスには、いかにしてすべてが一緒になるかという予感がある、ただそれを把握する力が欠けている)(XXX. 144, N 174.)

アンドレーアスは、「二人の女のどちらからも、時に応じてより多くの欲求を覚える」一方で、「両極性の予感がある。どちらの女の中でも、彼は極めて繊細かつ純粋に、別の女を愛している」(XXX. 118, N 95.)。

(彼は、絶え間なく二元に苦しんできた。ある時は一方が、ある時は他方が、彼にとって無価値なものに思われた) 今、彼は一方の背後に他方があることを学ぶ――常に一方が他方の担い手であると感じること。(XXX. 116, N 90.)

ゲーテの言葉「世界の本質は、両極性と上昇の内に汲み尽くされる」(XXX. 118, N 95.)[一二六] を実践すべく、アンドレーアスは「螺子山」を上り続ける。その果てにのみ、「高みからの眼差し」が開けてくるのだから。

しかし、螺旋は決して閉じない構造によって、しだいに不完全な円としての性質を露呈してゆく。なぜなら、アンドレーアスが求める「中心点」、マリアおよびマリキータの〈いずれでもあり、またいずれでもない女〉は、前述の通りそれぞれの女との邂逅と別離を繰り返す中にしか存在しないからだ。そのため、彼はしばしば「中心点」を現実に出会う別のもの、すなわちマリア、マリキータ、ニーナ、その妹ツスティーナら女性たちと取り違え、前者を見失う。その結果、アンドレーアスは「ロマーナと共にあることが、自分の天国であるのかもしれない」(XXX. 129, N 129.) という考えに逃げ込もうとするのだ。ケルンテンで「自分を妻として連れ帰るためにウィーンからやって来」るアンドレーアスを待ちわびるロマーナは、彼が「螺子山を一つ上が」ることによって開示された「最も内なる存在」、すなわち「中心点」ではないにもかかわらず、だ。「中心点」から離れることがない代わりに、そこへ到達することもないアンドレーアスに、もはやホーフマンスタールがシュトラウスに説明した持続的な「発展」は望めない。

決して辿り着けない「中心点」を求めてさまよう主人公の姿は、折々に書き留められた覚え書きにおいて絶えず新たな全体を構想し続ける著者の試みと重なる。後者を端的に表しているのが、目次だ。ホーフマンスタールは、時系列に沿って並べられた八章から成る「暫定的な」目次(XXX. 12, N 8.)[一二七]を立てた後、回想による順序の入れ替えを伴う「おおよその概要」(XXX. 24, N 38.)[一二八]を作成したが、こちらは五章までしか内容が書き込まれず、六章および七章は数字のみ、暫定的とはいえ結末として用意されていた第八章に至っては記述そのものが削られてしまった。目次の破棄により、いずれの章にも当てはまらない挿話——アール河畔の寡婦(XXX. 129, N 130-138, N 155.)やロマーナの伯父と伯母(XXX. 184, N 285-185, N 287.)、サクラモゾーのペルシア旅行(XXX. 164, N 230-179, N 270.)、とりわけサルタンの宮廷を舞台にした物語が次々と現れては、ただでさえおぼろげな覚え書き同士のつながりを掻き乱し、無数の断片へと戻す。もっとも、それらは各々の輪郭を持ち、自己完結しているだけでなく、依然として大いなる連関の一部であることが期待されている。

こうしたロマーンにおける個々の部分とありうべき全体との関係を考察しようとする際、比較の対象となりうる形式がアフォリズムだ。というのも、ホーフマンスタールは『アンドレーアス』の中で露になった到達不可能な「中心点」を、アフォリズムという形式においても追求しているからだ。次章では、〈現前する個々の部分〉と〈未だ実現しない全体〉の間に生じるダイナミズムというアフォリズムの特徴から出発し、ホーフマンスタールが則った「社交的アフォリズム」という形式について論じる。そこでは、「あらゆる引き離されたものを結びつけ」、全体を顕現せしめる到達不可能な「中心点」への多様な接近が行われているのだ。

註

(七一) Manfred Pape: Zur Überlieferung von Hofmannsthals ›Andreas‹ und zur Qualität der bisherigen Drucke. In: Jahrbuch des Freien Deutschen Hochschrifts 1974. S. 362- 371, hier S. 365.

(七二) 以下、パーペの編集方針については、Manfred Pape: Integraler Apparat und Apparattext. Zur Edition von handschriftlichen Prosaentwürfen am Beispiel von Hofmannsthals Andreas. In: Zeitschrift für deutsche Philologie 95 (1976). S. 495- 509. を参照。

(七三) Pape, a. a. O. S. 500.

(七四) Pape, a. a. O. S. 501.

(七五) Richard Alewyn: Andreas und die „wunderbare Freundin". Zur Fortsetzung von Hofmannsthals Roman-Fragment und ihrer psychischen Quelle.In: a. a. O. S. 131-167, hier S. 162. アレヴィンがこの論文を執筆する際参照したのは、Hugo von Hofmannsthal: Gesammelte Werke. Hg. von Herbert Steiner. 1. u. 2. Aulf. Frankfurt a. M. 1946-1959. である。ゆえに、後述するアウルンハンマーはアレヴィンの論を批判するに際し、自らが用いた批判版全集とは異なる版を参照している点にも注意を払うべきであろう。既に述べた通り、初版およびこれに則った従来の版と批判版全集では、編集方針が大きく異なっている。したがって、アウルンハンマーは、アレヴィンの論が『アンドレーアス』の筋連関を重視する版に依拠しているという事実を明記した上で、批判版全集を参照する後述のヴィートヘルターとの類似について指摘する必要があった。

（七六）Waltraud Wiedhölter: Hofmannsthal oder Die Geometrie des Subjekts. Psychostrukturelle und ikonographische Studien zum Prosawerk. Tübingen 1990. S. 238.

（七七）ホーフマンスタールの精神分析学受容については、Bernd Urban: Hofmannsthal, Freud und Psychoanalyse. quellenkundliche Untersuchung. Frankfurt a. M. 1978. に詳しい。また、彼が実際に所蔵していた文献は Michael Hamburger: Hofmannsthals Bibliothek. In: Euphorion 55（1961）. S. 15-76. で確認できる。

（七八）Morton Prince: The dissociation of a personality. A biographical study in abnormal psychology. New York 1906. 一九〇七年の手記に「一昨日、マリー・タクシスの茶会にて、フランツ・リヒテンシュタイン、つまりサンクト・ペテルブルク前大使とともに。侯爵夫人は、アメリカ人医師の本『人格の分裂』について（大いに）語る、この本を私はすぐに取り寄せよう」（RA III. 487.）とある。事実、同書はロダウンの書庫に所蔵されていた。Vgl. Hamburger, a. a. O. S. 26.

（七九）B II は催眠状態でのみ現れるため、人格としては数えられない。Prince, a. a. O. S. 57. 脚注参照。

（八〇）アンドレーアス、マルタ修道会騎士サクラモゾー、貴婦人マリアと娼婦マリキータを指す。Alewyn, a. a. O. S. 162.

（八一）覚え書きには「M II は B III であり、M I は B I。B II は M I の魂、清らかで確固たる存在、アンドレーアスはマリアとして認識」とある。Alewyn, a. a. O. S. 141. Vgl. XXX. 22, N 33.

（八二）Alewyn, a. a. O. S. 157.

（八三）Thomas Anz: Psychoanalyse in der modernen Literatur seit Freud. In: Freuds Aktualität. Freiburger Literaturpsychologische Gespräche. Bd. 26. Hg. von Wolfgang Mauser und Joachim Pfeiffer. Würzburg 2006. S. 97-111, hier S. 102. 十九世紀末の文学者たちに共通するフロイトへの矛盾した、両義的な態度の例として、アンツは一九〇八年一月オスカー・A・H・シュミッツに宛てて書かれたホーフマンスタールの書簡「フロイト——私は彼の著作すべてを知っておりますが——彼は偏狭な、田舎者らしい自惚れでいっぱいの凡庸な人間です」を挙げている。この書簡は、ルドルフ・ヒルシュが流行から距離を置こうとするホーフマンスタールの立場について述べる際、補足的に挙げたものであり(Rudolf Hirsch: Zwei Briefe über den »Schwierigen«. HB. 7 (1971). S. 70-75, hier S. 74. Amk. 1.)、書簡集（Hugo von Hofmannsthal: Briefe. 1900-1908. Wien 1937.）には収録されていない。フロイトの仕事に対して一定の評価を与える一方で、その名声を無条件には肯定せず、精神分析学と文学との距離を強調する「両義的な態度」は、一九二二年にアメリカの雑誌（»The Dial«）に寄稿されたエッセイ『ウィーンの手紙 Wiener Brief [II]』(RA II. 185-196.）においても表明されている。

（八四）もっとも、フロイトの場合、その試みは必ずしも成功したとは言えない。『あるヒステリー患者の分析の断片』（一九〇五）を発表するに至って、フロイト自身が——原因の大部分を患者側の都合による治療の中断に負わせているとはいえ——その事実を認めている (Sigmund Freud: Bruchstück einer Hysterie-Analyse. In: Studien Ausgabe Bd. 6. Frankfurt a. M. 1994. S. 83-186.)。ラサッレは、同書の脚注が『ヒステリー研究』（一八九五）、『ヒステリーの病因学』（一八九六）、『夢判断』（一九〇〇）、『性理論三篇』（一九〇五）との相互参照性を持ち、学術的な連関を示している点を指摘した。フロイトが自らの断片を補完することによって精神分析学のさらなる発展を期待していたという彼女の見解は、開かれているにもかかわらず連関しうるフラグメントという現象について考察する際示唆に富むものだ。Andrea Lassalle: Bruchstück und Portrait. Hysterie-Lektüre mit Freud und Cixous. Würzburg 2005. S. 74.

（八五）「病める女の告白。一見熱にうかされているようだが、熱は出ていない。B II（訳者注：M II）が彼女の足を身体から切り離して、隠してしまったという」(XXX. 26, N 40.)

（八六）「マリキータがアンドレーアスとマリアのことで言い争っていると、突然マリアの身になって考え出し、悲しげになり、一瞬でマリアに変身する」(XXX. 22, N 33.)、「B I が彼（訳者注：アンドレーアス）とマルタ修道会騎士に向かって話している間に（興奮したくないので、意識的にゆっくりと、スペインの称号や王位継承権について）、気を失う。別の顔が現れる——彼女は全く別の口調で話す。彼女の眼は泳ぎ、炎のような眼差しが、アンドレーアスをとらえる——それが過ぎると彼女は再び蒼白になり——苦労して話の糸口を見つける」(XXX. 24, N 37.)、「彼（訳者注：アンドレーアス）

は、彼女（訳者注：マリキータ）を賭博場やその他の娯楽場へ連れて行く。時に、彼女は突然彼の腕から消えてしまう。また時に彼女は痙攣して動かなくなり、それから突然ＢⅠの顔で彼を見つめる」（XXX. 25, N 39.）、「伯爵夫人は、ある時一人、自分の思考の中で全て（過去、神、清らかさ）が別の相貌を帯びてしまった後で、鏡の中で自分が変身するのを見る。彼女の顔の中で苦悶の表情が、勝ち誇る表情と闘っている。それから、マリキータが立ち上がり、階段を降りて行く」（XXX. 26, N 40.）。

（八七）「MⅡ二人の男と同時に寝る。彼女は言う、もし私が誰かと寝た後、一日後、六時間後、二時間後、三十分後、十分後に他の人と寝たら？　ええ、そんなものよ」（XXX. 18, N 23.）。

（八八）Prince, a. a. O. S. 288- 294. および XXX. 123, N 109.

（八九）Prince, a. a. O. S. 288-294, bes. S. 291-294.「道徳的特徴 Moral Characteristic」。

（九〇）Prince, a. a. O. S. 152.

（九一）Prince, a. a. O. S. 524.

（九二）「超越的な意味で、もしも愛に一つの目的があるとするなら、それは常に内的な諸部分へと解体してゆく人間が、愛の灼熱の中で一つの統一体へと融かし合わされることにちがいない」（XXXVII. 38, 314.『友の書』）。

（九三）Vgl. Prince, a. a. O. S. 56. ビーチャム嬢に関するサリーの発言。「彼女は修道女になりたいんだと思うわ」。

（九四）Alewyn, a. a. O. S. 159.

（九五）Prince, a. a. O. S. 111. この描写は、サリーがプリンスの治療から逃れようとして、男友達に送った手紙「すぐに、あたしを連れ出してちょうだい。誰かが――誰だかは言えないけど――あたしに催眠をかけ、あたしをものすごく善良にして、二度とあんたと会わせないようにするの。だから、そんなことをされないようにしてほしいの。あたしを連れ出してよ」と一致する。

（九六）Achim Aurnhammer: Hofmannsthals »Andreas«. Das Fragment als Erzählform zwischen Tradition und Moderne. In: HJb. 3（1995）. S. 275-296, hier S. 283. もっとも、コルビノー＝ホフマンは批判版全集刊行のわずか五年後に、ロマ

ン派のフラグメント概念における断片的なもの、未完成なものを強調し、『アンドレーアス』を想定された全体性との関係において考えることに批判の矛先を向けている。背景にあるのは、検証を欠いたままフラグメントが失敗のドキュメントと見なされてきた歴史への不満だ。Angelika Corbineau-Hoffmann: Der Aufbruch ins Offene. Figuren des Fragmentarischen in Prousts *Jean Santeuil* und Hofmannsthals *Andreas*. In: HF. 9 (1987). S. 163-194, hier S. 163-164.

（九七）Michael Hamburger: Das Fragment: Ein Kunstwerk? In: HJb. 3 (1995). S. 305- 318, hier S. 307-308.

（九八）Hamburger, a. a. O. S. 311.

（九九）Aurnhammer, a. a. O. S. 276. さらに、アウルンハンマーは、独自に行ったホーフマンスタールの自筆原稿調査を踏まえ、批判版全集の編集にも疑問を投げかける。それによれば、パーペは、テクスト推敲時にわざと残された二義性（括弧に入れられた部分や重ね書き）を排除し、原稿に施された二度に渡る修正（鉛筆による修正およびペンによる修正）を無視した上、筋の展開に沿うように語を変更、統一すらしている。Aurnhammer, a. a. O. S. 278.

（一〇〇）Aurnhammer, a. a. O. S. 285.『アンドレーアス』における語り手の存在については、次章でアフォリズムの編者と比較しつつ考察する。

（一〇一）Aurnhammer, a. a. O. S. 290. Vgl. 本書註四「反統合（Disintegration）のロマーン」の系譜参照（二二頁）。

（一〇二）シュレーゲルがフラグメントという形式に対して要請した全体なるものについては、この問題を共有するアフォリズムと関連づけて論じた。本書第三章参照。

（一〇三）Ästhetische Grundbegriffe. Historisches Wörterbuch in sieben Bänden. Bd. I. Hg. von Karlheinz Barck. Stuttgard 2001. Fragment の項（執筆者ユストゥス・フェッチャー）参照。

（一〇四）Aurnhammer, a. a. O. S. 282. Vgl. ノヴァーリス「どのような交友も、どのような出来事も、徹頭徹尾知的な人々にとっては——無限の連なりの最初の環でありうる——無限のロマーンの始まり」(Vermischte Bemerkung, Werke. 1969, S. 336.)。

（一〇五）XXX. 360- 374. もっとも、覚え書きの中には、既に一九一三年の段階でロマーンと記されたものも存在する。

（一〇六）Helmut Schanze: Friedrich Schlegels Theorie des Romans. In: Deutsche Romantheorien. Frankfurt a. M. 1968. S. 72.

（一〇七）Viktor Žmegač: Die Wiener Moderne und die Tradition literarischer Gattung. In: HJb. 5（1997）. S. 199-216, hier S. 201, 203, 206-207.

（一〇八）Gotthart Wunberg: Unverständlichkeit. Historismus und literarische Moderne. In: HJb. 1（1993）. S. 309-350, hier S. 312. ホーフマンスタールが志向する「わかりにくいもの das Unverständliche」については、本書第四章において『ナクソス島のアリアドネ』との関連で再度取り上げる。

（一〇九）Eberhard Ostermann: Der Begriff des Fragments als Leitmetapher der ästhetischen Moderne. In: Athenäum. Jahrbuch für Romantik1991. S. 189-205, hier S. 190

（一一〇）Friedrich von Schlegel: Kritische-Friedrich Schlegel-Ausgabe. Bd. 2. Hg. von Hans Eichner. Paderborn 1967. S. 168. 以下、KA. 2. と略し、頁数を記す。

（一一一）Ostermann. a. a. O. S. 194.

（一一二）Renner, a. a. O. S. 376.

（一一三）本書とは異なり、作品における拡張運動のみを強調するマイアーは批判版全集に収録されなかった二つの覚え書き及び草稿ノートに挟んであった新聞記事の切り抜き、さらには初期批評までも「作品」に含めるべきとの立場を取った。Hofmannsthals Andreas. Nachträge, Nachfragen und Nachwirkungen. Hg. von Mathias Mayer. Tl. 1: Texte aus dem Umkreis des Andreas-Romans. In: HJb. 6（1998）. S. 129-137. Tl. 2: Hofmannsthals Andreas im Spiegel früher Kritik（1930-1957）. In: HJb. 7（1999）. S. 101-197.

（一一四）序論で述べたように、この〈何か〉は、マイアーが示した中心ならざる「中核」ではない。

（一一五）メールヒェン版『影のない女』の最終章執筆と同時期に成立したと推測される覚え書きの中で、ホーフマンスタールは作品が目指すべきものとして「円 Kreis」を挙げている。「円：我々は、自分が端にいるように思うが、中心にいる。あらゆる事が、あらゆる事を引き起こす。この上なく些末な筋の中に、この上なく偉大なものが関連している。克服されたと信じられていたものが、再び現れる（以下略）」。批判版全集の編者リッターはこの覚え書きを、パンヴィッツ宛て書簡で述べられた「全きもの das Runde」、すなわちメールヒェンが体現していた完全性と関係づけている（XXVIII. 428.）。また、サクラモゾー関する覚え書き「彼には円が重要になる。レオナルドの作品や手記における円の優位」（XXX. 146, N 179.）から、ホーフマンスタールが、あらゆるものの根本にしてすべてを関連づける「円」という概念をレオナルド・ダ・ヴィンチのスケッチから導き出したことが知られる（一九二三年七月十一日付エルンスト・ローベルト・クルティウス宛て書簡「数年前、一人の友人がヴェネチアでウィンザー手写本からレオナルドのごく小さな素描を拡大してスクリーンに投射しました。そして私は、これらのあらゆる姿形（馬、魚、小人、機械、顔）は、ただ球からのみ成っているだと気づいた際、造形芸術の秘密に関して人生で最も強烈な、言葉では言い表せない直観を持ったのです」（XXX. 437.）。こうした全きものの表現たる円と、解体されるべき閉鎖性を担わされた円との間に、到達不可能な中心を巡り続ける「相互作用的なもの」が存在している。

（一一六）XXX. 160, N 219. には、「サクラモゾーはあらゆる教団や結社といったものを、螺子山を一つ回った分だけ超越している」と記され、彼が何らかの中心を見出していることが示唆される。サクラモゾーは様々な秘密結社との関係が取りざたされているが、それら雑多な教義の「すべてを自らの中に引き入れ」ることによって、自らの周囲に一種の「球」を形成し、「自らの外にある世界」から隔絶している。

（一一七）Vgl. XXX. 412. Erläuterungen.

（一一八）HS, BW. 187. エイブラムズは、この言葉を円環的な還帰の理念と直線的な進歩の理念を融合した「ロマン主義の意匠」、すなわち対立へと分割された始原の統一性がより高次において綜合される「上昇する円環」を簡潔に叙したものとしている（M・H・エイブラムズ『自然と超自然――ロマン主義理念の形成』吉村正和訳、平凡社、一九九三年、二一三頁）。しかしながら、エイブラムズがこの書簡を取り上げる際――典拠となったローベルト・L・カーン（»Some Recent Definition of German Romanticism«）同様――踏まえなかった（614）作品、すなわち「若きウィーン人の発展」（HS, BW. 262.）たる『アンドレーアス』を鑑みれば、（書簡執筆時におけるホーフマンスタールの意に反して）行く手に待つであろう高次の統一を希求し続ける無限の「発展」は、「高きもの」たる到達不可能な「中心点」への予感ゆえに本来一致するはずの始点と終点がすれ違ってしまった結果、不可避に引き起こされる断片化の表現としてのみ現れうるものであることが明らかになる。

（一一九）『詩人と現代』（一九〇六）。「我々の時代の特徴は、多義性と不確実性です。現代は、ただ滑りゆくものの上にしか安らうことができず、過去の世代が確固たるものと信じていたのが、実は滑りゆくものであると自覚しています」（RA I. 60.）。

（一二〇）Broch, a. a. O. S. 62.

（一二一）幾つかの覚え書きの中で、アンドレーアスの名は「レオポルト」となっている。XXX. 9, N 3/203, N 343/204, N 346.

（一二二）イェーガーは、支配と服従という垂直の関係をホーフマンスタールの作品に頻出する身振り、〈跪く〉および〈見下ろす〉に還元して説明している。彼によれば、両者を体現する存在に次々と自らを同定してしまうアンドレーアスは、そのいずれでもない身振り、すなわち跪くが、それによって貶められず、むしろ高められる祈りの姿勢を見出しうるという。Lorenz Jäger: Politik und Gestik bei Hugo von Hofmannsthal. In: Hjb. 2 (1994), S. 181-199, hier S. 189-191. しかし、アンドレーアスがケルンテンを去る際に幻視した〈祈り〉は、『影のない女』における奉仕のごとく、既存の支配・服従のヒエラルキーから外れたところでのみ可能となり、後述する「何一つ強要するものはなく、抑圧するものもないが、そのために何一つ存在していない状態」、いかなる安住も許されない漂泊の運命へと送り出すものだ。また、その幻視を引き起こす「鷹」は、やはり『影のない女』におけるのと同様、より高次の秩序と結びつく存在であり、人間の秩序内部における支配を体現するものではない。

（一二三）innerstes Wesen の Wesen を存在と訳出したのは、この覚え書き（als ob zwei Hälften seines Wesens die auseinandergerissen waren, wieder in eins zusammengiengen.）との関連を踏まえたためである。

（一二四）ホイマンは、ホーフマンスタールの文学に現れた「あらゆる別離は、常に別の形での再臨を自らの内に担っているという確信」を、環境が作者に与える影響から説明している。ホーフマンスタールにとって、自然において循環する反復（呼吸、昼夜および四季の移ろい）は、常に同じものが繰り返される以上の現象であり、なじみのあるものと新しいもの、予期されたものと予期せぬものが入れ替わるダイナミズムだとする彼の説は、ホーフマンスタールが厭う概念「機械的なもの das Mechanische」の発見およびそれとの対置により、説得力を持つ。Konrad Heumann: »Stunde, Luft und Ort machen alles«——Hofmannsthals Phänomenologie der natürlichen Gegebenheit. In: HJb. 7 (1999). S. 233-287, hier S. 264-265.

（一二五）ホーフマンスタール文学における「相互作用的なもの」という概念にとって、既に述べてきた精神分析学、とりわけ分裂した人格が際限なく入れ替わる現象についての知識が一つの起源となっているのは間違いない（Cohn, a. a. O. S. 190-191.）。さらに、パーペはフェルディナント・マークの著書（»Zweimal gestorben«）を介してホーフマンスタールに受容された錬金術の原理——「あらゆる運動および発展は最低でも二つの要素を必要とする。その際、常に動作主体が被動作主体に働きかけているが、これは一方的な関係ではない。すなわち、受動と能動が循環的に連続して起こることによって両者が相対化され、均一化、中立、調和、そして完全なるものへと向かう」——から、『アンドレーアス』に見られる「相互作用的なもの」、その現れとしての特異な循環を説明している。Manfred Pape: Aurea Catena Homeri. Die Rosenkreuzer-Qelle der ›Allomatik‹ in Hofmannsthals Andreas. In: DVjs. 49 (1975). S. 680-693. だが、「完全なるもの」は循環運動の中心に現れるのみで、実際には到達不可能だ。果てしない循環から生じうる「中心点」のずれ、さらには運動そのものが維持されえなくなる危うさについての視点が、パーペの論には欠けている。「相互作用的なもの」については、本書第四章参照。

（一二六）批判版全集解説によれば、ゲーテの著作（»Erläuterungen zu dem Aufsatz ›Die Natur‹«）からの引用とされる（XXX. 429.）。Polarität および Steigerung はゲーテにおける重要概念であり、通常「分極性」・「高昇」と訳されるが、本書ではマリアおよびマリキータとの関係を重視して「両極性と上昇」と訳出した。

（一二七）I．フィナッツァー館、II．到着、III．知己、IV．マルタ修道会騎士、V．二重の生、VI．対話、VII．魔力、VIII．

出立。

（一二八）Ⅰ．到着。住居。富くじ。娼婦の許を訪問。最初の出会い。Ⅱ．マルタ修道会騎士。対話。伯爵夫人の許を訪問。その前にもう一度ニーナの許を訪れる。Ⅲ．寡婦との出来事の進展。伯爵夫人との細やかな友情。マルタ修道会騎士への嫉妬。Ⅳ．伯爵夫人　発作に襲われる。彼女の物語。寡婦、この上なく激しい存在、小悪魔的。他者についての知識。Ⅴ．伯爵夫人の引きこもりが始まる。聴罪司祭の交代。至る所に。夜の訪問。脅しの書かれた紙片。Ⅵ．……。Ⅶ．……。

第三章　閉じない社交——点と図形——

Ⅰ　アフォリズム

1　個と全体

ホーフマンスタールにとってのフラグメントという現象を問題とする際、ロマーンと並んで重要になるのが、アフォリズムという文学形式である。ロマーンはあらゆる形式および様式を包括しうる「超ジャンル」(一二九)であったが、アフォリズムも別の意味で境界が定まらないジャンルだ。なぜなら、ほとんどのアフォリズム作者がジャンルの表示としての語が定着した後も自分のテクストがアフォリズムに分類されることを頑なに拒んだからである。アフォリズムの起源は古代ギリシャにまで遡りうるにも関わらず、アフォリズムの作者は自らとは無関係に既に長い時間存在していることのジャンルと出会った際、強いてそれに従来用いられていない名を与えようとした。すなわち、伝統を自覚したまま同時にタイトルによって先取りされない新たな書き方を構築するためにあらゆる手を尽くしたのだ。たとえば、F・シュレーゲルとノヴァーリスは伝統との密接な関係を認識していたにもかかわらず、フラグメントを用いて新しい文学のジャンルを確立しうると確信していた。したがって、フラグメントを狭義におけるアフォリズムから区別することは困難である上、さしたる実りのない作業となる(一三〇)。

ゆえに、ここではフラグメントとアフォリズムの差異ではなく、両者が共に問題としているもの、すなわち個別的なものと全体の連関に集中して論を進めてゆく。まず前者についてだが、F・シュレーゲル曰く、それは「ハリネズミ」のように自らの内部で完結していなければならない。

フラグメントは一つの小さな芸術作品と同じく周囲の世界から完全に切り離され、ハリネズミのように自らの中で完成されていなければならない。(KA. 2. 197.)

このような完結した統一性、分離の行為を強調するフラグメントの在り方に、しかしながらクレーマーはシュレーゲルの別の言説を対置する。

一つの作品が形成されるのは、至る所で明確に限定され、しかしながら境界の内部では無制限かつ無尽蔵であるとき、また自らに忠実で、至る所で同一でありながら、自らを超越しているときだ。(KA. 2. 215.)

前述の芸術作品に関する概念をフラグメントの定義へと読み替えたクレーマーは、後者が「ハリネズミ」であると同時に自らを越えて外へ出てゆき、自らが切り離された周囲の世界と再び結びつくのだと説明した。一方で個別的なものであることを要請されたフラグメントには、他方で「普遍性」や「全体なるもの」が実現不可能な前提として存在しているのだ。(一三二)

自らの内部で閉じた個でありながら、全体なるものの一部であるという矛盾は、アフォリズムにも見出される。そもそも語源となったギリシャ語aphorismosには、二つの意味が含まれていた。「区切る」、そして「理解されたことの領域から出る」だ。前者が自らの内に閉じこもった「ハリネズミ」的自律性として理解されうるのに対し、後者は理解という包摂を行う領域との関連によって規定される。実際、アフォリズムは個別性ゆえの体系に対する戦いではなく、硬直した思考体系を訂正する認識の形式だ。そこでは、個人の観察と普遍的な言説、個別的なものへの眼差しと全体なるものへの反省が同時に要請されている。この矛盾が、アフォリズムにおいては現前する個々の文とそれら全てを収めるべき一冊の本という未だ実現しない構想との間の生き生きとした緊張となって現れるのだ。(一三三)

構想としてのみ現れる全体性は、ホーフマンスタールにあってフラグメントに見出された到達不可能な「中心点」

と結びつく。彼が編んだアフォリズム集『友の書』(一二三)においては一見するとそこに存在するあらゆる文言が中心として機能しうるかのように思われるが、真の中心は決して実現されない全体性そのものである。ありうべき全体と、その手がかりを与える個とのダイナミックな連関が、ここでも引き続き問題にされている。既に一八九一年の手記において、ホーフマンスタールはニーチェの「中断された思考」に言及し、これを「うまく追っていかなければならない」(RA I. 98.) と述べている。この時点で早くも、彼はアフォリズムが読者に対して開かれた形式であるという認識と、そこに反映されたニーチェの思考、すなわち「生成するもの das Werdende」と「硬直するもの das Starr-Werden」との相克を読み取っている(一二四)。

アフォリズムへのさらなる関心を示すのが、一九〇二年に発表された『手紙』だ。一六〇三年八月二十二日にチャンドス卿が書いたとされる架空の手紙は、フランシス・ベーコンに宛てられている。シュルツは、ベーコンの「凝縮された、簡潔な、アフォリズム的文体」とホーフマンスタールの「とりとめのない、間接的、叙述的文体」を対置するとともに、チャンドス卿がカエサルに倣って計画つつも挫折した「箴言集」が、まさしくベーコン自身の著書『新と旧 New and Old』(一六二五) に由来すると指摘した(一二五)。この見解に従えば、既に第一章で述べたように、前者が放棄した計画を後者が実現したことになる。しかし、チャンドス卿を介したイローニッシュな関係にのみ、ホーフマンスタールとベーコンを押し込めるべきではない。チャンドス卿が、「部分から部分へ」解体してゆく事物の間に、固定できない「流体」となった連関を見出すとき、この「手紙」の宛名が別の意味を持ち始めるのだ。

アフォリズムの起源は、ヒポクラテスに遡る。知の体系化を目指す神殿医学に反し、個々の経験的な観察に有益となるよう、まとまりある全体を放棄した彼の叙述方法は、医学の領域を越えた学問的手法へと発展してゆく。こうした医学的アフォリズムの直系に当たるのが、学術的アフォリズムである。個々の、それゆえ連関のないものとして様々な経験を描写する学術的アフォリズムには、凝縮した表現によって印象を強め、記憶を促進するという教育的機能が色濃く受け継がれている(一二六)。この分野を代表する人物こそが、フランシス・ベーコンだった。彼は、『学問の進歩』の中で、政治と統治にとって、いかに学問が有益であるかについて、医術の喩えを引きつつ以下のように述べている。

通常わずかな処方のみを心得ていて、その結果独断的かつ大胆に振る舞うが、病気の原因も、患者の体質も、症状の危険も、真の治療法も知らず、経験のみに頼る医師に身体を委ねることは間違いだと思われる。(S. 5. First Book. II. 3.)（一三七）

ここでは、個人の経験にのみ依存する弊害と、総体的なものとしての学問を学んでゆく重要性が示されている。しかし、ベーコンは同時に知の体系化に対する警鐘を鳴らす。つまり、「諸学を成長あるいは発達させず、低いところにとどまらせる主な原因」(S. 14. First Book. IV. 12.)の一つは、

時期尚早に無理矢理知識を技術や体系へと還元することだ。そうすると、一般に学問は、わずかしか、あるいはまったく発展しなくなる。さて、若者たちは、身体が完全に引き締まり、形成されると、めったに背が伸びなくなる。同様に、知識もアフォリズムや所見である間は、発達してゆく。しかし、一度厳密な体系の中に包摂されると、さらに磨きをかけられ、明確さを増し、実用や実践に適したものになるかもしれないが、もはや量と内容を増しはしないのだ。(S. 15. First Book. V. 4.)

ベーコンは、昔から伝えられてきた学問の報告形式としてのアフォリズムを体系的な思考と意識的に対立させた最初の人物だった（一三八）。アフォリズムの長所について、彼は筆者と読者双方の側から検証している。それによると、アフォリズムはまず、「例証のための論述が省かれ、実例のための説明も省かれ、連関と順序のための論述も省かれ、実践のための記述も省かれる」がゆえに、「筆者が浅薄か堅実か」(S. 64. Second Book. XVII. 7.)を判断するための試金石となりうる。体系が、「解体されたならば、つまらぬものになってしまうようなものの外見を立派にさせる」(S.

65.）のに対し、「アフォリズムに入れられるのは適量の所見だけであり、したがって健全に基礎のしっかりした者でなければ書く資格はなく、書こうとしても不可能」（S. 64.）だ。また、読者に対しては、体系が全体性を伴った見解を形成するため、それ以上先がないかのように人々の歩みを止めてしまうのとは異なり、アフォリズムは断片的な知識を提示し、さらに探究するよう促す。こうしてベーコンは、著者および読者双方に対して開かれた形式というアフォリズムの可能性を描き出して見せた。

もっともノイマンによれば、ベーコンがアフォリズムの反体系的視点を根拠づけたというのは、不正確である。アフォリズムを体系に対置しているのは、従来の体系があまりに硬直し、あまりに事実と縁遠いものであり、さらなる、あるいは矛盾するかもしれない経験に対し性急に閉ざされているからにすぎない。ベーコンのアフォリズム概念とは、観察や実験の個別化を目指しているのではないのだ。というのも、アフォリズム的思考は、理解の新たな、より良い秩序を構築すべきであるのだから。すなわち、「普遍的なものと個別的なものを硬直的に固定せず、来たるべき読者および研究者の常に拡大してゆく活動に委ねるという新たな秩序」が打ち立てられねばならない。アフォリズムを通じて発見するという体験は、〈全体なるものという前提概念〉によって方法論的に制約されることなく、全体なるものへの関係を打ち立てられるとき、初めて可能となる。それゆえ、例や具体的説明は、認識する者の眼差しを遮らないために抑制される。アフォリズムによって認識のプロセスが先取りされるのではなく、認識の余地が開かれるのだ。[一三九]

こうした歴史を踏まえ、ノルテニウスは十九世紀末ウィーンにおけるアフォリズムを三つに分類している。[一四〇]一つ目は、ヒポクラテスを祖とする前述の「学術的アフォリズム」だ。ドイツ語圏においてはゲーテとジャン・パウルによって文学的伝統として確立し、リヒテンベルクを経てシュニッツラーへと受け継がれた。二つ目はパスカルに代表される「キリスト教的アフォリズム」である。信仰の内容を限定するかのようなイエズス会の教義に対する反撥から生じたアフォリズムは、第二次大戦後の不確実な世界を生きたシュレーダーと結びつく。そして、三つ目が「社交的アフォリズム」と呼ばれるグループだ。これは、ある社会または交遊サークルのメンバーが、互いに、あるいは伝統から刺激を受けた結果、自ら刺激を生み出す側に回ることによって生じる。「社交的アフォリズム」を発展させたのは、フランスのモラリストたちだが、ドイツの初期ロマン派におけるフラグメントにも類似の成立過程が認められる。この精神的共同体および個人的な友誼から生じ来るアフォリズムに、ホーフマンスタールの『友の書』が含まれている。

ホーフマンスタールの作品に、学術的アフォリズムが存在しないわけではない。シュニッツラーの作品と同様、(一四一)『塔』においてアフォリズムを口にする者の職業は、その起源を思い起こさせようとするかのごとき医師である(一四二)。辺鄙な城塞へと招聘された彼は、城主ユーリアンから奇妙な依頼を受ける。敷地内の塔に幽閉されたポーランド王太子ジギスムント——生まれながらにして父王への反逆を予言されたがゆえに虜囚の身へと落とされた青年を診察せよというものだ。その際医師は、アフォリズムという語が経てきた変遷を再現するがごとく診察の対象を病人から世界そのものへと拡大し(一四三)、作品の展開を簡潔な表現によって先取りする。

> われわれが、安全な家の中から小さなのぞき窓を通して見つめていれば、全世界も我々の心を満たすのにちょうどよい大きさなのだ。しかし、隔壁が崩れ落ちてしまうならば、ただでは済まない。(XVI. 2. 135)

> アルコール、我々の筋肉組織の内部では、死後二十四時間を経て腐敗の最初の気配が始まる瞬間に生じます。癒しがたいものから、癒しの力が生じるのです。これが、自然の技なのでございます。(XVI. 2. 139)

ただし、医師の眼差しは、初めから全体なるものに向けられているわけではない。というのも、彼の言葉は個々の症状を観察し、診断を下す過程で生じているのだから。「自分が認めた災いを、その場で指摘すること」という職務に従い、医師は王子の看守ユーリアンに対する洞察の数々「激しい、希望に満ちた興奮。なんと遠大な準備。それも、国全体に渡るような。閣下は、英雄の資質を備えた人物になられました」、「しかし——私は一息に言ってしまわねばなりませんが、根源そのものは濁っております。最も深い根が蝕まれている。支配者の面において、善と悪が恐ろしい絡みあいの闘いを繰り広げているのです」(XVI. 2. 143.)、「心臓と脳は一つのものでなければならない。しかし、あたなは悪魔のようにそれらが分裂するのを許しておしまいになり、高貴な内臓を圧迫していらっしゃるのです」(XVI. 2. 143-144.)、「あなたの歩みには英雄的な野心が、腰には無力な、巨人のように自らとともに崩れ落ちてゆく意志が見て取れます。あなたの夜は狂おしい熱望、無力な努力。昼は、退屈し、自らを消耗する日々、最高のものに対する疑い――魂の翼は、鎖につながれてしまっております」(XVI. 2. 144.)を披露する。「学術的アフォリズム」にあっては、個別的な事例を忠実に追ってゆく先にのみ、体系化や一般化といった全体なるものが――実現可能か否かはともかくとして――現れるのだ。

これに反して、『友の書』は、ある種の全体性から出発している。一九二〇年五月六日、ホーフマンスタールはブルックハルトに宛てた書簡の中で、「死者を夜会に招待する」という着想を披露した[一四四]。これを実現したのが、『友の書』だ。ただし、主催者として「夜会」を取り仕切るホーフマンスタールは、広間全体を見渡せる場所に座を占めるのではなく、招待客の間に立ち、彼らと言葉を交わして回る。すなわち、「夜会」とは、『友の書』に引用された句とホーフマンスタール自身のアフォリズムとの間に交わされる生き生きとした対話を意味しているのだ。個々の対話から、ホーフマンスタールは死者のみならず、パンヴィッツやミュラー＝ホフマンという生者、さらには読者までもが集う言語を介した社交の場を呼び起こそうとする。

こうした「夜会」の開催を通じてホーフマンスタールが呼び出そうとする全体性は、あらゆる多様性を排した空間ではない。ベッシェンシュタインは、『友の書』に現れるホーフマンスタールを第一次世界大戦によって深く傷ついた人間と見なし、彼によって選び出された多くのテクストが堅固さ、一貫性、矛盾のなさ、内的安定、明晰な認識能力に固執していると指摘した。その根拠として持ち出されるのが規範としてのフランス文化、とりわけ、ラ・ロシェフコー、ラ・ブリュイエール、ヴォーヴナルグらが用いた十七世紀フランスの格言的アフォリズムという伝統的形式だ。ホーフマンスタールは三人の偉大なフランスのモラリストたちが沿っている指導原理、すなわち「慣習」を頼る

ことにより、混乱を極めた「現代」から距離を置き、精神的な安定を創出しようとしたのだという。[一四五]

確かに、ヨーロッパ、中でもフランスのモラリスト文学（Moralistik）は、ホーフマンスタールのみならず、ドイツのアフォリズム成立に極めて密接に連関する領域だ。しかしながら、それはモラリストたちが独自の方法で個別的なものと普遍的なものの関係を問題としているためであり、後者への一元化、あるいは判断の絶対的尺度たる「慣習」を打ち立てようとしているためではない。[一四六] しかも、ベッシェンシュタイン自身、ごく稀な事例としながらも『友の書』に自らが論拠とした、つまり〈「慣習」を志向するフランスのモラリストの伝統〉から逸脱する面――完成ではなく見取り図、現実ではなく可能性の重視[一四七]、定点によって占められない精神性へ向けて開く姿勢を見出している。[一四八]『友の書』とは、多様な友が集い交わる開かれた場なのだ。

2　編者

では、アフォリズムに全体性を保証しているものとは何か。この問題について、ホーフマンスタールのアフォリズム集『友の書』を『アンドレーアス』に関する覚え書き群と比較しつつ考察する。『アンドレーアス』には、一九二二年に出版された『友の書』に収められたものと同一、あるいは類似の文言が幾つか見出される。[一四九] では、この場合ロマーンに関する覚え書きとアフォリズムとの差異は、どこから生じるのだろうか。覚え書きにせよ、アフォリズムにせよ、個々の言説は収録されるに当たり、一度元の文脈や思考から切り離される。しかし前者には、それらを新たな連関へと導き入れる語り手が存在している。アウルンハンマーが指摘したように、『アンドレーアス』の語り手は主人公と作品の来し方行く末を見通す全知全能の者ではなく、また暫定的とはいえ目次を立て、そのつどありうべき全体を見はるかす著者ホーフマンスタールの視点すら与えられていないが、そうかといって登場人物たちの限定された眼差しに納まりもしない。というのも、語り手は個々の断片的な覚え書きにおいて、古今東西の様々な書物の一節を特定の登場人物あるいは状況と結びつけ、作品の内部へ向かって集中的かつ独自に展開することにより、覚え書き同士のより大きな連関へと繋がる可能性を拓くのだから。

　こうした例として、ゲーテの「酌人の書」が登場人物同士の関係に当てはめられた上で、新たな連関を生み出してゆく覚え書きが挙げられる。「ハーフィスの、酌をする少年に対する関係。年長者と年少者の間の名づけがたい信頼」（XXX. 146, N 179.）は、アンドレーアスとサクラモゾーの関係を説明するために用いられている。マルタ修道会騎士サクラモゾーは、本来『ヴィルヘルム・マイスターの修業時代』のアベや『青い花』のクリングゾールのように若者を導く存在である。[一五〇] 秘密結社に所属し、人生の奥義を知る彼とアンドレーアスの間には、師弟関係が結ばれるはずだった。実際、初期の覚え書きには「マルタ修道会騎士との交際の中で、いや彼との関係によってのみ、アンドレーアスの存在は浄化され、集中する」（XXX. 31, N 50.）と記されている。サクラモゾーは、アンドレーアスの秘められた能力を引き出し、高みへと導くという「役割を演じる」のだ。しかし、サクラモゾーの弱さが露呈されるにつれ、「しだいに相手が自分の位置に入れ替わること」（XXX. 100, N 65.）、教える者と教えられる者の逆転が生じる。サクラモゾーは、自分には拒まれている能力、すなわちマリアのみならずマリキータをも愛することによって彼女の分裂した人格を統一し、彼女と真に結ばれる可能性をアンドレーアスに見出し、絶望するのだ。もはや、サクラモゾーが説く神秘思想は、ままならない現世を離れて「第二の生」（XXX. 99, N 63.）へ逃げ込むよすがでしかない。内実を伴わない師という「仮象の存在」（XXX. 146, N 179.）に成り果てたにもかかわらず、アンドレーアスは自分が彼の「被造物」（XXX. 110, N 79.）であると思い込んでいる。ゆえに、サクラモゾーはアンドレーアスにおける「大胆な愛する男への最終的な発展」（XXX. 146, N 179.）、さらにはマリアとの合一を助けるどころか、妨げてしまう。これらの覚え書きにおいて、語り手は補完しあうだけでなく、時に矛盾するような内容を記すことにより、単純な筋連関や構図へと還元しきれない複雑な関係性を提示し、決して完成されえず断片としてのみ表出可能な全体なるものの一端を垣間見せるのだ。

　こうした著者とも登場人物とも異なる語り手の役割を担う者が、さしあたり『友の書』には見当たらない。したがって、詩句は己の起源から切り離されたまま、他との連関を持たずに自らの内へと凝縮してゆくかのようだ。しかしながら、一見孤立した個々の文の間を歩き回る人影が現れる。彼、すなわち『友の書』の編者は、この世に数限りなく存在する先人や同世代人による著作の中から特定の詩句を選び出し、かつ自ら考案したものを加えて示し、思考と思考、精神と精神が交わる場を創設する。そこは閉ざされてはおらず、その広さは場を主催する編者本人にすらわかってはいない。本の中へ呼び込まれた言葉、そして人々は、時に編者の思惑に従い、時にそれを超えて、また時に本の内部で、時に本の外部へ向かって無限に連関を生じさせる。内への凝縮と外への展開、二つの力が引きあう場に読者が呼び込まれると、空間はさらなる広がりを持つ。これに伴って主催者は客人の陰へと退くが、座が解かれることはない。なぜなら、その場に居合わせたすべてが——生者と死者、作者と読者、書いた者と書かれたものの区別なく、場の主役になりうるからだ。誰が、あるいは何が主役になるかに応じて、空間そのものも変化する。すなわち、彼の「夜会」構想と結びつけられた『友の書』という書名は、そこに集ったあらゆるものと連関し、それらの間に交感を呼び起こしてゆく。この尽きせぬ友誼こそが、ホーフマンスタールのアフォリズム集における到達不可能な全体なのだ。

　ホーフマンスタールによって選び出された『友の書』という書名は、そこに集うあらゆるものと連関し、それらの間に交感を呼び起こしてゆく。いつ終わるともしれず、また全容を見通せない広間で開かれている「夜会」には、人々の出入りが絶えない。そこでは誰もが、あるいは何もかもが主役として中心になりうる。ノルテニウスによれば、こうした「夜会」の在り方は、ある一つのアフォリズム、正確にはアフォリズムから取り出される主題を様々な角度から何度も取り上げ、分析しようと試みる「螺旋的思考」[一五一]の表れということになる。だが、この考察は、『友の書』におけるホーフマンスタールの試みとは相容れぬものである。というのも、「螺旋的思考」の中心は、最初から固定されているわけではないからだ。そうではなく、たとえ暫定的に固定されていたとしても、実際にはそれに対する多様な接近を通じてのみ浮かび上がってくる。

　たとえば、「主だったドイツ人たちは、常に水の下で泳いでいるように思われる、ただ、ゲーテのみが孤独な海豚のように鏡のごとき水面をかすめてゆく」（XXXVII. 61, 538. 第四章）は、表面と深さの問題を扱っている。そこで述べられているのは、盲目的に深さを礼賛するドイツ人への批判だ。だが、一九一二年から一三年の間に成立したと推測される『アンドレーアス』の覚え書き「彼（訳者注：サクラモゾー）は、真実を知らねばならない。こうして彼は、マリアの生を知る――しかし、彼にとっては、あらゆる存在の生という秘密のみが価値を持つ。生は、表面と深みにあるので、生の秘密は両者の合一によってのみ捉えられうるのだ」（XXX. 101, N 66.）で既に指摘されている通り、表面と深さは一方のみを否定しうるような類いのものではない。（一五二）ホーフマンスタールは空間的メタファーを用いて、「深さ」と「表面」のいずれもとらえられないもの、すなわち両者の関係という解き明かせない「秘密」を、『友の書』では様々なアフォリズムによって掬い取ろうと試みているのである。それらを以下に書き出してみよう。

私が自分の味方にできるのは、人々の表面のみである。彼らの心は官能的な満足と一緒にしか手に入れられない――それを私は自分が生きているということと同じように確信している。
リヒテンベルク（XXXVII. 13, 46. 第一章）

リヒテンベルクは、表面と深さの問題を人間の生において展開している。このアフォリズムは人間同士の関係、すなわち社交という別の主題を引き寄せると共に、同じ章に収められているリヒテンベルクの二つのアフォリズム「あらゆる人間の性格には、砕かれえぬ何かがある――性格の骨格だ。そしてこれを変えようとするのは、羊に獲物を捕ってくるよう教えることだ」（XXXVII. 15, 59.）、「大ポンペイウスの料理人メノゲネスは、大ポンペウスその人のように見えた」（XXXVII. 16, 69.）と併せて、彼においてホーフマンスタールを惹きつけたもの、すなわち「人間に関する観察」という、ゲーテのアフォリズムとは別の連関を浮かび上がらせる。

深さは隠されねばならない。どこへ？　表面に。（XXXVII. 36, 297. 第二章）

これは、ホーフマンスタール自身による形而上学的な思索だ。(一五三) この上なく簡潔な形で具体性を排し、様々なものと関連しうる可能性を得ている。その例として、右に挙げた『アンドレーアス』の覚え書きが存在する。「生は、表面と深みにあるので、生の秘密は両者の合一によってのみ捉えられうる」は、サクラモゾーにとって重要な価値を有する「あらゆる存在の生という秘密」を言い表したものだ。『友の書』のアフォリズムが、簡潔さによってこの問題を「あらゆる存在」へと広げてゆくのに対し、『アンドレーアス』の覚え書きはマリア／マリキータの「真実」、つまり一人の女の中で交互に入れ替わる二つの人格と結びつく。ゆえに、サクラモゾーは個人にまつわる「真実」から「あらゆる存在の生という神秘」へと向かわねばならない。

ドイツ人は「実現されない形式」の言い換えにすぎない深さに重きを置く。彼らによれば、自然は我々を皮膚なしでさまよう深淵や渦として歩き回らせているのだ。(XXXVII. 42, 358. 第三章)

ドイツ人について行われた考察の一つである。ゲーテを評したアフォリズム「主だったドイツ人たちは、常に水の下で泳いでいるように思われる、ただ、ゲーテのみが孤独な海豚のように鏡のごとき水面をかすめてゆく」との関連をうかがわせる一方、『友の書』の中でホーフマンスタールが繰り返し試みた「ドイツ的思考」の検証、その手段としての外国人（特にフランス人）との比較へと展開する可能性をも内包している。

モデルネの心理小説家たちは、黙殺すべきものを掘り下げ、深く取り扱われねばならないものを表面的に扱う。
(XXXVII. 50, 436. 第四章)

ここには、『モデルネの恋愛の生理学について』（一八九一）において呈された「モデルネの分析好きなノヴェレ作家」への苦言——「自我」を「小宇宙」へと高めたのに対し、「太陽、星、環境、宗教、愛、社会問題」を「添え物」に貶めた態度（RA I. 93-94.）――のこだまが響いており、後にホーフマンスタール自身が直面した課題、いかに文学は精神分析学を受容しうるかとも重なってゆく。

一つの像の表面のいかなる部分も、内奥の核以外から作ることはできない。（XXXVII. 53, 462. 第四章）

絵画表現における一種の浅薄さに対し、ホーフマンスタールは幾つかの著作を通じて嫌悪感を示した。『アンドレーアス』の中で主人公が「よく似ているが、本当に嫌な絵」（XXX. 93.）だと拒絶するニーナの肖像画、そして『塔』においてオリヴィエが欲する「ジギスムントにそっくりで、取り換えがきく」替え玉は、いくらでも複製可能な質の悪い銅版画に比されている（XIV. 2. 217.）。むろん、このアフォリズムの場合、「像」は造形芸術の領域にとどまらず、文学における登場人物へも広げて、別の連関を呼び出すことも可能だろう。

自然主義が自然から遠ざかるのは、それが表面を模倣するために、自然本来の神秘である内部の関係の豊かさをおろそかにせねばならないからだ。（XXXVII. 61, 541. 第四章）

このアフォリズムでは、「表面」と「深さ」の問題が、盲目的な模倣表現との対比において取り上げられている。自然主義が追求する対象の忠実な再現とは相容れないホーフマンスタールの文学、そして事物との関係を鑑みれば、「アラベスク」や「モデルネの神聖文字」をも考慮に入れねばならないだろう。

右に挙げた例では、「表面」および「深さ」という言葉が含まれたアフォリズムを選び出したが、この二語が含まれていないものでも同一の主題へと読み替え可能なものがあるかもしれない。また、読者はこの主題を通じて、ホーフマンスタール自身による他の作品、『アンドレーアス』などへ出てゆくこともできるだろうし、『友の書』に収録されていない作家たちによる言説や、果ては自らの考えを付け加えることすらもできるのだ。このように、『友の書』

では一つの主題が様々な角度から光を当てられるのと同時に、他の主題やアフォリズムと結びつき、極めて多様な連関を生じさせる。(一五四)

「表面」と「深さ」に言及したアフォリズムは、一つの章にまとめられることなく、本全体に鏤められている。というのも、順を追って展開してゆく理論的な思考とは異なり、ホーフマンスタールのアフォリズムを支配しているのは「直観的思考」であるため「中心はあるが、始まりはない」(一五五)からだ。この到達不可能な中心を巡る螺旋こそ、『国民の精神的空間としての著作』においてホーフマンスタールが提示したフランス人とは異なるドイツ人の〈閉じない社交〉であり、「精神的空間」そのものなのだ。

II　精神的空間

1　「点」と「図形」

ホーフマンスタールが「社交性」を重視したのは、『友の書』においてだけではなかった。一九二七年一月十日にミュンヒェン大学大講堂にて行われた講演『国民の精神的空間としての著作』を準備していたホーフマンスタールは、一九二六年十二月十九日付のマルティン・ブーバー宛て書簡[一五六]で、『友の書』において催された「夜会」と同じく、「私が今ここに居合わせない人々や死者たちと語らうときのように、著者を通じて親しんできた古い作品をあれこれ読」み、その一つでは「一九年前の、とある午後の間中、肉声で私に語りかけた今は亡き友[一五七]が、話しかけてくるかのような」体験をしている。それを契機として書き上げられた講演の中で、彼は自らの論を展開するに当たり、出発点をカール・フォスラーの次の言葉に見出している。

> 形式自体ではなく、まさに形式の世俗性、社交性によって、詩人と国民、作家と読者、話し手と聞き手の間の環が閉ざされている。(RA III. 26.)

この「精神的なものと社会的なものの循環」(28)、「あらゆるものがあらゆるものと調和しつつ響きあう」(26)環を、ホーフマンスタールは「言語的・精神的なものという引き裂かれえない織物によって纏め上げられた」(27)フランス国民の文学に見出している。ただし、こうしたフランス文学の在り方は、「規範[一五八]」としてではなく完全な対蹠物として提示されている。なぜなら、この講演で彼はドイツにおける「環」の実現不可能性を宣告すると同時に、別の可能性を拓こうとするからだ。では、それはいかなるものなのか。講演の最後で名指されるのが、「保守革命 eine konservative Revolution」だ（41）。そこに含まれた相反する二つの原理「革命」と「保守」は、二人の「探究者 Suchende」（29）という人物となって現れる。最初に登場するのは、生者が責任を負うべき社交性としての現在にも、国民が責任を負うべき社交性としての歴史にも結びつくことを欲しない「放浪者」（30）だ。その者は、財産として所有可能な教養に胡坐をかいた「教養俗物」に敵対し、「創造的無秩序 die produktive Anarchie」（31）を精神的行為における創造的なものの正当な現象形態と見なす革命者だ。「夢想され、先取りされた秩序に基づいて支配しようとする不遜」（34-35）を犯す一人目の「探究者」に続き、「継承された秩序に血の犠牲を捧げようとする不遜」（35）に取り憑かれた二人目が歩み出てくる。彼は、「学問の高貴で峻厳な場の一つ、積み上げられた精神的遺産の只中」に身を置き、「遺産そのもの、遺産を護るという使命」（34）に奉仕する者だ。この一見対照的な「探究者」像は、しかしながらつぶさに見てゆくとそれぞれの中にも相反する要素が見出される。一人目は孤高であることにすべてが懸っているにも関わらず、凍えるような完全な孤独に長くは耐えられない（32）し、二人目は憂鬱な真面目さだけでなく「何か英雄的なもの」（34）、精神的氾濫から何度も道徳的規範を奪い取ろうとする弛緩することのない意志を持ち合わせているのだ。矛盾を内包する二つの「探究者」像は、その造形に強い影響を与えた実在の人物ら（シュテファン・ゲオルゲ、ルドルフ・パンヴィッツ、フローレンス・クリスティアン・ラング、ルートヴィヒ・デルレト、そしてアルフレット・ブルスト）との一義的な同定のみならず（二五九）、単純な類型化そのものを退ける。

さらに重要なのは、「探究者」がこの二つの形象に還元されうるものではなく、実は無数に存在するという事実だ。彼らを中心に「多数の渦」（36）が生じる。そして渦が渦を引き寄せ、より力強い環になるのだ。したがってドイツにおいて実現可能な「統一 die Einheit」とは、これらの無価値な個人が同盟者となり、また国民の核となる「最高の共同体」である（40）。こうした「綜合 Synthese」を探究する精神、つまり数多の「探究者」たちは混乱の中に投影された「点」であり、それらを結ぶと「精神的空間の見取り図」（40）が生じうる。もっとも、「点」によって描き出されるのはあくまで見取り図にすぎない。なぜなら、個々の「点」の間に何らかの連関が見出されたとき初めて、それらを媒介しうる中心が現れるからだ。確定されえない中心は、無限の接近を可能にする。それゆえ「綜合」は「緩慢かつ壮大」であり、「過程」としてのみ認識されうる。もっとも、ここでホーフマンスタールが見出した「探究者」という「点」は、『友の書』、そして後に『国民の精神的空間としての著作』にも引用されたルドルフ・パンヴィッツのアフォリズムに現れる「それと連関させると他の点が図形となるような点」（XXXVII. 55, 484. 第四章）ではない。

ドイツ人にとって、ゲーテは彼らの世界に対する関係において立脚点ではないが、それと連関させると他の点が諸々の図形（Figuren）となるような点でありうる。（RA III. 28.）

パンヴィッツによれば、ゲーテという「点」を通過することにより、「他の点」は様々な「図形」を描き出すという。つまり、ゲーテは〈諸々の図形を生じせしめる点〉であり、ある種の中心であると規定されている。これに対しホーフマンスタールは、真に〈図形を生じせしめる点〉はあくまで確定不可能であり、「探究者」たちによって描き出される多様な「図形」の中心に暗示されるのみだと述べている。『アンドレーアス』において螺旋がついに「中心点」を捕えられなかったように、「精神的空間」の中心もまた一つの「図形」によって固定されえないので、「図形」、ひいてはそれを生じせしめる「点」も無数に存在しうるのだ。

こうした「点」と「図形」の関係は、前述の『友の書』にも見出される。というのも、そこでは個々のアフォリズムの間に見出される様々な連関を通じてのみ、それらすべてを生じせしめている〈何か〉が示唆されうるのだから。「深さと表面」といった個々のアフォリズムによって担われている「点」は、確定不可能な中心をとらえるための「図形」の一つを描き出しているにすぎない。どの「点」を選び出すかによって、そのつど異なる連関が生じ、描き出される「図形」は変わってゆく。むろん、「場」を主宰する詩人および客人たる他の著者や読者もまた、そうした無数の点の一つだ。その多様な現れゆえの閉じない円、「螺旋的思考」である。そして、その中心たる〈何か〉こそが、生者と死者、作者と読者、書いた者と書かれたものの区別なくすべてを受け容れる『友の書』そのもの、実現不可能でありながら依然として想定され続けている全体に他ならない。こうした個と個、個と全体の交感を、ホーフマンスタールは後に「精神的空間」と呼んだ。

2　「決して書かれない主著」

『国民の精神的空間としての著作』が提示した「社交性」は、『友の書』におけるのと同様、中心となるものが確定不可能なために、決して閉ざされることがない。ここで言う「社交性」とは、ノルテニウスが初期ロマン派のアフォリズムにおける特徴として打ち出した定義、つまりある社会または交遊サークルのメンバーが互いに、あるいは伝統から刺激を受け、それによって再び影響を及ぼしあう調和的かつ循環的なモデルではなく、むしろウェルベリーが明らかにしたF・シュレーゲルによる『ポエジーについての対話』の戦略、すなわち対話篇として演出することにより露になる登場人物同士間の見解の相違から有限な意識と、その言語的な表現手段が一つの立脚点を特定することの不可能性を示したMitteilung（Mitte-Teilung、中心の分割）である。[一六〇]『国民の精神的空間としての著作』および『友の書』も、こうした到達不可能な中心への多様な接近の試みとして読まれうる。この固定されえない中心を介した交感は生者と死者、作者と読者、書いた者と書かれたものの区別を廃するため、著作同士――異なる時代に、異なる著者の手で、異なる形式を用いて書かれた作品同士の区別をも無効にしてしまう。ゆえに『友の書』の内部に見出された幾つもの「点」、そしてそこから描き出される様々な「図形」は、「深さと表面」がそうであったように、一つの著作にとどまらず複数の著作にまたがって現れるのだ。たとえば、一九一七年六月に成立した『友の書』のための覚え書きに含まれているボードレールの詩句「無限の鋭い切っ先 pointe acérée de l'infini」という「点」も然りだ。[一六一] これは『アンドレーアス』において、「マリアを巡る秘密」の中に挿入されている。

レオポルト（訳者注：アンドレーアス）が最初に訪問したとき、彼女はソファの後ろの暗い隅に向かって、途方に暮れたような身じろぎをした。身体の中心を取り巻く不自然さがある――そしてこの瞬間レオポルトはここに自分には解けない秘密があると――自分がこの女性を決して知ることはないだろうと予感し、無限が過去の痛みよりも鋭い矢ととなって自分に突き刺さったのを感じた。彼には、無限の鋭い切っ先を持つ三つか四つの思い出がある（略）――彼は自分がこの瞬間愛しているということに気づかずに、この感じられない痛みを感じる。（XXX. 11, N 6.）

しだいに彼は、マリアが自分にとって手を触れられないものの領域にいるのだと思うようになる……自分が、いわばその切っ先によって常に何かを折られてしまうものの前にいるのだという運命を予感する。（XXX. 14, N 15.）

「無限なもの」は、解けない秘密や触れられない領域が存在しうるという予感をアンドレーアスに与えた。その「鋭い切っ先」は、秘密を解き明かす者としての彼と解き明かされる者としてのマリアという「作用するもの」と「作用されるもの」との結びつきを切り裂く。類似の事例は、アンドレーアスが少年時代に踏みつけ、背骨を砕いてしまった小犬の死にも現れる。「このとき、彼に無限なものが触れた」（XXX. 71.）結果、彼が「作用するもの」としては把握しえない連関の中へと出てゆくのは、既に前章で詳述した。また、手が届かないものへの憧憬と、それがもたらす痛みは、後に中断していた『影のない女』のメールヒェン版第四章執筆再開に際して認めた覚え書きの中にも見出される。そこでは、不思議な歌声に惹かれて神秘の洞窟へ降りて行く帝について「彼を地下へと誘うもの。少女の手に触れた時と似たような感情。決して踏み込まない、踏み込まれえないものへの誘惑、自らを逆さにすることを強いる。無限の鋭い切っ先」（XXVIII. 326.）とあり、「未生の子供たち」を前に、奪う者から乞う者へとならざるをえない帝の運命が語られている。こうしてボードレールの詩句は元々の文脈から切り離され、ホーフマンスタールの様々な著作へと挿入されることにより、解き明かせない「秘密」という到達不可能なものを中心とする「図形」を作り出す。しかしながら、この「図形」は、あるテクストが他のテクストの刺激であると同時に答えとして読まれるような開かれた相互参照性、いわゆる間テクスト性と同義ではない（一六二）。なぜなら、それは一方で推定上の著者の意志あるいは存在を超えて結ばれる連関であるが（一六三）、他方そのすべてを「図形」として関係づけうる〈何か〉を有しているからだ（一六四）。

この〈何か〉が、『国民の精神的空間としての著作』においては「決して書かれない主著」という名で現れる。「社交性」の場合と同じく、今回もホーフマンスタールはフランスとドイツを対照させながら論じてゆく。フランスでは、「あらゆる高尚なこと、記憶に値すること」を伝える文書、本だけでなく、「人々の間で交わされるあらゆる種類の書類、一人もしくは幾人かに宛てた手紙、覚え書き、同様に逸話、標語、新聞が伝える政治的・精神的信条」といった「時折非常に効果的になりうる諸形式」（RA III. 24.）が国民を「信念の共同体」へと結び合わせ、「言語的・精神的なものという決して引き裂かれることのない織物」（RA III. 27.）を形成する。そこには「自然的・文化的な生の全体」（RA III. 27.）が包括されうるのだ。対するドイツでは、個々の形式がまったく正反対の機能を果たす。

彼（訳者注：詩人）は折に触れて文学的な諸形式、すなわち戯曲、ロマーン、寓話を用いることもあるでしょう。しかし、彼がそれらを用いるのは、それらを超越するために他ならないのです。彼の戯曲は彼自身の自我の神話に膨張し、彼のロマーンは宇宙的な秘密を包み込んで、同時にメールヒェン、歴史、神統記、信仰告白であろうとするでしょう。壮大に、断片的に振る舞うにつれ、ますます壮大に彼は一つの全体として、引き裂かれた世界の唯一の全体として受け取られることを求めるのです……（RA III. 33.）

フランスにおいて「諸形式」が完成させた「織物」という全体なるものとは異なり、ドイツでは個々の形式が各々であると同時に自らを超越することによって「引き裂かれた世界の唯一の全体」を表出させるのだ。フラグメント、そしてアフォリズムの場合と同じく、「断片」によってのみ担われる「一つの全体」を言い換えたものが、「決して書かれない主著」である。

彼の主著は決して書かれることのない作品であり、彼が披露するものはすべて序章にすぎず、そのようなものとして重要でなく、ただ彼と彼の同志たちによって予感された主著との関連において、つまり彼の自我を作り替え、それと同時に世界を作り替えるのと同義である主著との関連においてのみ意義深いのです（RA III. 33.）

この「主著」は「ただ彼と彼の同志たちによって予感された」、「決して書かれない作品」であるが、それと関係づけられることによってすべての著書が単なる断片ではなく「序章」としての意義を得る。むろん、「主著」は決して書かれないため、多様な「序章」同士の連関から存在を推し量るより他ない。「精神的空間」とは、こうした無限に書かれ続ける「序章」とそれらすべてを一つの全体へとまとめあげる「決して書かれない主著」との相克――ノイマンがアフォリズムという形式に見出した、あの「緊張関係」から生じるのだ。

註

（一二九）Kremer, a. a. O. S. 27.
（一三〇）Gerhard Neumann: Ideenparadiese. Untersuchungen zur Aphoristik von Lichtenberg, Novalis, Friedrich Schlegel und Goethe. München 1976. S. 37-38.

（一三一）Kremer, a. a. O. S. 18-19.

（一三二）Neumann, a. a. O. S. 39-42, 207.

（一三三）『友の書』のテクストは、Hugo von Hofmannsthal: Sämtliche Werke. XXXVII. Hg. von Ellen Ritter. Frankfurt a. M. 2015. に拠った。以下、XXXVII. と略し、頁数、アフォリズム番号および章を記す。

（一三四）H. Jurgen Meyer Wendt: Der frühe Hofmannsthal und die Gedankenwelt Nietzsches. Heidelberg 1973. S. 25.

（一三五）Schultz, a. a. O. S. 6-7.

（一三六）Rainer Noltenius: Hofmannsthal-Schröder-Schnitzler. Möglichkeiten und Grenzen des modernen Aphorismus. Stuttgart 1969. S. 2-3.

（一三七）ベーコンのテクストは、Francis Bacon: Advancement of Learning, Novum Organum, New Atlantis. Chicago 1952. を参照した。以下、巻数、頁数および番号を記す。

（一三八）加納武著『アフォリズムの誕生』近代文芸社、一九九六年、四一頁。

（一三九）Neumann, a. a. O. S. 46-47.

（一四〇）Noltenius, a. a. O. S. 4-7.

（一四一）Noltenius, a. a. O. S. 184.

（一四二）『塔』のテクストは、Hugo von Hofmannsthal: Sämtliche Werke. XVI. 2. Dramen 14. 2. Hg. von Werner Bellmann. In Zusammenarbeit mit Ingeborg Beyer-Ahlert. Frankfurt a. M. 2000. に拠った。以下、XVI. 2. と略し、頁数を記す。

（一四三）Neumann, a. a. O. S. 18-19.

（一四四）Hugo von Hofmannsthal, Carl J. Bruckhardt: Briefwechsel. Hg. von Carl J. Bruckhardt und Claudia Mertz-Rychner. Frankfurt a. M. 1991. S. 51. Vgl. Noltenius, a. a. O. S. 63.

（一四五）Bernhard Böschenstein: Das »Buch der Freunde« —— eine Sammlung von Fragment? Hofmannsthal in der Tradition des Grand Siècle. In: HJb. 4 (1996). S. 261-276.

（一四六）Neumann, a. a. O. S. 49-63. ノイマンによれば、ラ・ロシェフコーは当時アフォリズムが則っていた叙述形式、すなわち一般原則と、そのつど判断されるべき特殊な状況への適用例を注釈として付する二分割を放棄した。しかし、それによって形式的二分割が担っていた「一般的に把握された事柄を特殊な状況に当てはめる」という読者への要請を断念したわけではない。ラ・ロシェフコーの格言は全般的に妥当するという要求によって自らがとらえられたと思い、かつそれに対して抵抗する読者の矛盾した態度を引き出すからだ。彼は読者に、自分を格言（Maxime）の妥当要求から閉め出された唯一の存在であると見なすよう要請するイローニッシュな手法でもって独自の思考を促す（60）。つまり、ベッシェンシュタインがホーフマンスタールの時代に欠けていると指摘したモラリストたちの教育的意図（Böschenstein, a. a. O. 275.）とは、読者に慣習を学ばせるのではなく、自ら思考する気にさせるものなのである（76）。したがって、ベッシェンシュタインが『友の書』を分析する前提としたフランスのモラリストについての理解は、誤っている。

（一四七）「恋人たちは、これから描かれる絵画の下絵である」（XXXVII. 22, 137. 第一章）。

（一四八）Böschenstein, a. a. O. S. 269-270.

（一四九）Vgl. XXX. 397-460. Erläuterungen および Buch der Freunde. Mit Quellennachweisen. Hg. von Ernst Zinn. Frankfurt a. M. 1967. S. 97-154.

（一五〇）特に、前者との関係は直接的である。覚え書きの中には『ヴィルヘルム・マイスターの修業時代』からの引用（XXX. 31, N 49.）や「アンドレーアスの修業時代：高きものの存在を知ること。人生の内実を知ること」（XXX. 125, N 118.）という表現が含まれている。

（一五一）Noltenius, a. a. O. S. 79-85. ノルテニウスは、こうした螺旋状の思考が、R・A・シュレーダーの『機知の概念について Zum Begriff des Witzes』（一九二三）（「精神の目的を真剣に考察する者は、その周りを巡らざるをえない。最後に、彼は出発したのと同じ場所に自らを再び見出すだろう――むろんより高い段階で」）や『アフォリズム集 Aphorismen』（「円を描いて走ることは死を、螺旋を描いて走ることは生を意味する」）で発展的に受容されているとした。

（一五二）ベッシェンシュタインは、「深さ」を「渦」、「奈落」といったネガティヴなものと結びつける。『友の書』にフランスのモラリストから影響を受け社会的に方向づけられた創作とドイツ観念論、とりわけヘーゲルに影響された精神の絶対化への傾向を同時に見出すにも関わらず、ドイツ的内向性、すなわち世界を顧みず、自己中心的に社会の団結を脅かす態度に対するホーフマンスタールの反撥であると一元的に解釈するのだ。Böschenstein, a. a. O. S. 265.

（一五三）アヒム・アウルンハンマーによって、ブレンターノのロマーン『ゴドヴィ』の献詞から着想を得た可能性が指摘されている。XXXVII. 336.

（一五四）『友の書』は、ホーフマンスタールの考えに従って四章に分けられた（Noltenius, a. a. O. S. 64.）。また、一九一九年に書かれた手記には「友の書。構成　精神　言語／国家について　人間について／人生と年齢／社会／愛と友情について　学者／文献学者／言語／様式　諸芸術／　文学について。ゲーテ『ヴィルヘルム・マイスターの修業時代』　レッシング。モリエール　私自身について」と記されている（RA III. 555. および XXXVII. 251.）。出版者カタリーナ・キッペンベルクに宛てた一九二一年六月二十七日付書簡（XXXVII. 298.）によれば、第一章は、かつて自分が述べてきたことの包括、すなわち人類、あるいは人間、愛、友情および交際、作法、社会について、第二章は精神を主題とし、思考、哲学、学問を越えるものすべてについて、第三章では国家、言語、政治について、そして第四章では言語が対象となるが、その際文学同様芸術、絵画、あるいは様式に属するものも扱うとされている。もっとも、この分け方は絶対的ではなく、むしろ流動的だ。それは、各章において集中的に論じられている主題（第一章では、人間関係——つまり社交——、恋愛、友情、他者への共感、家庭生活、男あるいは女について、年齢。第二章では、神、神話、宗教、霊魂、信仰。第三章では、民族、神聖ローマ帝国。第四章では、芸術における形式、語源・語法、作家の使命・課題、作家と読者の関係、ジャーナリズム）が存在する一方で、複数の章に渡り形を変えて何度も取り上げられているもの（純潔、世代、性格、名声、子供、悲劇と喜劇、意志、自己愛と自己憎悪、礼儀、天才、誇張の是非、音楽、自己形成、模倣、注意深さと愛、計画、分離と結合、強さと弱さ、事物と人間、自然、古代、誇張と節度、支配階級の追放、深さと表面、個と全体）が存在することから明らかだ。また、一つのアフォリズムの中に複数の主題が同時に見出される場合もある。さらに、構成の次元から見れば、『友の書』において、同一作者のアフォリズムおよび同一の主題を扱ったアフォリズムはわずかな例外を除いて、それぞれ隣り合わないように配されている。章分けの廃止やアフォリズムの配置については、ホーフマンスタール自身のみならず、カタリーナ・キッペンベルクの意向が色濃く反映されている（XXXVII. 298-299.）。

（一五五）Noltenius, a. a. O. S. 128.

（一五六）Martin Buber: Briefwechsel aus sieben Jahrzehnten. Bd. 2. Hg. von Grete Schaeder. Heidelberg 1973. S. 275.

（一五七）『国民の精神的空間としての著作』に多大な影響を与えたフローレンス・クリスティアン・ラングのことを指す。Lorenz Jäger: Neue Quellen zur Münchner Rede und zu Hofmannsthals Freundschaft mit Florens Christian Rang. In: HB. 29 (1989). S. 3-29. S. 4.

（一五八）Böschenstein, a. a. O. S. 62.

（一五九）Roland Haltmeier: Zu Hofmannsthals Rede ›Das Schrifttum als geistiger Raum der Nation‹. In: HB. 17/18 (1977). S. 298-310, hier S. 302-303. ハルトマイアーに先駆けて「探究者」像を実在人物へと還元したノスティッツは、複数の人物、あるいは一人の人物に内在する齟齬を挙げることによって、その多面性を提示しようとした。ただし、同定作業を基盤とする彼の論は、そこで露になった多面性ですら無限に存在する「探究者」の一部に過ぎないという事実を強調するまでには至っていない。

（一六〇）David Wellbery: Rhetorik und Literatur. In: Die Aktualität der Frühromantik. Hg. von Ernst Behler und Jochan Hörisch. Paderbom 1987. S. 161-173.

（一六一）Charles Baudelaire: Le Confiteor de l'Artist. この句は、原文のまま、あるいはドイツ語に訳された形で、『私自身について』（XXXVII. 147.）（「ゲオルゲについて。『賛歌』や『巡礼』を読んだ際彼とのいくらかの接触。無限なものが魂に刻みつけられる切っ先」）や一九一七年六月二十九日の日記（RA III 538.）、一九二四年の「思い出」（Hugo von Hofmannsthal: Gesammelte Werke in Einzelausgaben. Prosa IV. Hg. von Herbert Steiner. Frankfurt a. M. 1996. S. 206.）にも引かれている。Vgl. XXX. 402. Erläuterungen.

（一六二）こうした相互参照性を、マイアーはブルームの「間テクスト性」理論に即して説明している。Mathias Mayer:

Zwischen Ethik und Ästhetik. Zum Fragmentarischen im Werk Hugo von Hofmannsthals. In: HJb. 3（1995）. S. 251-274, hier S. 253. しかし、彼が強調するテクスト同士における「水平な」関係とは別に、ホーフマンスタールは後述する「決して書かれない主著」との「垂直な」関係を断念していない。

（一六三）これに対し、「想起」という問題からテクスト間の引用を論じたグルントマンは、精神分析学から先行テクストの忘却およびその再生産的創造という構造を打ち立て、それを可能にせしめる主体がテクストの相互参照性の中で消滅する事態を回避しようと試みた。すなわち、主体は先行するテクストの引用という事実を忘却した上で、それを元々とは異なる文脈に置き入れることにより、その同一性を変形・喪失させ、独自なものとして提示しうる。これが、主体による「再生産的創造」だ。Heike Grundmann: „Meine Leben zu erleben wie ein Buch“. Hermeneutik des Erinnerns bei Hugo von Hofmannsthal. Würzburg 2003, hier S. 17. だが本書では、ホーフマンスタールの文学においてグルントマンが主張した主体の介在なしで、正確には書いた者たる主体と書かれたものたる著作が共に等しく関連づけられる「決して書かれない主著」によって、引用されたテクストが多様な文脈で転移を繰り返しうることを証明する。

（一六四）無限の相互参照性へと解消されえない、すなわち到達不可能でありながら予感され続ける何かを希求する運動——それをホーフマンスタールは「複合 Zusammenstellung/ Zusammensetzung」と呼ぶ。「あらゆる高きもののためには、複合が要求される。高貴な人間は幾人かの人間の合一であり、高尚な作品が生み出されるためには一人の詩人の中に幾人かの詩人を要求する」（XXXVII. 30, 224. 第二章）——『友の書』において、彼は多様な作家、多様な文学形式、多様な主題を「複合」し、「高きもの」を生み出そうとする。ポットホフが「無限の離別と合一」によって担われる『狂えるオルランド』の構造との比較考察を通じて説明したように（Elisabetta Potthoff: Endlose Trennung und Vereinigung. Spuren Ariosts in Hofmannsthals »Andreas«. In: HJb. 3（1995）. S. 297-303.）、絶え間ない分離と結合による「複合」というホーフマンスタールの文学的試みは、既に『アンドレーアス』において行われていた。アリオストを介して（XXX. 109, N 77.）主人公へと媒介される「複合という魔術的なもの」（XXX. 107, N 73.）について書かれた覚え書きは、そのまま「綜合芸術」であるべき〈ロマーン全体〉への反省となっている。

第四章　新しい神話――絶えざる移行――

ホーフマンスタールが「保守革命」を通じて実現しようとした「精神的統一 geistige Einheit」(RA III. 40.) は、「精神的空間」において交錯する多様な要素を伝統の力によって一義的な綜合へと止揚するといったものではない。確かに、彼は一九二六年に行われた講演、『古代の遺産』において、第一次世界大戦がもたらした破局を、「伝統 Überlieferung」、「精神的秩序 geistige Ordnung」としての「古代の精神 der Geist der Antike」に対置している。[一六五] では、ホーフマンスタールによって提唱された「新しい古代の創造[一六六]」とは、伝統に立ち戻ることによって「中心点」を創出せんとする文学的使命を意味しているのだろうか。[一六七] 答えは、否である。というのも、ホーフマンスタールの手になる神話は、伝統を志向してはいるものの、単なる回帰ではない。少なくとも『ナクソス島のアリアドネ』において、彼が目指していたのは「一見古めかしいものに立ち戻るように思われる新しいジャンル」であり、そこに至る「すべての発展が螺旋を描きながら行われてゆく」(HS, BW. 113, 20. 3. 1911.) ためだ。[一六八] その上、ホーフマンスタールが神話を素材とする作品に取り組む際、彼は必ずしも「一義的な綜合」を希求しているわけではない。というのも、『ナクソス島のアリアドネ』には、見せかけの「合一」とは裏腹な相克が現れてくるからだ。

I　オペラ・セリアとオペラ・ブッファ

1　原作と改作

『薔薇の騎士』初演後の一九一一年三月、ホーフマンスタールはリヒャルト・シュトラウスに、次なる共同作業の対象として「モリエール風の小品」を挙げ、好意的に受け入れられた（HS, BW. 112, 17. 3. 1911.）。この提案をもとに、ホーフマンスタールはモリエールの戯曲にオペラ風の劇中劇『ナクソス島のアリアドネ』を挿入した「小規模な室内楽団のための三十分のオペラ」（HS, BW. 112, 20. 3. 1911.）を計画する。彼は当初、枠筋にモリエールの「あまり有名ではない作品（一六九）」や、自身による創作（一七〇）も検討していたが、理由が明かされないままに断念している。最終的に彼は『町人貴族』を採用し、ドイツ語に翻訳不可能な「トルコのセレモニー」およびそれに関係する筋の全面的な削除により二幕の長さに短縮した（HS, BW. 116, 15. 5. 1911.）。いずれにせよ、枠筋にモリエールが決定したことによって、作品はオペラ・セリアとオペラ・ブッファという二つの形式を抱え込む結果となる。なぜなら、ホーフマンスタールが目指していたのは、「モリエールの時代に存在した二つの演劇的要素、すなわち神話的オペラの要素と『仮面劇』、踊ったり歌ったりするイタリアの喜劇役者たちの要素を文字通り要約したもの」（HS, BW. 142, 26. 7. 1911.）だったからだ。

こうした形式の競合は、オペラ・セリアのクライマックス、すなわちアリアドネとバッカスの「合一 die Vereinigung」において解消されたかのように思われる（一七一）。その際、根拠となりうるのは、一九一二年の初演に用いられた版と一九一六年に上演された改訂版の差異だ（一七二）。初演時には、モリエールを下敷きとするオペラ・ブッファの中で、オペラ・セリア『ナクソス島のアリアドネ』は完全に劇中劇として演じられた。そのため、悲劇の幕切れ、アリアドネとバッカスが結ばれる荘厳な場面に、ツェルビネッタを頭とする喜劇の登場人物たちが雪崩を打って乱入してくる。ところが改訂版において、同じ場面にはツェルビネッタ一人がわずかに登場するのみだ。これは、アリアドネとバッカスの「合一」が、富裕なパトロンの屋敷という条件に縛られない超時間的な妥当性を必要としたためと考えられないこともない。[一七三] こうした解釈はホーフマンスタールがシュトラウスに宛てた二通の書簡とも合致している。つまり、このオペラは「張り骨入りのスカートや駝鳥の羽根飾りのような十八世紀の衣装をまとった英雄神話の登場人物と、ハルレッキーノやスカラムッチョらコメディア・デラルテの人物たちが混じり合ったもので、後者は英雄的な要素と絶えず絡みあうブッファの要素を担うのです」(HS, BW. 112, 20. 3. 1911.) と説明され、しばしば神話の領域を浸蝕していたモリエール的要素が、初演を迎える頃には「バッカスの登場と共に、人形劇のような舞台装置は消えてしまい、ジュールダン氏の広間の天井は浮かび上がり、夜がバッカスとアリアドネを包み、上から瞬く星々の光が差し込まねばならない。もはや何一つ劇中劇を予感させてはならず、ジュールダン氏も、彼の客人たち、召使いたち、屋敷も、すべてが消え去り、忘れられてしまわねばならない。深い夢の中にある者が自分のベッドのことを覚えていないように、聴衆がそれらを思い出してはならないのです[一七四]」という要請の下、事実上退けられているのだ。改訂版は、この主張の実現であると受け取られても不思議ではない。

しかし、『ナクソス島のアリアドネ』にはなお、一義的綜合へと止揚されえない多義性が存在する。前述の要請を徹底させるためには不必要と思われるツェルビネッタの登場は、ごくわずかなものとはいえ、その意味を問わずに済ませることはできない。それは二つの形式間に生じた対立を越えて、最終的にアリアドネとバッカスの関係へと辿り着く。彼らの合一に対し、ホーフマンスタールは一貫して「変身 die Verwandlung」という語を用いている。[一七五] これは、『私自身について』の中で、ホーフマンスタールの文学を規定する概念としてたびたび登場し、さらには同じく重要な概念「相互作用的なもの das Allomatische」とも連関しうる。もっとも、断片的な覚え書きを組み合わせた『私自身について』は、閉じた体系ではないため、それのみを解釈の対象にはできない。そこに現れた概念や理念が、実際の作品においていかに展開されているかを分析し、両者を比較考察することによってのみ、その内実が得られるのである。(一七六) ゆえに、「変身」の内実を探るためには、まず『ナクソス島のアリアドネ』を読まねばならない。

原作であるモリエールの『町人貴族』とホーフマンスタールによる改作の間に見られる最も大きな相違、それは登場人物の多彩さだ。(一七七) 原作においては端役と言ってもよい名もなき登場人物たちに、ホーフマンスタールは生命を吹き込んでゆく。音楽教師、振付師は大幅に出番を増やされ、ジュールダン氏のためにセレナーデを作曲した音楽教師の弟子は、オペラ『ナクソス島のアリアドネ』の作曲家となった。また、セレナーデを歌う男声と女声の歌手が、オペラの主役プリマドンナとテノールへと変貌を遂げ、仮面劇団にはツェルビネッタ、ハルレッキーノ、スカラムッチョ、トゥルッファルディーノ、ブリゲルラという個々の人物が造形された。初演版では、原作と変わらずジュールダン氏が作品の要となるが、彼が不在になる改訂版では、これらの人々が交錯する群像劇の様相を呈してゆく。

初演版・改訂版に関わらず、作品全体を貫くのは、オペラ『ナクソス島のアリアドネ』と仮面劇という二つの演目と、各々に携わる者たち、つまり前者に属する音楽教師、作曲家、プリマドンナ、テノールと後者に属する振付師、ツェルビネッタ一行との対立だ。ジュールダン氏の意向により、趣の異なる二つの芝居が前後して舞台に掛けられるところから、両者の争いが始まる。だが、こうした対立の図式が当のジュールダン氏によって揺るがされる。召使いによって最初に伝えられた彼の言葉「すべての準備が完璧に整っていなければならない」(XXIV. 132.) は、衣装、照明、楽団などの段取りを確認し、舞台に秩序を与えるものであった。ところが、程なくして、初演版では別の召使い、改訂版では家令が「急なご命令」を伝える。彼は、「舞踏仮面劇は、悲劇アリアドネの後でも先でもなく、同時に上演されるのです」(XXIV. 17/133.)、「ご主人さまの思し召しは、二つの芝居、悲劇と喜劇を注文および契約した通りに、すべての役者と相応しい音楽によって同時に屋敷の舞台に供させること」、「すべての上演は、そのために一秒たりとも長引いてはならない。というのも、九時きっかりに花火が庭園で始まるのですから」(XXIV. 18/134.) と矢継ぎ早に主人の要求を並べ立ててゆく。

これを機に、前述のいがみあいは、報酬「五十デュカーテン」のために演目を越えて結託した音楽教師・振付師

（XXIV. 19-20/135-136.）と、あくまで自分の作品を守ろうとする作曲家の攻防に変わる。無理難題の「解決」に乗り出した二人は、協力して作曲家を丸め込み、オペラの大幅な省略を行わせるのだ。さらに、プリマドンナとテノールの自尊心と出番を賭けた内輪もめが勃発する。

　初演版において、これらの騒動はすべて、命令を出したジュールダン氏の滑稽さに帰せられる。（一七八）作品全体を通じてジュールダン氏が登場しない改訂版の中にも、モリエールが描き出した無知無教養は、（一七九）召使いあるいは家令によって伝えられた横やり、すなわち作曲家の言に従えば「人間の絶望の象徴」たる『ナクソス島のアリアドネ』という題材にもかかわらず、「これほど豪華に設えられたお屋敷で、孤島のようなみすぼらしい舞台を見せられることに不快」（XXIV. 18-19/134.）を覚え、「孤島を別の芝居の登場人物によって、ある程度体裁よく飾ろう」（XXIV. 19/134.）という突拍子もない思いつきに保持されてはいる。だが、この命令に加えて、初演版では前芝居の最後にジュールダン氏自身がドラント伯爵とドリメーヌ侯爵夫人を伴って登場してくる（XXIV. 139.）。その際ジュールダン氏に台詞はないが、客人二人はオペラの最後に暗くなる演出を待って抜け出す算段をしており、モリエールの戯曲から恋のさや当てという要素が抽出される。そして、これに呼応する場面が作品全体を締めくくるのだ。忽然と姿を消したドラントとドリメーヌに呆然としつつ、ジュールダン氏は独白する。

わしが貴族様と付きあうのを、いつも皆がけしからんと言うが、
それほど素晴らしいことなどあるものか。
ああいう方々には礼儀が、軽やかで泰然とした比類なき作法が備わっているからな。
たとえ手の指が二、三本なくなっても、伯爵か侯爵に生まれてきて、やることなすことに名声をもたらす何かが
一緒に手に入ったらなぁ！（XXIV. 150.）

『町人貴族』第三幕十四景に基づく彼の台詞が、あらゆる対立を引き攫ってモリエールの枠筋へと回収してしまう。

他方改訂版のジュールダン氏は、「芸術家たちの庇護者である富裕な領主」として「固有名を持たず、アレゴリー的な存在となって、舞台上には現れず、彼の奇抜な命令」(HS, BW. 211, 9. 1. 1913.) が二人の召使いをまとめた役どころの家令によって伝えられるのみだ (XXIV. 17.)。ドラントはプリマドンナに「伯爵」と呼ばれるだけで実際には登場せず、ドリメーヌは台本から姿を消す。そして何よりも、劇中劇の観客にして舞台の秩序を掌握する特権的な俯瞰の視点が消失したことで、他の登場人物同士の関係が強調されてゆく[一八〇]。初演版にあっては、「指図し、その指図が守られるのを目にすることに慣れておいでですからな Seine Gnaden ist gewohnt, anzuordnen und seine Anordnungen befolgt zu sehen」(XXIV. 18/134.) という召使い／家令の言葉通り、どれほど奇妙なものとはいえ、ジュールダン氏の透徹した意志が貫かれていた。ところが、ジュールダン氏が登場しない改訂版では「いかになさるかは、むろんあなた方しだい Wie Sie es machen werden, das ist natürlich Ihre Sache」(XXIV. 18/134.) が全体を支配し始め、各人の勝手な振る舞いが際立ってくる[一八一]。振付師によって「この連中は、即興で演じる術を心得ています」と保証された仮面劇の一行、特に「即興の名人」(XXIV. 20.) ツェルビネッタが、その場その場のやりとりから常に新たな逸脱を生み出してゆくのだ[一八二]。

2 「作曲家」

『町人貴族』同様、初演版のジュールダン氏も、「様々な部分から構成された」作品を「一つの全体」(HS, BW. 149, 18. 12. 1911.) として提示する役割を果たしていた。彼を欠く改訂版に対し、シュトラウスが「新しい版はトルソーのように思える」(HS, BW. 237, 15. 6. 1913.) と苦言を呈したのは、まったくの見当違いというわけではない。それどころか、改訂版では初演版よりも対立が複雑化し、混迷の度合いが深まっている。ジュールダン氏が不在となった改訂版の前芝居で、中心に据えられた登場人物が「作曲家」だ[一八三]。彼は、「半ば悲劇的、半ば喜劇的という象徴的人物であり、作品全体のアンチテーゼ（アリアドネ、ツェルビネッタ――魂と世俗）が、今や彼の中に根づいている」(HS,

BW. 234, 3. 6. 1913.）。舞台上で繰り広げられてきた対立が、彼の内面に場を移し、二つの形式に還元されえない複雑さを露にしてゆく。

もっとも、最初に現れるのは、相変わらず二つの演目に関わる者たち同士の反目だ。前芝居の冒頭で、音楽教師は家令に対し、弟子が作曲したオペラ・セリアと「一種の歌芝居、あるいはイタリアのブッファ風な低俗狂言」（XXIV. 9.）を並べて舞台にかけようとする主人の意向について批判する。音楽教師からこの事実を聞かされた作曲家の反応は、より激烈だ。彼は色を失くして「踊りや囀り、厚かましい身振りやいかがわしい台詞」に溢れた仮面劇を非難し、パトロンを含む聴衆の低俗さを告発する。

生の神秘が彼らに近づき、彼らの手を取る――

（激しく）

すると彼らは猿芝居を所望し、永遠なるものの余韻を言いようもなく軽薄な頭蓋から洗い流してしまうのだ。（XXIV. 14.）

陽気な後芝居！　彼らの低俗さへの移行だ！　あのひどく下品な連中は、橋を架けて、僕の世界から自分たちの世界へ降りて行こうとする！（XXIV. 14-15.）

ところが、その直前に部屋着姿のツェルビネッタが、崇拝者の一人と思しき士官を伴って現れた時には（XXIV. 13.）、作曲家は音楽教師に向かって「あの素敵な娘さんは誰なんです？」（XXIV. 14.）と問いかけ、既に混乱への第一歩を踏み出していたのだ。

作曲家の中で交錯する崇高と卑俗は、彼が無理解な聴衆への呪詛を述べた後「こんな世の中では、どんなメロディーも鳴り響きはしない」と嘆く一方で、「しかし、まさに先ほど、本当に美しいメロディーが思い浮かんだ。私は厚かましい召使に腹を立てた、すると閃いた——それからテノールが鬘屋をひっぱたいた——すると完成してしまったんだ」(XXIV. 15.) と舞い上がる場面に顕著である。また、ここで言及されるテノールの振舞いは、「豹の皮を身に着けて得意になっている道化」ならぬ「神」を演じるに不相応な粗暴さを露呈し(XXIV. 12.)、他方のプリマドンナ(XXIV. 13.)も、アリアドネの衣装に化粧着を羽織った姿で人前に現れた上、伯爵の権力を笠に着た高慢な態度で喚き散らす。初演版には存在しなかったこれらの描写が追加されたことにより、改訂版に立ち現れる対立は入り組んだものとなる。つまり、オペラの舞台においてアリアドネ・バッカスと対置されているのは、ツェルビネッタらだけではなく、役とかけ離れた歌手たち本人でもあるのだ。前述の箇所には、陳腐な日常性と荘厳な芸術の境界が流動的になった結果、あらゆるものを結び合わせ、確固たる意味連関の場に様々な見方を引き入れる前芝居のイローニッシュな機能が最もよく現れている。(一八四) ただし、ここに生じた「関係の開放性」(一八五)が行き着く先は、一義的な綜合ではなく、相反するもの同士の間に生じる一方から他方への急激な変化だ。作曲家とツェルビネッタが交わす以下の対話から、その一端を窺い知ることができるだろう。

　初演版・改訂版共に、作曲家とツェルビネッタはオペラのアリアドネ像に関して対照的な見解をぶつけあう。作曲家は「アリアドネは、稀有な女性、忘れるということがない女性なんだ」と語り、その本性を解き明かそうとする。

> 彼女は死神に身を委ね——もはや存在せず——消し去られ——変身の秘密の中へ飛び込み——生まれ変わって——彼の腕の中で甦るのだ！　それによって、彼は神になる。これにもまして、神となさしめる体験がこの世にありうるだろうか。(XXIV. 22/138.)

しかし、「死神」を「別の崇拝者／恋人」(XXIV. 21/137.) と理解するツェルビネッタの説明は、こうだ。

お姫様が婚約者に置き去りにされた、そして今のところ次の崇拝者はまだやって来ていないの。舞台は離れ小島。あたしたちは偶然島に居合わせた陽気な一座ってわけ。書割は岩場になってるから、そこに控えていて。あんたたち、あたしを見習ってね。好機がきたら、すぐに飛び出して筋に混ざるんだよ。(XXIV. 22/138.)

この後、互いに主張を譲らない作曲家とツェルビネッタの応酬が続いてゆくのは、いずれの版ともに変わらないが、初演版の作曲家がツェルビネッタに特別な感情を抱く様子はない(XXIV. 137-138.)。むしろ、彼は言葉を交わすたびに、ますます激昂してツェルビネッタ一行を糾弾する。

あんたたちは、それ(訳者注:生き生きとしたもの)をばらばらにしようとしている。恥ずべき猿芝居が、間に割り込んでくる。殺人者なんだ、あんたたちは皆!(XXIV. 138.)

ところが改訂版の作曲家は、「不実な」ツェルビネッタの中に全く別な女を見出し、深く心を動かされる。

ツェルビネッタ
あたしは舞台で浮気な女を演じるけど、その時あたしの心がそこにあるって言えるかしら。陽気に見えても悲しいの、よろしくやっているようで寂しいのよ。

作曲家(純情にも魅了されて)
かわいい、不思議な娘だ。

ツェルビネッタ
馬鹿な娘って言ってよ、時々男の人に憧れてしまう――自分が最後まで誠実でいられるような男の人に。

作曲家
その男が誰であってもかまわない！　君は僕と同じで――君の魂には、この世の理など存在していないのだ。

（XXIV. 23.）

不実な女が誠実な女へと変わる瞬間を目撃した彼の体験は、後にアリアドネとバッカスの間に起こる出来事を先取りしている。すなわち、何の前触れもなく正反対のものと入れ替わってしまう「唯一無二の瞬間」を。

ツェルビネッタ（早口に、優しく）
あなたはすぐにまた、この瞬間を忘れるのかしら？

作曲家
唯一無二の瞬間が永遠に忘れ去られるものだろうか？（XXIV. 23.）

作曲家はツェルビネッタの「変身」を目の当たりにし、「私は今やすべてを別の目で見ています！　存在の深さは計り知れない！」（XXIV. 24.）と叫ぶ。しかし、「唯一無二の瞬間」が過ぎ去った後、再び誠実は不実へと変わってしまう。というのも、作曲家は〈誠実なツェルビネッタ〉のみを認め、それを〈不実なツェルビネッタ〉が変身した存在として受け容れられないからだ。彼が体験した「変身」は、ツェルビネッタの中に共存する二人の女の、一が他と入れ替わる運動そのものだった。それにも関わらず、彼は結果のみに熱狂し、両者の対立を一義的に止揚してしまう。これは、作曲家自身にも当てはまる現象だ。彼は、自分が終始「誠実」の側に身を置いていると思い込んでおり、「不実な」ツェルビネッタに惹かれていた己の内なる卑俗さに気づこうとはしない。両極を為すものを共に受け容れ、両者の間に生じる移行、さらにはその移行を可能にせしめているものに思い至るとき、真の「変身」が訪れる。だが、作曲家はこれを頑なに拒むのだ。「前芝居」の最後で、彼は音楽教師に向かって以下の言葉を叫ぶ。

こんなことを許してはならなかった！　あなたも、僕が許すのを、許してはならなかったんだ！　誰の命令で、あなたは僕を引きずりこむんですか！　こんな世界へ？　僕を凍えさせ、飢えさせ、石にしてくれ、僕の世界で！（XXIV. 25.）

作曲家は変わることができず、ツェルビネッタを変えることもできなかった。彼らには為しえなかった「変身」の成就は、アリアドネとバッカスに委ねられる。

II　変身

1　記憶と忘却

前芝居に続くオペラ・セリアにおいては、形式の対立が記憶と忘却の対立へと深化してゆく。ホーフマンスタールによって、しばしばアリアドネと比較される『エレクトラ』の女主人公(一八六)は、父王を母親とその愛人によって殺害された後一貫して「私は忘れることができない！(一八七)」と叫び続け、忘却を願う妹クリソテミスに反撥する。ところが、アリアドネの中では両者がせめぎあっている。たとえば彼女が示す自らの名への嫌悪からは、忘却への憧憬が浮かび上がる。彼女はテセウスと共に過ごした日々と固く結びついてしまった名前で呼ばれることを拒絶し、無垢な乙女だった過去の自分を現在に呼び出すのだ(一八八)。

もうやめてちょうだい。その娘はここでたった一人生き、
軽やかに呼吸し、軽やかに歩く
草一本そよがぬほど、軽やかに、
彼女の眠りは清く、意識は澄み、
心は泉のように透き通る。
彼女は行いが良い、だからすぐにその日が来るわ、
身を外套で包み

顔を一枚の布で覆い
洞穴の中に横たわって
死者になれる日が！（XXIV. 28.）

アリアドネは名前を捨てることにより、忌まわしい過去を偽りの現在に置き換えようとする。それは、忘却よりも過激な過去の抹消だ。また、彼女は自らが行きたいと願う「死者の国 Totenreich」（XXVI. 29.）について、バッカスに語っている。


存じておりますわ、あなたが連れて行ってくださるところを！

そこに留まる者は、すぐに忘れてしまう！

言葉も、呼吸も、直ちに消えてしまう！

皆安らい、安らってはまた安らう。

ですから、泣き疲れる者はおりません――

苦しみであったはずのことを、忘れてしまったのです。

ここで通用していた理は、すべて無効となってしまうのでしょう――（XXIV. 45.）

だが、同時に彼女は忘却への抵抗を見せる。島に降り立ったバッカスと初めて対面した際、彼女は「テセウス！」と口走る。

アリアドネ（突然の驚愕に襲われ、顔の前で両手を組み合わせる）
テセウス！

（それから素早く身を屈めて）
いいえ、こちらは美しく、物静かな神
ようこそ、使いの中の使い！（XXIV. 43.）

バッカスに「何だと？　私を知っているのか？　以前から知っていたのか？　先ほど名を呼んでいたが」と問われたアリアドネは、「いいえ！　あれは人違い、私の意識は容易く混乱してしまうのです！」（XXIV. 44.）と弁明する。それにもかかわらず、彼女は「魅惑的な若者」（XXIV. 38.）の姿に、「死神の使い」（XXIV. 43.）だけでなく、かつての恋人を見出してしまう。そして、バッカスの腕に抱かれて連れ去られようとするその時に、彼女は「私の苦しみをなくさせないで **Laß meine Schmerzen nicht verloren**」と訴えつつ、「あなたのお側にアリアドネをいさせて **Bei dir laß Ariadne sein.**」（XXIV. 47.）と懇願するのだ。彼女の意識は、記憶と忘却の狭間で引き裂かれている。

一方彼女に相対するバッカスは、キルケから逃れてナクソス島にやって来た。逸早く彼の到着を察した三人のニンフたちによって、その一部始終が語られる。

ナヤーデ
キルケ、キルケ、
彼女の島に船が着いた
宵闇の中松明を手にさまよい、
彼女の宮殿へ――

ドリュアス（彼女の口から言葉を奪い）
戸口で彼女は彼を出迎え

食卓へと誘うと
食べ物と飲み物を与えた

ナヤーデ（熱狂的に）
魔法の酒！　魔法の唇！
たいそう甘い愛の贈り物！

エコー
たいそう甘い愛の贈り物！

ナヤーデ（口調に勝利の響き）
しかし若者は――しかし若者は！――
彼女が厚顔無恥にも
彼を足元に招き寄せたとき――
彼女の手管も虚しく、
そこに蹲る獣はいなかった。（XXIV. 40-41.）

ここに『オデュッセイア』第十書――キルケが魔法を操って人間を動物へと変えてしまう物語――が挿入されたのは、「バッカスの到来は、唐突で不自然（deus ex Machina）だ」というマックス・メルの指摘を受けたホーフマンスタールが、前史となる冒険譚を描くことによって必然性を持たせようと試みたためだったが[二八九]、それだけではない。ニンフたちは、オデュッセウスと同じくキルケから逃れおおせたバッカスを讃えて、「変えられず、縛られず nicht verwandelt, nicht gebunden」（XXIV. 41.）と繰り返す。彼女たちの言葉は、相手を一方的に変えてしまうキルケの魔法とは別の「変身」がバッカスに期待されていることをうかがわせる。すなわち、相手を変身させると同時に自らも変身を遂げる真の「変身」だ。

アリアドネがバッカスをテセウスと錯覚したように、バッカスもまたアリアドネをキルケ的存在、「魔女 eine Zauberin」（XXIV. 43.）ではないかと疑っている。彼の「痺れた感覚」に残る「重苦しい感情」（XXIV. 42.）がそうさせたのだ。一方で、彼はキルケに対し、「おまえは私に何一つ為しえなかった」（XXIV. 42.）と力強く勝利を謳う。官能に惑う若さと、魔性を退けた自らの神性についての予感が、彼の中で二つながらに存在しているのだ。アリアドネを変身させることによって、漠然とした予感から「私は神であり、私の父も神だった（略）キルケの魔法が効を奏さなかったのは、私が不死身で、香油と霊気が血液の代わりに身体を流れているからだ」（XXIV. 45.）と言わしめる「神の意識 der Sinn des Gottes」（XXIV. 46.）が生じ、若者は神へと「変身」する。かつて悪しきティタン族によって引き裂かれた彼の肉体が一柱の神として甦ったように、彼においては、あらゆる分裂の克服が期待されている。[一九〇] さらに、『ナクソス島のアリアドネ』の中で生じる「統一」は、神話によって語られる死から生への移行、つまり人間の理に照らしては不可能な現象であるばかりでなく、バッカスとアリアドネとの「相互作用」によってのみ成し遂げられるのだ。

2　相互作用的なもの

では、バッカスは、いかにしてアリアドネを「変身」させたのか。彼はまず、アリアドネが厭う生がテセウスに固執し続ける生きながらの死であり、彼女が焦がれる死こそ絶えざる変化に満ちた生なのだと明らかにする。[一九一] 彼が、

聞け、死を望む汝
たとえ永遠なる星々が死しても、
汝が私の腕から離れて死ぬことはない！（XXIV. 45.）

と述べると、この「魔法の言葉 Zauberworte」は「非常に素早く so schnell」、「瞬きの間に so zwischen Blick und Blick」アリアドネの死と生を逆転させる。アリアドネが「遠ざかってゆくの、すべてが私から？　太陽が？　星々が？　私自身も？　私の苦しみは永遠に、取り除かれたのかしら？（略）残っているのはアリアドネの息だけなの？」と問いかけ、自らの死を確かめようとするのに対し、バッカスは「今、ようやく生が始まるのだ」と告げる（XXIV. 45.）。この瞬間、彼女は、死を迎えると同時に生を享ける。かつてアリアドネが現在を断ち切ろうと幻影を呼び出し、それによってテセウスと出会う前の過去に繋がれてしまったのとは異なり、今や彼女は過去から現在に至るまでのあらゆる時間から完全に切り離されたのだった。むろん、これは地上の理の下では実現不可能な出来事であり、アリアドネが飛び込んだバッカスの腕の中でのみ可能となる奇跡だ。

　バッカスは、アリアドネの死を生へと移行させることにより、新たな生へと導く。同時に、自らも神の域へと達するのだ。バッカスとアリアドネは互いを「魔法使い（Zauber/Zauberin）」と呼び、相手こそが自分に「変容をもたらす者（Verwandler）」であると讃えあう（XXIV. 46.）。彼らにおいては「自分自身に辿り着く、あるいは他者を至高の自己へ導くことが交互に生じる」[一九二]。それは、アリアドネとバッカスの間に生じる神秘として描かれている。しかし、その実態は相反するもの同士の間に生じる終わりなき移行だ。というのも、ここで問題になっているのは、「二元を至る所で、完全に克服する」のではなく、「死の中に生を、生の中に死を見出すこと」[一九三]だからだ。バッカスは、アリアドネの痛みを受容した上で、それを正反対の悦びに変え、彼女の「変身」を可能にした自らの内なる神に目覚めた。「汝の痛みによって、私は豊かになった」（XXIV. 47.）のである。これは、ツェルビネッタの卑俗さおよび、それに惹かれる自らの卑俗さを認めようとしなかった作曲家には、為しえなかった業だ。

「変身」とは、死から生へという人間の理においては起こりえない移行が「決定的な瞬間に im entscheidenden Augenblick」[一九四]成就する、完全に一回性の出来事である。ここで問題となるのは、『友の書』に収められたアフォリズム「神話的なものの内部では、いかなる事物も、その反対の意味である二重の意味を担わされている。すなわち、死＝生、蛇の闘い＝愛の抱擁。それゆえ、神話的なものの中では、すべてが均衡を保っているのだ」（XXXVII. 28, 198. 第二章）という相反するもの同士の「調和」[一九五]を保証するものではなく、一方から他方への急激な変化の内にのみ見出される〈何か〉だ。その〈何か〉は、『アリアドネ』においてバッカスの神性として顕現してくる。しかし、これを言語によって名指すことは不可能だ。アリアドネとバッカスの対話から、一瞬にして暴力的なまでの変化が生じたことが知られるのみである。そこでは、今まさしく起きている事柄、すなわちアリアドネが生きながらの死から解放され、地上の理が消滅し、変わり変えられる関係の中で新しい生が始まることについては語られてゆくが、途中に挟み込まれる「どうしてそれが起こりえたのか **Wie konnt' es geschehen?**」（XXIV. 46.）という問いへの答えはない。『アンドレーアス』の登場人物マリア／マリキータにおける相互作用的な変身、すなわち能動にして受動たる二者間の「合一」[一九六]が、循環する運動の中心に暗示されるのみだったように、『アリアドネ』において追い求められる不可能な移行を可能にせしめる〈何か〉、不可能な移行が生じてしまったがゆえに遡及的に措定せざるをえない点は、両極が入れ替わる瞬間に閃き出るのみだ[一九七]。「合一」という完結した出来事ではなく急激な変化という過程において生じ、しかもその最中ではなく事後的に説明されるしかない「出来事」は、本来の完全なる一回性という性質にも関わらず反復される可能性を含んでしまう。それゆえ両極を媒介するはずの点は確定されず、常にずれてゆく危険を孕むのである。

　実際、アリアドネにおける記憶と忘却の問題は、ツェルビネッタ一行にとって終始道徳的な次元における誠実と不実の問題として注釈されてゆく[一九八]。清らかな過去の自分を呼び出した挙句、それを来たるべき死へ繋げようとするアリアドネ、現在を徹底的に否定する彼女の態度が、ハルレッキーノの目には恋に破れた挙句の現実逃避と映る（XXIV. 28-29.）。さらに、ツェルビネッタは、生と死の間で引き裂かれたアリアドネの苦しみを女同士の秘め事へと移行させてしまう。ここから、アリアドネとバッカスの間に生じたものとは異質な変化が始まる。

高貴なお姫さま、わかっておりますとも、
尊い方々の悲しみは
違った尺度で測られねばなりません
卑しい人間どもの場合とは——でもね
（一歩近づいて。しかしアリアドネは少しも彼女に気を取られない）
ここだけの話、私たちは女同士でしょう、どちらの胸にも
不可思議な女心が動いているでしょう？（XXIV. 31-32.）

アリアドネはツェルビネッタを一顧だにしない。それでも、ツェルビネッタは言い募る。

あなたは私の言うことを聞こうとなさらない——
美しく、誇り高く、身動きもせず
まるで自分のお墓に立つ石像みたいに——
あなたが仲良くしたいのは
この岩と波だけなのかしら？
（アリアドネは洞穴の入口へ後ずさる）
お姫さま、聞いてくださいな——あなただけじゃない、
あたしたちみんな——ええ、みんなですとも——あなたのお心を頑なにした苦しみを
悩み抜いてきたんじゃないかしら？

棄てられて！　絶望を味わって！
ええ、こんな離れ小島はいくらだってある
たくさん人間がいるところにも――あたしだって、
そのうちの幾つかに住んだことがあるわ――
でも男を恨もうとは思わない。（XXIV. 32.）

完全に洞穴の中へ退き、姿が見えなくなった相手に向かって、ツェルビネッタは自分の体験を彼女のそれとして話し続け、男女間の「不実は、お互い様」と結論づける。こうした見当違いな親和性を生じさせてしまう温床となるのが、まさしくアリアドネの沈黙だ。バッカスの神性と同じく、彼女の前に口を開く深淵は言語によって完全に捉えることはできない。ツェルビネッタ一行にとって、アリアドネの言葉は「気が違っている」（XXIV. 28.）かのように支離滅裂で、オペラ・セリアの登場人物であるニンフたちにすら理解できなかった。いや、理解されてはならないのだ。ゆえに、アリアドネがツェルビネッタの言葉に耳を貸したり、彼女の言葉で語り出したりすることはありえない。だが、まさにこの沈黙が、ツェルビネッタに「あたしの言葉」（XXIV. 34.）で語る余地を与えてしまっている。彼女は、瞬間の中で一回のみ成就する奇跡を時間の流れの中で反復される色恋沙汰と、新たな生を世俗の生と入れ替えてしまう。初版の終幕では、直前に成就した「変身」がツェルビネッタの言葉で語られてゆく。改訂版でもツェルビネッタは登場し、「新しい神様がやって来ると、あたしたちは黙って身をささげるのよ！」（XXIV. 47.）と歌う。

『ナクソス島のアリアドネ』に取り組み始めた頃、ツェルビネッタはホーフマンスタールにとって、さほど重要な登場人物ではなかった。むしろ、彼女に対するシュトラウスの熱狂に当惑していたほどだ。[一九九] それにもかかわらず、ホーフマンスタールは、シュトラウスの提案「ジュールダンに相応しかったもの、そしてジュールダン喜劇とオペラの芸術的完結は、もはやこの版には全く相応しくありません。ですから、いっそのこと作曲家や家令を最後に登場させるのはやめて、オペラのクライマックスで終わらせてしまいましょう」（HS, BW. 715, 12. 5. 1916.）に頑として首肯しなかった。(二〇〇)「わたしが——半ば安易に——アリアドネの対極にある世俗の声（ツェルビネッタ）に、もはや一言も喋らせないというご提案を容認してしまったなら、それはこの作品と作品の未来に対する私の完全な背信行為となるでしょう」(HS, BW. 339, 15. 5. 1916.) ——なぜなら、名指されえないものは、己の対蹠者たちに担われることによってのみ作品の中に顕現しうるのだから。極から極へと移行し続ける「相互作用的な」構造が真の「合一」を成就させる作品にあって、ツェルビネッタは——『アンドレーアス』におけるマリキータと同様——一義的な合一を妨げる多義性を保証する者だ。ホーフマンスタールが最後まで『ナクソス島のアリアドネ』から「矛盾する要素 ein widersprechendes Element」(HS, BW. 340, 15. 5. 1916.) を排除しなかったのは、それこそが「相互作用的なもの」、すなわち「変身」を言語によって表現する唯一の方法だからだ。ゆえに、この作品は書かれた筋および台詞のみを理解しようとする者たちにとっては「わかりにくいもの　das »Unverständliche«」(HS, BW. 343.) であり続けねばならなかった。

「わかりにくいもの」を巡るホーフマンスタールとシュトラウスの確執は、『エレクトラ』にまで遡りうる。ホーフマンスタールの台本に用いられた技巧、一つの主題を一度は置き去りにして前進するものの、後に再びそこへ立ち戻る螺旋状の展開から生じた「分断された筋 gebrochene Linie」は、シュトラウスの作曲を妨げずにはおかなかった。そこで、シュトラウスは「分断された筋」を解消し、本質的なものへと集中させることによって、継続的な緊張を構築しようと企てた。こうした作曲家の手法に対し、ホーフマンスタールは後年はっきりと抵抗する姿勢を見せている。一九一三年六月三日付の『影のない女』についての書簡で、彼はシュトラウスに宛てて「限界を超えた濃縮」が「素材を貧しくし、登場人物たちの（分断された心理的輪郭の中にある）魅力を失い」、結果として「彼らは図式的になり、全体は陳腐なオペラ風になってしまう」と警告を発している。(二〇一) そして、一九一六年五月三十日付の書簡で、『アリアドネ』改訂版の完成を前に早くもシュトラウスが行った次回作に関する二つの提案——「ごく現代的、現実的な性格・神経喜劇」および「恋愛・陰謀劇」——を一笑に付したホーフマンスタールは、返信の中で、私があなたに（今も再び『影のない女』でそうしておりますように）人々が奇異の念を抱き、ある種の抵抗感を呼び起こすようなものをもたらしますことを、お喜びになっていただきたいのです。（略）あなたはお怒りになるかもしれませんが、私は今しばらく「わかりにくいもの」を反芻いたします。（HS, BW. 343, 30. 5. 1916.）

と続け、この「わかりにくいもの」を引き続き『影のない女』でも取り上げてゆくのだと宣言した。[二〇二]

『影のない女』というメールヒェンおよびオペラが世に送り出されたのは一九一九年、[二〇三]『アリアドネ』改訂版の初演一九一六年十月からは実に三年の年月が経過している。しかし、両者はほぼ同時期に着想され、書き進められてきた。[二〇四]そして、前掲の書簡からは、執筆時期の重複のみならず、二つの作品に共通する問題の存在が浮かび上がってくる。すなわち、『アリアドネ』改訂版が提示した「わかりにくいもの」は、一九一三年という『影のない女』構想初期におけるホーフマンスタールの言葉、「二つの世界が、二組の夫婦が、二つの葛藤が互いに交替しあい、反映しあい、高めあい、そして最後には止揚しあう」（HS, BW. 213.）とは異なる「相互作用的なもの」の在り方について示唆を与えうるのだ。というのも、『アリアドネ』は、対立するもの同士の「合一」を、相反するもの同士の絶えざる移行という作品の構造によって暗示するのみだからだ。この運動を維持するために、『アリアドネ』においては競合する形式・登場人物たちが安易な「合一」を拒み続ける。なぜなら、止揚されえない多様性が、特定できないものへの同じく多様な接近を可能にするからだ。さらに、ツェルビネッタの再登場から明らかになるのは、真の「合一」が両極の間を移行し続ける運動の中心として暗示されるだけで決して固定されえないものである以上、それが無限にずれてゆく事態の不可避性である。こうした危うさを承知で、ホーフマンスタールは「わかりにくいもの」へと向かう。これこそが、中心の不在と並んで『影のない女』の円環を解体へと導いた要因、すなわち「相互作用的なものの勝利」に他ならない。[二〇五]表面的には閉じられている作品が、作品に内在する運動によって開かれてしまうのである。

一方で、ホーフマンスタールは「全体なるものとしての作品」（RA III. 534.）を断念したわけではなかった。『アンドレーアス』の最後に置かれた『新しい小説』は、一九二五年以前に成立した覚え書き群すべてを包括すべく、新たに立ち上げられた構想だ。そこには、「統合」への傾倒が現れている。それにもかかわらず、またしても「作品」は「反統合」へと向かうのだ。というのも、『新しい小説』もまた、『アンドレーアス』の主人公同様、新しいものへ向かうために古いものへと立ち戻る「螺旋状の発展」を担っており、その過程で暫定的に中心とされたものが無限にずれてゆくからである。「中心点」を捉えられないまま、結果として作品は統合を果たせず、断片と化す。しかし同時に、それこそホーフマンスタールによって追い求められた名指されえない〈何か〉を文学作品において表出させる唯一の方法であることが確認される。

註

（一六五）RA III. 13-15.

（一六六）『K・E・ノイマンの仏教聖典翻訳』。「我々を乗せ、古い船の甲板であるかのように、千年来絶えず激しく吹き荒れる嵐に揺さぶられてきた文化は、古代という基盤に根づいていた。しかし、この基盤自体が硬直したもの、死んだものではなく、生きているものなのだ。我々は新たな古代を創造する限りにおいてのみ、存在し続けるだろう」(RA II. 156)。

（一六七）Kristin Uhlig: Hofmannsthals Anverwandlung antiker Stoffe. Freiburg 2003. S. 363. ウーリッヒは、シュレーゲルの『神話についての教説』(一八〇〇)に、神話が美学的構造から社会的ユートピアの構造へ拡大してゆく過程を見出す。その上で「新しい神話」を、人間と自然、個人と社会の統一再獲得の前提と考え(21)、ホーフマンスタールの「神話」における伝統への立ち戻りと第一次大戦後という危機的な時代背景を強調した。しかし、その際彼が参照した『フリードリヒ・シュレーゲルの神話についての教説 Friedrich Schlegels Rede über die Mythologie』において(Uhlig, a. a. O. Amk 6.)ボーラーは、「新しい神話」をギリシャなど特定の古代神話やフランス革命といった現実の事象に還元されえないもの、すなわち歴史的時間から一線を画する自律的な理念として解釈している。Karl Heinz Bohrer: Friedrich Schlegels Rede über die Mythologie. In: Mythos und Moderne. Begriff und Bild einer Rekonstruktion. Hg. von Karl Heinz Bohrer. Frankfurt a. M. 1983. S. 52-74. ホーフマンスタールの「神話」には、伝統や時代背景との断絶こそ存在しないが、すべてがそこに回収できるかどうかについては議論が必要だ。

（一六八）Vgl. XXIV. 206.「私は、この作品の至る所で、あらゆる神話からひどく離れているので、単なる神話的・寓話的連関は、もはや私を支えてはくれません。私は古い筏の素材を既に岸辺で解体してしまいました。したがって、もし沈みたくなければ、直に波の上を目的に向かって進まねばならないのです」（『アリアドネ書簡』）。

（一六九）Vgl. XXIV. 60-61. 宮廷演劇における総合芸術の形式、つまり踊りを伴う喜劇『強制結婚』、モリエール自身によって幕間劇として構想された『伯爵夫人デスカルニアス』など。

（一七〇）HS, BW. 215, 13. 2. 1913.「二年前、『アリアドネ』を執筆していた際、私自身が案出した枠」、「それはボヘミアの城館で演じられる小さな喜劇です。若い遺産相続人の女性には三人の求婚者がいて、彼らは彼女のためにオペラの一団と仮面劇の一座を城へ呼び寄せるのです」。Vgl. XXIV. 104-105. N 1-N 4. Die kluge Gräfin.

（一七一）Uhlig, a. a. O. S. 289.

（一七二）『ナクソス島のアリアドネ』のテクストは、Hugo von Hofmannsthal: Sämtliche Werke. XXIV. Operndichtungen 2. Hg. von Manfred Hoppe. Frankfurt a. M. 1985. に拠った。以下、XXIV. と略し、頁数を記す。なお、初演版（131-140, 149-150）と改訂版（9-25, 47）で大きく異なっている「前芝居」および結末部分に同じ表現が含まれていた場合は、後者・前者の順で頁数を併記した。

（一七三）Uhlig, a. a. O. S. 306.

（一七四）XXIV. 206-207. 初演に際して、雑誌（Almanach für die Musikalische Welt 1912/13）に公表されたシュトラウス宛ての書簡で、『アリアドネ書簡』とも呼ばれる。一九一一年七月半ばに、シュトラウスに対して作品の理念を説明した往復書簡の一通（HS, BW. 132-135.）が元になっているが、公表に当たって大幅な加筆修正が加えられている。

（一七五）作中では、verwandeln や Verwandler（XXIV. 46.）の形でも用いられる。

（一七六）Rolf Tarot: Hugo von Hofmannsthal. Daseinsformen und dichterische Struktur. Tübingen 1970. S. 4-5. この方針に基づき、タロートは『私自身について』において同じく重要な「前存在 Prae-existenz」という概念について、それと関連づけられうるテクスト群の詳細な分析から解明しようと試みた。本書ではタロートが導き出した帰結について議論することはしないが、それを導き出すに至った手続きは妥当と見なし、これを踏襲する。

（一七七）モリエールの »Bourgeois gentilhomme« については、『町人貴族』鈴木力衛訳、岩波書店、一九五五年を参照した。

（一七八）ホーフマンスタール自身の言葉によれば、「モリエールの『町人貴族』は、展開してゆく筋よりも、主人公の忘れがたい性格が我々の記憶に残るような傑作の一つである」、「筋は緻密さを欠き、劇の構成はこの上なく気ままだ。劇全体は、主人公の案出と展開にかかっている」（XXIV. 196.）。

（一七九）シュトラウス宛て書簡（HS, BW. 338, 8. 5. 1916.）「ジュールダン氏は、まったく散文的で、月並みな人間、自分がしでかしたことを何一つ理解していない」。

（一八〇）類似の事例は、『ザルツブルク大世界劇場』にも見られる。劇中劇の主催者にして観客たる創造主は劇が始まって間もなく天の宮殿へと引き上げたきり、二度と舞台に姿を見せない。彼の意志は、天使によって他の登場人物に伝えられはする。だが、一九二五年にホーフマンスタールがラインハルトに送った版では、創造主は台本から抹消され、彼の台詞は天使に割り振られている。改訂を経るごとに仲介者の背後へと退いてゆく創造主によって、劇の進行に対する不確実性が生じ（Irene Pieper: Modernes Welttheater. Untersuchungen zum Welttheatermotiv zwischen Katastrophenerfahrung und Welt-Anschauungssuche bei Walter Benjamin, Karl Kraus, Hugo von Hofmannsthal und Else Lasker-Schüler. Berlin 2000. S. 115-116.）、「乞食の反抗」といった「劇中劇本来の筋」からの逸脱を許してしまう構図は、『アリアドネ』と重なる。また、いずれの作品も、劇中劇を挟み込む手法を用いて世界と超世界の関係を問題としている（Richard Alewyn: Das große Welttheater. Die Epoche der höfischen Fest. München 1989. S. 69-72.）。ただし、『ザルツブルク大世界劇場』は主催者が属する枠筋で超世界を、劇中劇で世界を描くが、『アリアドネ』においてはこの関係が逆転するため、劇中劇に生じた混乱を止揚することは困難となり、より複雑な解決が求められてゆく。

（一八一）Stephan Kohler: Galvanisierte Leiche oder Zeitstück im Kostüm? Hofmannsthal und Richard Strauss als Bearbeiter von Molières Le Bourgeois Gentilhomme. In: Hugo von Hofmannsthal. Freundschaften und Begegnungen mit deutschen Zeitgenossen. Hg. von Ursula Renner, G. Bärbel Schmid. S. 143-162, hier 149-150. コーラーは、ジュールダン氏が舞台上から姿を消した理由について、社会史的な視点から説明している。その際彼が注目するのは、改訂版上演に際してホーフマンスタールが書いたパトロンの屋敷に関する指示「バロックあるいはロココ様式の大広間」（XXIV. 48.）だ。これを「モリエールの時代（一六五〇）からウィーン・ロココの時代（一七五〇）への移行」と理解したコーラーは、初演版でジュールダン氏によって体現されていた市民と貴族の階級闘争が、改訂版では芸術家とその庇護者の対立へと変化した結果、「匿名の庇護者」が出した命令は芸術家たちを抑圧する絶対的な権力へと強められたと考える。確かに、無理解な庇護者というテーマは、二十世紀の聴衆や批評家も包摂し、ホーフマンスタールおよびシュトラウスを取り巻く環境へと拡大可能な現代性を含んでいる。しかし、コーラー自身も述べているように、作中の作曲家が陥る「悲喜劇的な」状況を引き起こす要因は、庇護者の不条理な命令だけではなく、ツェルビネッタに惹かれてゆく彼自身の内面にも存在する。ジュールダン氏の不在によって前面に出てきた作曲家の恋心は、オペラの神聖さを内側から揺るがすと同時に、バッカスのキルケ体験や変身を不完全な形で先取りする重要な要素であり、高尚な理想に従い庇護者と闘う芸術家を襲った一時の錯覚として片づけることはできない。

（一八二）ミックによれば、即興はコメディア・デラルテの本質をなす特徴ではなく、すべてがあらかじめ型どおりに整然と決められている芝居も存在した。ただし、その場合でも、役者たちが一人の作者の意志に従っていたわけではない。なぜなら、彼らは役柄に合わせて格言や箴言、文学作品、歴史などを学び、臨機応変に台詞を作り替えていたからだ。コンスタン・ミック『コメディア・デラルテ』梁木靖弘訳、未來社、一九八七年、一三七〜一三八頁。

（一八三）HS, BW. 211, 9. 1. 1913. シュトラウス宛て書簡。「中心点には、これまで以上に強調された作曲家の運命を据えます」。

（一八四）Uhlig, a. a. O. S. 280, 289.

（一八五）Uhlig, a. a. O. S. 289.

（一八六）『私自身について』（XXXVII. 142.）に「存在と生成という本来の二律背反　これらの相反する一対の登場人物たちによって表現される　エレクトラ――クリソテミス　変型：アリアドネ――ツェルビネッタ」あるいは、シュトラウス宛て書簡「ここ（訳者注：『アリアドネ』を指す）で扱われているのは、単純にして途方もない生の問題、すなわち「誠実」の問題なのです。失われたものに執着し、死に至るまで永遠に固執するか、あるいは生きる、生き続ける、克服し、変容し、魂の統一を棄てるが、しかし変容の中で自らを保つ、人間であり続け、記憶を持たない獣に身を堕とさない。これぞ『エレクトラ』の主題であり、エレクトラの声に対するクリソテミスの声、英雄の声に対する人間の声なのです」（HS, BW. 134, Mitte. 7. 1911.）とある。

（一八七）Hugo von Hofmannsthal: Sämtliche Werke. VII. Dramen 5. Hg. von Klaus E. Bohnenkamp und Mathias Mayer. Frankfurt a. M. 1990. S. 72.

（一八八）Vgl. HS, BW. 130, 15. 6. 1911. シュトラウス宛て書簡。「アリアドネは、混乱した頭の中で、無垢な彼女自身という像を呼び出そうとしているのです。それは、彼女がかつて処女だった頃の像なのですが――（そして、この処女が今再びこの洞窟にいると、彼女は考えております）――しかし、この像を呼び出す際にアリアドネの名を用いたくはないのです――その名はあまりにも密接に彼女と結びついており、テセウスと一体化しております――彼女は幻影を欲しているのです、しかし名前を持たない――それゆえ、三人のニンフが彼女の名前を呼んだとき、彼女は不安げに拒みつつ「もう呼ばないで！」（「私にこの名前をもう二度と聞かせないで！」）と言ったのです」。

（一八九）XXIV. 71. Entstehung. ホメロスのテクストは、『オデュッセイアー』呉茂一訳、岩波書店、一九七一年を参照した。

（一九〇）Wendelin Schmidt-Dengler: Dionysos im Wien der Jahrhundertwende. In: Études Germaniques. Nr. 2 (1998). S. 313-325, hier S. 316. 世紀末ウィーンにおいて共有されていたとされる、こうしたディオニュソスのイメージは、一八九三年に書かれたホーフマンスタールの手記にも見出される。Vgl. RA III. 359.「悲劇的な根本神話、すなわち個人の中で切り刻まれた世界は、統一を切望する。ディオニュソス　ザグレウスは甦るだろう」。

（一九一）『アリアドネ書簡』の最も有名な一節には、「変身とは生命の生であり、創造的な自然本来の神秘劇です。固執は硬直であり、死なのです。生きようとする者は、自分自身を超え、変わらなければなりません。つまり、忘れなければならない。しかしながら、固執に、忘れないことに、誠実に、人間の尊厳すべてが結びついている。これは深淵のように深い矛盾の一つであり、この矛盾の上に我々の存在は築かれているのです、まるで底なしの亀裂の上に建てられているデルフォイの神殿のように。私は、生涯こうした矛盾の永遠なる神秘に驚嘆するのをやめないだろう、と指摘されたことがあります」（XXIV. 205.）とある。

（一九二）『私自身について』（XXXVII. 118.）。レッシュは『クリスティーナの帰郷』について、不実な恋人の残像から解放され、他の男を愛することができるか否かという「アリアドネ的状況」に対し、モデルネが要求する「主体性」、すなわち女主人公が自らの意志で他の男を選び取るという答えを必要とした、と結論づけた。しかしながら、「アリアドネ」が提示しようとするのは一方的な関係ではなく、主客相互の変容だ。それこそ、レッシュが『クリスティーナの帰郷』から導き出そうとする「相互作用的なもの」としての「結婚」の本質である。Ewald Rösch: Komödie und Kritik. Zu Hofmannsthals Lustspielen Cristinas Heimreise und Der Schwierige. In: Ursula Renner, G. Bärbel Schmid, a. a. O. S. 163-189, hier S. 174-175.

（一九三）RA III. 464. 一九〇五年に書かれた、「我々の課題」についての手記。ゆえに、バンベルクがバッカスに与えた主客の廃止を体現する役割、すなわち狂乱が引き起こした忘我の中で己が捧げる生贄との一体化を可能にせしめるという在り方は、『アリアドネ』の「相互作用的なもの」を体現するバッカス像に当てはまらない。Bamberg, a. a. O. S. 173.

（一九四）『私自身について』に収められたアフォリズム「神話の形成は、飽和した塩溶液における結晶化のようだ。その場合、決定的な瞬間に、あらゆるものが神話的になる、まるで小犬が騎士の足となるように」（XXXVII. 145.）参照。

（一九五）Böschenstein, a. a. O. S. 268. ベッシェンシュタインは、このアフォリズムに見られる「調和」を、元となったゲーテの処世訓「発せられたどの言葉も反対の意味を呼び起こす」において既に含意されていたものであると説明している。

（一九六）『アンドレーアス』の中で用いられる「合一 die Vereinigung」が、『アリアドネ』における「変身」と同じ現象を指しているのは、両者が等しく「相互作用的なもの」と関係づけられうることから明らかだ。

（一九七）シュナイダーが色彩の視覚的同時性に基づき、言語の分節化を無に帰せしめんとしたように（本書註五八〈五六頁〉）、フォーゲルは調和しない様々な音を一斉に鳴らす不協和音としての騒音という聴覚的同時性に依拠しながら『ナクソス島のアリアドネ』におけるジャンル間の境界消失を論じている。日常生活から切り離された祝祭の秩序に逆らう時間の節約、そしてあらゆるものの差異を無効化し等価交換可能にしてしまう貨幣経済の原理に支配された主催者の命令を前提として、対立する二つの形式が同時に上演されることにより、各々に属する参加者たちの発する言葉は競合し、もはや意味をなさない音の集まりとしてのみ知覚されうる。その結果として、形式の区別および言語の分節化が廃止されるのだ。こうした状況について、フォーゲルは十二人の詩人が自作の詩を同時に読み上げるダダイストたちのパフォーマンスを先取りするものと主張している。Juliane Vogel: Lärm auf der »wüsten Insel«. Simultanität in Hofmannsthals »Ariadne auf Naxos«. In: HJb. 16 (2008). S. 73-86, hier S. 85-86. 確かに、『アリアドネ』はセリアとブッファの境界を超えた〈何か〉を、両者の調和ではなく競合によって提示せんとする。だが、これまで述べてきたように、その〈何か〉は一方が他方へと急激に変化する過程においてのみ表出しうるものの、その最中ではなく、対立する二つの形式間に生じる移行およびかみあわない台詞の内実から事後的に説明されるより他はない。〈何か〉の表出は同時性ではなく事後性を必要とするがゆえに、ジャンルの境界を完全に消失させはしない。したがって、フォーゲルの論はホーフマンスタールとアヴァンギャルドの近似を強調しすぎていると言える。

（一九八）『アリアドネ書簡』。「アリアドネは死に、そして甦ったのです。彼女の魂は真理に変えられた――むろん、それはより高い段階の真理です。どうして、ツェルビネッタと仲間たちにとっての真理でありえるでしょう。これら卑俗な生の代表者たちが、アリアドネの体験の中に見ているのは、まさに自分たちが理解できるもの、つまり古い恋人と新しい恋人の交換なのです。二つの魂の世界は、まさしく可能なやり方によって、幕切れで皮肉に結びつけられるのです、すなわち理解されないことによって」(XXIV. 205.)。

（一九九）「あなたがツェルビネッタに、この上なく強烈な音楽的スポットライトを当てようとなさったことに、私は初め驚いたものです」（HS, BW. 121, 25. 5. 1911.）。そもそも初期の構想に、ツェルビネッタは含まれていなかった。Vgl. XXIV. 106-108, N 6-8.

（二〇〇）この点に、ホーフマンスタールがシュトラウスに感化される過程を見て取る向きもある（松本道介『ツェルビネッタをめぐる攻防——ホーフマンスタールとリヒャルト・シュトラウス』ドイツ文学第一〇七号　日本独文学会　二〇〇一年、六一〜七一頁）。だが、ホーフマンスタールがシュトラウスの反対を押し切って幕切れにツェルビネッタを登場させたのは、彼独自の必然性、すなわち言語化されえないアリアドネ・バッカスの変身について「彼女の言葉」で語る役目を担わせるためである。

（二〇一）Jakob Knaus: Hofmannsthals Weg zur Oper ‚Die Frau ohne Schatten'. Rücksichten und Einflüsse auf die Musik. Berlin 1971. S. 14, S. 16, S. 19. Vgl. HS, BW. 233.

（二〇二）シュレッタラーは、観客の理解を優先するシュトラウスの態度を、ホーフマンスタールよりも音楽劇の現実、すなわちテクストが歌われるという特殊な状況下で必要とされるドラマトゥルギーの明瞭さに目を向けたものであると述べている。シュレッタラーによれば、シュトラウスによるリブレットの語順の変更や前置詞の導入は、テクストの理解を困難にしうる高度に文学的・修辞的な言葉遣いを、より平易かつ自然な言葉へと改めたためだ。Reinhold Schlötterer: »Eigentlich-Poetisches« und »der Musik vorgewaltet«. Hugo von Hofmannsthals »Ariadne auf Naxos« als Dichtung für die Musik von Richard Strauss. In: HJb 15 (2007). S. 259-280, hier S. 271-274. しかし、シュトラウスとホーフマンスタールの対立において真に問題となっているのは、個々の表現や筋連関ではなく、いかに「わかりにくいもの」を表出させるかという後者の文学的試みに対する前者の無理解である。

（二〇三）XXVIII. 273.

（二〇四）HS, BW. 111-112. ホーフマンスタール宛て一九一一年三月十七日付書簡において、シュトラウスは『影のない女』の前身たる『石の心臓』と、同じく『アリアドネ』の原型「モリエール風の小品」を併記し、両者への期待感を示している。

（二〇五）本書第一章の最後を参照のこと。

第五章　新しい小説——統合の試みと断片化——

I　ロマーン

1　統合と反統合

前章で述べたようにホーフマンスタールが掲げた「わかりにくいもの」の中には、「今日もなお人々が苛立ち、一体どうしてとか一体何のためにとか不平をならす『アリアドネ』の不可解さ」（HS, BW. 343.）、すなわち到達不可能な中心を相反するもの同士の終わりなき移行によって示唆するという構造も含まれている。『町人貴族』という枠組み、ジュールダン氏という筋連関上の要を有しているにも関わらず観客の非難にさらされた初演版から、ホーフマンスタールはさらなる難解さへ歩み出そうとする。その際彼は、この「わかりにくいもの」が「来たるべき世代」によって理解される未来を夢想している[二〇六]。ただし、この期待は、「反統合のロマーン」を執筆した十八世紀の作家たち（ゲーテ、ビュヒナー、レンツ、ジャン・パウルら）が同時代人によって被った無理解の克服――理解しうるか否かの判断を可能にせしめる価値体系を退けるのではなく、個々の読者が努力することによって理解可能であり、実際後年理解された――とは異なり、未だ存在しない秩序に基づく理解を前提とするものだ[二〇七]。

いずれにしても、歴史を一種の持続的な進歩と見なし、その中で自らも完全なるものへと無限に近づいてゆこうとするかのごとく、一九一七年以降に成立したと推定される『アンドレーアス』の覚え書きで、ホーフマンスタールは直線的な時間軸に沿って作品を現実の中へと分け入らせた。つまり、登場人物の伝記的叙述と文学史的事象を併記した、一七八〇年から一八二八年に渡る年表を作成したのだ（XXX. 179-180, N 272-273.）。歴史と結びつけられたロマーンは、主人公の生を足がかりに、どこまでも展開し続ける可能性を孕む。

精神世界／関係／

イタリア
ゴルドーニ。ゴッツィ。
アルフィエリ
ガリアーニ
ジャンバティスタ・ヴィーコ。
やや古いもの
アリオスト
タッソー（ゴンドラの船頭の歌）

フランス
ヴォルテール
ルソー（例：ピグマリオン）

(a)一七八〇
アンドレーアス　一七五七年生まれ　ロマーナ一七六五
マルタ修道会騎士　一七四一年生まれ
アンドレーアスとロマーナの長男　一七八四生まれ
長女　一七八六（結婚。一八〇六年から）
次男　一七八七

(b)およそ一八〇八年
ストー夫人　シュターディオン　プラハのクライスト

バイロンの処女作？　　　　　　　　ホルマイアー　　　シュタイン男爵
E・Th・A・ホフマン　　　　　　　　　　　　　　　　ミヒャエル・ベーア
　　　　　　　　　　　　　　　　　　　　　　　　　　フンボルト兄弟
ベートーヴェン

アンドレーアスはプッサンの風景画を手に入れる（プランケンヴァルト城におけるシュテュルクの所有物から）

(c)およそ一八二七年
メーストル伯爵、シャトーブリアンと息子との関係、ロマーナと皇妃マリア・ルドヴィカとの関係

後期
一七九〇年　ベルギーで（勇ましいエピソード）二番目の娘が誕生
一八〇八年　ニーダーエスターライヒで（プランケンヴァルト城購入）
一八二八年　ケルンテンで（皇妃マリア・ルドヴィカの死）
（アンドレーアス七十三、ロマーナ六十五　長男　一七八六年生
　　　　　　　　　　　　　　　　　　　　長女　一七八七年生
　　　　　　　　　　　　　　　　　　　　次男　一七八七年生
　　　　　　　　　　　　　　　　　　　　次女　一七九〇年生
　　　　　　　　　　　　　　　　　　　　最初の孫娘　二十
　　　　　　　　　　　　　　　　　　　　最初の孫　　十八）

他の覚え書きとは異なり、ここではアンドレーアスとロマーナの婚姻が自明の出来事とされる。しかし、表内の時間軸はアレヴィンが示した「ロマーナ物語 Romana-Geschichte」の枠組みを越え、彼らの子や孫の誕生にまで延びてゆく。

こうしてみると、ホーフマンスタールがロマーンという形式を選んだ時点で、『アンドレーアス』の未完は定められていたのではないかという考えが浮上する。というのも、主人公の生は婚姻によって完成あるいは完結せず、より完全なるものに近しいであろう「来たるべき世代」へと流れ込むのだから。その際思い起こされるのが、年表に示された直線的な進歩とは異なる「螺旋状の発展」だ。かつて、ケルンテンでゴットヘルフに翻弄されたアンドレーアスが願ったように。

今のすべてがとうに過ぎ去ってしまったことなら、どんなにいいだろう。もっと年をとって、子供を持って。こうしてヴェネチアへ馬を進めているのが、自分の息子であったなら。しかし、息子は自分とはまるで違った若者だ。立派な人間で男らしく、鐘の音が聞こえる日曜の朝のように何もかも清らかで優しい。(XXX. 52.)

アンドレーアスとはまるで違う「立派な人間」たる息子は、それにもかかわらず父親と同じくヴェネチアへ——おそらく「外国の人間と知りあい、外国の風習を観察し、礼儀作法に磨きをかけるため」の——旅をしている。だが、それは父親が行ったよりも「高い螺子山へと上がっ」た段階で推移し、邪悪な従者に振り回されたりはしない。『小犬を連れた貴婦人』における世代を跨いだ「螺旋状の発展」を示唆する記述は、前掲の年表に続く覚え書きでも確認できる。そこには実在の人物シュターディオン伯爵がアンドレーアスの長男に示す好意について、「年長の男性と長男の友情 (サクラモゾー アンドレーアスと類似)」(XXX. 180, N 274.) と記されており、やはり息子が父親の育んだ (そして最終的には失った) 友情をより高い次元で発展させるよう求めている。

年表が体現する直線的な進歩と縒り合わされた「螺旋状の発展」は、低次なるものが、より高次なるものへと統合され続けてゆく運動と言える。(二〇八) 実際、ホーフマンスタールは『アンドレーアス』という作品自体を、新しい構想に統合しようと試みた。ところが、直線的進歩とは異なり、「決して何かを置き去りにするのではなく、より高い螺子山へと上がって同一点に戻る」螺旋状の発展は、しばしば新しい作品に統合されえないものへと向かってしまう。その過程で、新たに定められた「中心点」が無限にずれてゆき、遂には再び断片と化すのだ。こうした運動として、『新しい小説』を論じる。

2　新しい構想

ホーフマンスタールは、到達不可能なものを巡って内実同様断片化した『アンドレーアス』を新たな枠内に回収しようと試みた。一九二五年十一月以降に始まった『新しい小説』という構想（XXX. 196-218, N 315-385.）が、それだ。そこには、その名の通り著者の新たな着想が数多く見出される。アンドレーアスをはじめ、ケルンテンとヴェネチアの主だった登場人物たちを受け継ぎつつも、時代をマリア・テレジア治世からメッテルニヒ政権下へ、舞台をヴェネチアから西アフリカへと移す。従来の三人称を用いる語り（『フォン・N氏の旅行記』XXX. 7-8, N 1 を除く）に代わり、「シュニッツラー的一人称」を用いて第一章を書き始める用意もあった（XXX. 197, N 319）。また、アンドレーアスとサクラモゾーを架空の歴史的人物に仕立て上げて史実に組み込む案（XXX. 203, N 343-344.）からは既に、ホーフマンスタールが抱いていたナポレオン一世に対する深い関心がうかがわれる。やがて、ヨーロッパおよびアフリカの国際情勢、階級間の対立などといった主題が先鋭化するにつれて、この構想も破綻をきたす。政治的要素を消化するため、ホーフマンスタールは〝さらなる新しい小説〟『ライヒシュタット公』（XXX. 219-276.）を立ち上げた。そこでは、サクラモゾーが『新しい小説』以来の別名（Sagredo, Porro）で現れはするが、主人公はナポレオン一世の息子となり、アンドレーアス・フォン・フェルシェンゲルダーを仮の中心とする覚え書き群とは異質なものとなっている。

ホーフマンスタールの苦労虚しく、『新しい小説』もまた完結されえなかった。もっともレンナーによれば、フラグメントという形式は彼の特殊な創作方法に合致している。なぜなら、それは爆ぜるがごとき速さで一つの場面を作り上げるが、しばしば停滞して、常に新しい構想へ巻き込まれてゆくからだ（二〇九）。しかし、『新しい小説』の断片化はレンナーが指摘したよりも複雑な様相を呈している。というのも、前述の通り、この作品は「螺旋状の発展」を行っており、単純に次々と新しい構想へ流れ込んでいるわけではないからだ。『アンドレーアス』を『新しい小説』へと統合するために、ホーフマンスタールは新たな主題および登場人物を創出した。だが、それにもかかわらず旧いものへと立ち戻ってゆく運動において、統合されえないものの存在が明らかになる。結果として、すべてを纏め上げるはずだった新たな「中心点」が自らの役割を果たせなくなり、作品はまたしても「反統合」へと向かう。

II　断片化の過程として

1　新しい舞台

一九二五年十一月半ば、ホーフマンスタールは『新しい小説』に着手した。最初の覚え書きには、「西アフリカの大都市が、ヨーロッパからの隔たりにおいて、すべてをまとめあげる」(XXX. 196, N 315.) との一文がある。舞台となる地の変更は、その直前に書かれた断り「女の分裂した本性という主題は、恐らく後退するだろう。しかしながら、この主題がすべてを象徴的にまとめあげる」と呼応している。ホーフマンスタールが『アンドレーアス』の舞台を選ぶ際に、少なからぬ影響を与えたとされているゲオルク・ジンメルの『ヴェネチア』(一九〇七)(二〇) には、以下の記述が見出される。

この都市の二重生活は両義的だ。一方では街路と連関し、他方では運河と連関しており、結果として陸にも海にも属することがない。それぞれが変幻自在に衣装を変え、一方の背後には常にもう一方が潜み、自らが本当の肉体であると誘いかけてくる。細く、暗い無数の運河は両義的だ。その水は休みなく動き、流れる。しかし、それが流れてゆく方向は判然とせず、常に動いているのに、どこかへ向かいはしない。(二一)

まるで、マリア／マリキータについて書かれたかのような、都市の描写だ。というのも、「彼女」は相対する二つの極のどちらにも完全には属さず、不可思議な移行を繰り返しているのだから。そのマリア／マリキータと一体になったヴェネチアからの撤退は、「女の分裂した本性という主題」からも離れることを意味している。ただし、ホーフマンスタール自身の言葉通り、分裂自体が消え去ったわけではない。「高きものと卑しきもの／肉体と精神／カトリック的なものと無神論者的なもの／ロマン語世界とドイツ語世界」（XXX. 197, N 318.）の間には依然として深淵が口を開いており、その克服が目指されているのである。

　では、新たな舞台であるアフリカは、ヴェネチアが司っていた分裂を克服するに相応しい土地としてホーフマンスタールの眼前に現れたのだろうか。彼は一九二五年にマルセイユから北アフリカに渡り、モロッコ—アルジェリア—チュニジアを旅した。同年書かれた『北アフリカの旅』[二二]からは、そこで発見された強烈な色彩が輝き出る[二三]。しかし、ホーフマンスタールは、アフリカで色彩のみに目を奪われていたわけではなかった。注目すべきは、フェズという都市について語っている箇所だ。従者に案内されて住居を出た語り手は、「わずか数歩でこの都市の中心にいる。何と素早く中心部にいることだろう。そして、この都市は何と素早く我らを包むのだろう。家が建て込み、閉ざされ、出口もない。まるで柘榴の内部へ入り込んでしまったかのように。というのも、私はこの二本目か三本目の小路の地下室めいた竪穴から抜け出し、今やある十字路に立っているのだ。そこは一種の小さな広場で、老婆たちが筵に蹲って塩漬けにした魚を売っている。しかし、この広場には格子状に梁が渡され、その上を葦で葺いてあるので、ここでもまた建物の中にいるのだという感じが消えず、これらすべてのものが連関し、どのようにか知らねど、家から家へと出入りしているように思われた」（E. 644.）。入り組んだ都市を逍遥する彼の眼前に、またしてもアラベスクが現れる。「一は他と絡みあい、すべてが昔からこのままであったかのよう」で、「これらすべてのものがすべてのものと連関するように、住宅と工場と市場とモスクの連なり、この絡みあう書体の装飾模様が、至る所で無数に絡みあう生の線によって繰り返されているのだ」（E. 646.）。『新しい小説』の最後付近に置かれた覚え書きの言葉「始原なるものにおける繁茂 Durchwachsung im Elementaren」（XXX. 217, N 384.）は、まさしくこの都市に相応しい。アフリカで繰り広げられる『新しい小説』は、新しいものへと展開するかに見えて、古い主題や登場人物に立ち戻り、そこから再び新しいものへと伸びてゆく。その過程で成就するのは完結ではなく、無限の展開だ。

2　継続された『アンドレーアス』の登場人物および主題

2―1　マリア／マリキータ

「女の分裂した本性という主題」は、幾分か背景に退くものの『新しい小説』でも扱われている。それが、マリアとマリキータの攻防において現れるのも『アンドレーアス』と同じだ。ただし、もはやこの名は用いられず、彼女たちを表わすのはＭ１およびＭ２という記号である。Ｍ１が修道院へ入ろうと考えていることや、それに対抗してＭ２がアンドレーアスを誘惑しようとすること、さらにアンドレーアスはＭ１とＭ２の両方を愛するが、サクラモゾーがＭ１のみを愛することなどは、そのまま引き継がれた（XXX. 196, N 316.）。Ｍ２は、相変わらず「悪魔」であり、己の半身Ｍ１という枷から自由になるための画策を続けている（XXX. 199, N 325.）。こうした記号の使用は、『アンドレーアス』において一度挫折した試み、すなわち精神分析学の手法に則って行われる人格統合への立ち戻りをうかがわせる。というのも、Ｍ１とＭ２には、『アンドレーアス』後期の覚え書き（XXX. 167, N 238/171, N 248.）以降登場する「アンナ」（XXX. 216, N 380/218, N 384. マリキータは Anna II. と記されている。XXX. 171, N 248）という総称が与えられるが、これは分裂を克服した後再建されるべき人格の名として見なされうるからだ。

　精神分析学への回帰は、Ｍ１およびＭ２の過去として構想された挿話からも推察される。それは、Ｍ２が出現する契機であり[二一四]、突き詰めてゆけば多重人格障害の原因だ。Ｍ１はベルギー・ボヘミアの大領主と法律上の手続きを踏まない結婚をして（XXX. 201, N 336.）、子供をもうけている（XXX. 196, N 316/211, N 366.）[二一五]。『アンドレーアス』で語られたマリアの過去とは異なるが、ここでもＭ１を錯乱させるのは、精神分析学者たちによって病因と名指されてきた性と道徳にまつわる問題である。しかしながら、それらを取り除き、Ｍ１とＭ２の分裂が解消に至る道筋は、結局示されていない。統合の過程が書き込まれるべき場所は空白のままになっており、そこには依然として「アンナ」に統合されえない〈いずれでもあり、いずれでもない女〉が存在しているのだ。『新しい小説』を「象徴的に

かったことは、作品の末路、すなわち「反統合」の証となる。

まとめ上げる」(XXX. 196, N 315.) はずの彼女たちが『アンドレーアス』同様一つの人格へと再構成されるに至らなかったことは、作品の末路、すなわち「反統合」の証となる。

2―2 サクラモゾー

M 1/M 2 の人格統一と並んで、『アンドレーアス』という作品の統合にとって重要な要素は、彼女(たち)とアンドレーアスとの合一であった。その成否を左右する人物こそが、サクラモゾーだ。『新しい小説』のサクラモゾーは、『アンドレーアス』において彼自身が危惧していたアンドレーアスとM 1の合一を妨げる存在(XXX. 146, N 179.)となって現れる。彼はM 1を愛するあまり、彼女の敵M 2に助勢する者と見なしたアンドレーアスへの憎悪を掻き立てられ(XXX. 196, N 316.)、彼を貶める(XXX. 200, N 332.)。果ては、彼自らがアンドレーアスに「M 1は君を憎んでおり、もう会いたくない」と伝え、M 1との仲を裂こうとさえする(XXX. 201, N 336.)。彼は、相変わらず女性との間に肉体関係は結ばず、それを知る者(「悪人」と呼ばれる男)からは「去勢された馬」と嘲られている(XXX. 210, N 365.)。アンドレーアスに対するサクラモゾーの振る舞いは、今や人生の師ではなく、完全に恋敵だと言っても過言ではない。さらに、若者たち一般に対する彼の態度「高慢とおもねり」、「限りない心遣いと時折の中傷」(XXX. 201, N 337.)を通して、高潔さに隠された悪しき性質が露になる。既に『アンドレーアス』の中で「全く不愉快で、耐え難く、その上無礼でさえある」と指摘されていたサクラモゾーの「危機に先立つ不機嫌」(XXX. 147, N 182.)に晒され、アンドレーアスは「人間同士を切り離すもの」が「合一」に増して強大な力を有していると悟る。また、「心気症患者」と呼ばれる人物は、「サクラモゾーの悟性は、彼の劣った性質の一つ(不信、吝嗇、高慢、癇癪、感じやすさ)がちらつくとき、すぐに途切れる」(XXX. 209, N 360.)点について注意を喚起している。

『新しい小説』のサクラモゾーは、『アンドレーアス』の覚え書きの中でも比較的遅く強調されるようになった恋敵という役割へと一元化されたかのように思われる。その場合、彼はアンドレーアスとM 1/M 2の現実的な結びつき、具体的には婚姻を妨げているにすぎない。したがって、アンドレーアスがサクラモゾーを排除してM 1/M 2を得ようと、彼女（たち）ではなくロマーナを伴侶に選ぼうと、ロマーンを男女の婚姻から「来たるべき世代」へ回収せんとするホーフマンスタールの試みから大きく逸れはしない。しかしながら、アンドレーアスの導き手という役割はなおサクラモゾーに残されている。『新しい小説』においても解消されなかったサクラモゾーの二面性が、アンドレーアスをM 1/M 2の許でも、またロマーナの許でもない未知の土地へと導いてゆくからだ。「結末近く」という見出しが付けられた覚え書き（XXX. 209, N 361.）で、M 1/M 2あるいはロマーナと結ばれる兆しすら感じられぬアンドレーアスは、サクラモゾーによってカイロへの使節団に加えられる。この時サクラモゾーは――ゴットヘルフのような非道とは無縁ながら――ケルンテン出立同様、アンドレーアスを結ばれるべき女性から引き離す。アンドレーアスが「世界を大きく自由に見る方法を学ぶ」ことが彼女との合一に至る唯一の道、つまり「救い」であると認めたとき、即物的な結びつきを前提とする前述の統合は、またしても挫折するのだ。

2―3　フェルシェンゲルダー家の歴史

『アンドレーアス』を歴史の中へ組み入れる作業と並行して、『新しい小説』には、アンドレーアスとその一族に関する多くの記述が含まれている。それらは、これまで語られなかったフェルシェンゲルダー家の歴史を詳らかにする一方で、「反統合」に資するアンドレーアス個人の性質を炙り出す。まず、ごく初期の覚え書きでアンドレーアスの妹らしき女性が登場してくる。後に書かれた家系図から、彼女がカロリーネという名を持ち、アンドレーアスより三歳年下であることが知られる（XXX. 207, N 355.）。彼女という存在、その真偽の解明は、アンドレーアスにとって重要性を帯びてゆく。というのも、どうやら彼女はアンドレーアスの父親が下女との間にもうけた庶子らしいからだ（XXX. 197, N 320.）。この「妹」が、両親の不和（XXX. 206, N 353.）に、何らかの影響を与えているのは間違いないだろう。アンドレーアスの念頭には、「彼の母が非常に不幸だったということ、そして父が訪ねた女性たちがどのような意味を持っていたかということが浮かんでくる」（XXX. 208, N 357.）。こうした家庭内の軋轢は、後にアンドレーアスが憂鬱症を引き起こす一要因となった。彼と両親の疎遠が、レオポルト叔父との親近感（XXX. 205, N 350.）と対比されるのは、『アンドレーアス』の場合と同様である（XXX. 69-71.）。けれども『新しい小説』においては、「喜びというよりも重圧としての家族関係」（XXX. 206, N 354.）が金銭、身体、国家（胸苦しさとしてのメッテルニヒのシステム）に対するぼんやりとした、ぎこちない関係へと拡大され、所与のものから自由になることの不可能性を巡る問題へと辿り着くのだ。

一方で、家族にまつわる記述は、さらに過去へと遡ろうとする。この試みは、アンドレーアスが河で溺れるというエピソード（XXX. 205, N 348.）の中で行われた。かつて「アール河畔の寡婦」と題された覚え書き群において、水浴の最中溺れかかった彼は自然との神秘的な合一を体験したが（XXX. 135, N 147/136, N 149, N 150/153, N 196.）、今回は祖父母の過去を幻視する（XXX. 205, N 348, N 349.）。クロアチア人で絹織物商の祖父を。ブルクラントで侵攻するトルコ人から逃げ惑い、丘の上で火をかけられた村を見つめていた祖母の姿を。このエピソードが書き留められた後、改めてフェルシェンゲルダー家四代の家系図が作成される（XXX. 207, N 355.）。ロマーンの「現在」が数十年後に移されたために一世代繰り上がり、『アンドレーアス』や前述のエピソードで「祖父」と呼ばれていた男は、曾祖父に改められている。フェルシェンゲルダー家を興した男を歴史上に位置づけることによって、アンドレーアスらが生きる「現在」もまた確定されるのだ。曾祖父（祖父）の物語は、『アンドレーアス』においても何度か取り上げられてきた。最初に語られたときには、それなりの身分の少年が屋敷を抜け出してドナウ河沿いにウィーンへ下り、皇帝の近侍に取り立てられ、貴族に叙せられるという冒険譚であった（XXX. 69.）。その後、この物語は森林地方から下ってきた若者が、渡し船の船頭をして働いていたところ、河を渡りに来たブラウンシュヴァイク公妃に馬丁として召し抱えられた、という立身出世譚へと変貌を遂げる（XXX. 115, N 88.）。年表の記述は、後者の年代を『新しい小説』に合わせて修正したものだ。この家系図は、貴族の称号を得て「一家の誇り」（XXX. 69.）となった曾祖父以来、家名と共にフェルシェンゲルダー家に受け継がれる「高きものへのぼんやりとした志向」（XXX. 207, N 356.）が、いかなる経路を辿って来たかについて明らかにする。ここでとりわけ重要なのは、その「志向」がアンドレーアスの父において「上流階級とは衝突しないという臆病」（XXX. 208, N 357.）、すなわち度を越した権威主義となって現れ、先に述べた両親の不和と共に、アンドレーアスの極端な自己卑下、その結果としての憂鬱症をもたらした点だ。アンドレーアスが陥った「社会的状況の特殊性」（XXX. 208, N 358.）、すなわち自分を影のような存在であると感じ、社交の中へ入ってゆけない状態は、かの「志向」の副産物だ。社会的なものと関われない性質により、アンドレーアスは先行する覚え書き群同様『新しい小説』でも「中心点」としての役割を果たせなくなってゆく。ゆえに、作品を統合しうる新しい登場人物が必要とされるのだ。

3　新しい登場人物

『アンドレーアス』に区切りをつけ、『新しい小説』を始めるに当たり、ホーフマンスタールは前者から幾人かの登場人物を再登場させる一方で、新たな人物たちを呼び出した。

主筋に絡む登場人物：M 1　M 2 マルタ修道会騎士　アンドレーアス　悪人　その妻　町人の妻　ヨーゼフ少年　若いドイツ人。（XXX. 197, N 317.）

ここには既に終わらせたはずの『アンドレーアス』とこれから取り組もうとしている『新しい小説』という二つの構想が混在するため、一方で古くからの登場人物が思いがけない顔を見せ、他方新たな登場人物が不意に馴染みの顔を見せる。従来の人間関係に新たな人物が加わることで別の連関が生じゆく様を、ホーフマンスタールは『私自身について』において次のように表現している。「戯れ――新しい登場人物が姿を見せる、それによって生じる位置関係が全てを変えうるだろう。（略）惑星のようなこの戯れから逃れることは不可能」（XXXVII. 151.）だ、と。この「戯れ」の中から、「女の分裂した主題」に代わって、「合一――社交的な個人　その中にある不滅性」（XXX. 197, N 318.）が前面にせり出してくる。そこでは、様々な相克を社交、すなわち登場人物同士の関わりの中で解消する道が見出されねばならないのだ。

3―1　町人の妻と悪人

『新しい小説』において、町人の妻、そして悪人と呼ばれる二人は、「人間同士を切り離すもの」としての役割を担い、異彩を放っている。町人の妻は、『アンドレーアス』にも登場し、独立したエピソードを持つ人物である（XXX. 117, N 94.）。その際、彼女はヴェネチアの下町に住む、仕立て屋の女房だった。夫も子供もある身ながら、彼女はアンドレーアスとの結婚を望み、彼に身を任せようとする。それればかりか、彼に他の女を世話してやろうとすら申し出る。町人の妻によって、アンドレーアスは堕落し、彼を導こうとするサクラモゾーから遠ざかってしまう。しかし、前者は町人の妻が体現している猥雑な庶民生活を共にする内に、伯爵夫人マリアの許では得られなかった生の実感を得るのだ。

『新しい小説』に登場する町人の妻も、やはりアンドレーアスを恋人にしたいと考えている（XXX. 213, N 372.）。しかし、どちらかと言えば、サクラモゾーおよびM 1/M 2との関わりが強まった感がある。（二一六） まず、サクラモゾーについてだが、彼女が恋人にした男たちは皆、彼と何らかの関係があったとされる（XXX. 212, N 371.）。さらに、その内の一人から、サクラモゾーはアンドレーアスの場合と同じやり方で――自らの弟子という名の被造物として――奥義を窮めた者を作り出そうとしていた。サクラモゾーの理想が挫かれたのは、その若者の愚かさゆえであった。けれども、『アンドレーアス』の場合と同様に、町人の妻の存在も何らの影響を及ぼしていないとは言い切れない。彼女は、己が信じるところの「愛」、すなわち肉体を所有しあう間のみ続く関係によって恋人となった若者たちの「弱さ」を助長し、他ならぬ「弱さ」から「強さ」が生じうるというサクラモゾーの「原則」（XXX. 213, N 371.）を打ち毀す。だからこそ、彼女とサクラモゾーは、互いに憎みあっているのだ（XXX. 214, N 374.）。

また、町人の妻は、M 1を取り巻く社交の場に出入りしており、必然的にM 2とも親交を結ぶ（XXX. 212, N 370.）。M 2は町人の妻を気に入り、好んで彼女と共に劇場やヴェネチアに行きたがった。しかし、町人の妻はアンドレーアスに秋波を送り、「悪人」と呼ばれる男をも使役するといった奔放さで、徐々にM２の存在を圧倒するようになる。つまり、彼女は肉体を持った他者としてM１の前に現れ、M２以上にM１の内なる他者を呼び起こすのだ。M２の親近感とは異なり、町人の妻に怖れを抱くM１は、同時に彼女に対する説明のつかない傾倒を感じ、それによって初めて自分自身の中の別の意志、つまりM２の存在を認識する（XXX. 213, N 372.）。また、彼女は町人の妻に関する事柄について、直接的にも間接的にも知りうるはずがないにも関わらず、それを自分が知っていることに気づき、M２の「ほらね！　つまり、あなたはそれをわかっているのよ！」と言う声を聴く（XXX. 213, N 373.）。こうして町人の妻は、アンドレーアスとサクラモゾーを、M１とM２を引き離す。

「悪人」と呼ばれる男もまた、M１に対して、町人の妻と似たような役割を与えられている。彼は最初、M１を付け狙い、悪事を働こうとする者として現れた（XXX. 196, N 316.）。この「悪事」について具体的な記述はない。ただ、彼が持つとされる「統合を無に帰せしめること（Disintegration）に対する卓越した本能」が、何らかの破局をもたらしうるのではないか、という推測は成り立つ。彼にとって、人間は雑多なものが寄り集まった「塊」や「束」（XXX. 210, N 362.）でしかない。一見統一され、調和を保っているように思われる者でも、「皮を剝げ」ば（XXX. 210, N 363.）M１およびM２のような分裂が露になるのだ。彼は、あらかじめ人間たちを破壊して見ており、彼らの身体的および道徳的弱点へと解体してしまう（XXX. 210, N 362.）。こうした「混ざりもの」（XXX. 107, N 73.）としての人間を嫌悪し、「向上を目指す絶対的かつ統一的な志向」（XXX. 105, N 71.）に反する他をすべて切り捨てることにより統合を試みるサクラモゾーとは異なり、「悪人」にとってはすべてが混沌でしかない（XXX. 210, N 262.）。

「自らの肉体の内部において、この上なく恐ろしい方法で纏め上げられている」（XXX. 211, N 367.）「悪人」を、サクラモゾーは「決然とした人間」（XXX. 202, N 339.）であると評価し、自らが参加する使節団に加えたいという意向を示す。もっとも、実際の「悪人」は「人間の意志の弱さに満ち満ちている」（XXX. 210, N 362.）。サクラモゾーと違って、「悪人」には一貫した揺るぎない「意志」はない。それを、彼は数々の大胆な「行為」――ポーランドでロシア人のために〝働く〟という計画を立てる（XXX. 211, N 367.）、監禁された男爵夫人の救出・逃亡に同行する

(XXX. 210, N 364/211, N 368.) ——でもって覆い隠しているだけだ。したがって、彼の行為が失敗した際には、何一つ残らない。『アンドレーアス』におけるサクラモゾーの威厳に満ちた自死とは対照的に、その時々の気まぐれから行動してきた「悪人」は警邏隊によって罪人として射殺される(XXX. 211, N 367/212, N 369.)。サクラモゾーは「行為」を尊ぶあまり、その結果を「悪人」自身ではなく、「行為」しなかった、あるいはできなかった人間、アンドレーアスに押し付ける(XXX. 212, N 368.)。というのも、サクラモゾーにとって、優柔不断を克服し、社会的なものに参加する道は、ただ「行為」を通じてのみ拓かれるのだから。[二一七]

しかしながら、ここでも真の「合一」は対立するもの同士の一方を排除したり両者から混沌を生み出すことによっては成就しない。『新しい小説』に取り掛かった頃ホーフマンスタールが書いた「内容」についての覚え書きは、『アンドレーアス』、『ナクソス島のアリアドネ』、『友の書』、『国民の精神的空間としての著作』において問題にされ続けてきた「対立」の克服を、「社交的な個人」に求めている。

合一——社交的な個人　その中にある不滅性

対立の克服
高きものと卑しきものの
肉体と精神の
カトリック的なものと無神論的なものの
ロマン語的世界とドイツ語的世界の(XXX. 197, N 318.)

「社交的個人」とは、「悪人」ばかりではくサクラモゾーにも欠如している「会話における移ろい」、しばしば行動にとって妨げになる「常に優しさ、当惑、落胆、はにかみによって定められているもの」(XXX. 211, N 367.)を解する者だ。「行為」や「意志」に集約しきれない「移ろい」を担う役割が、「無能」で「臆病」に思われる態度（XXX. 212, N 368.）を見せるアンドレーアスに期待されている。アンドレーアスが「社交的個人」でありうるか否かという問いに対する答えは、新たな登場人物「若いドイツ人」の登場を待たねばならない。

3―2　ヨーゼフ少年

「人間同士を切り離す」町人の妻や悪人に対し、人々の間を取り持つのがヨーゼフである。彼はニーナの弟で、十二、三歳の少年だ。『アンドレーアス』では固有名詞を持たない双子の弟として登場していたが（XXX. 43.）、『新しい小説』の直前に成立した覚え書き（XXX. 191, N 301.）には既にその名が記されている。そこでの少年は、没落したとはいえ貴族の令息ながら町人階級である「仕立て屋」の店に出入りする。「仕立て屋」の主人との友情は軽蔑が入り混じる限定的な関係にすぎなかったが、彼を仲介役としてアンドレーアスは仕立て屋の夫婦と親しくなってゆく。そして『新しい小説』に登場するヨーゼフは、靴屋の女房に好意を抱き、町の少年たちにすら礼儀を示す（XXX. 214, N 375.）。依然として存在する身分の隔たり（「彼（訳者注：ヨーゼフ）は全く彼ら（少年たち）の仲間ではない」）にも関わらず、こだわりのなく市井の人々に接するヨーゼフの態度は、権威に縛られ続けるアンドレーアスに欠落したものだ。

こうした身分に囚われない自由な交際に加え、ヨーゼフは持ち前の鋭い洞察力から得られた姉ニーナの情報を提供することによって、「行為」へと踏み出せないアンドレーアスの内向性を暴き出す。少年は、かつてアンドレーアスを翻弄したニーナの不可解な態度、

たびたびニーナを訪問：しかし、いつも障りがある。あるときは誰かが彼女の許におり、別のときは彼女は出かけてしまったか、具合が悪い――あるときは面会を許され、隣室で彼女の言葉を耳にするが、彼女は外出しなければならないと言っていた（略）ツスティーナが彼に言う「ニーナは、あなたが構ってくれないって残念

がっているわ」（略）彼はいつも、また来るように求められる……（略）（XXX. 33, N 53.）

「解き難く謎めき、人生における多くの事柄のように矛盾に満ちている」出来事を、注釈する。すなわち、彼女には画家ツォルツィという恋人がおり、彼の手引きによってのみアンドレーアスと関係を持つ用意があったのだ、と（XXX. 215, N 376, N 377.）。まさしく、ここで名指されたツォルツィが「不可解な存在」マリア／マリキータについて行った「説明」（XXX. 91.）と同じく、ヨーゼフ少年がもたらした情報は、解けない謎をもっともらしい原因へと分節化してしまう。だが、それに対するアンドレーアスの反応は、何一つ記されていない。M 1/M 2の場合と同じく、彼は整合した「説明」ではなく、矛盾に魅せられ続けており、ニーナを画家から奪う、あるいは諦めるといった「行為」へ踏み出せないのだ。こうして「悪人」とは別の角度からアンドレーアスの優柔不断を際立たせるヨーゼフ少年は、「本筋に絡みあわされた人物たち」の一人たりうる。

3―3　若いドイツ人

新しい登場人物たちの最後に現れるのが、「若いドイツ人」と呼ばれる男だ。彼は、伯爵家の家庭教師を生業としており、とある宿屋でアンドレーアスと出会った。[二一八] 彼は知りあって間もないアンドレーアスに向かって「僕をアントン・ライザーと呼んでくれ」（XXX. 216, N 380.）と乞う。アンドレーアスがヴェネチアで若いドイツ人と出会うという着想は、『新しい小説』以前にも存在していた。[二一九] 一九一七年から一九二二年に成立した覚え書きには、「若い憂鬱なドイツ人、アンドレーアスを辺鄙な場所で見つけることに対して一種の本能を持っている。その男の雰囲気は、皆を快くする」（XXX. 169, N 241.）とある。一九一九年から一九二二年の間には、既に彼がライザーという名で呼ばれている。ここには「ライザーは、マルタ修道会騎士の中に凄まじい高慢を感じる」（XXX. 188, N 293.）と書き留められた。二つの覚え書きに現れる人物が「若いドイツ人」と関係することは、『新しい小説』における「夜、人気のない場所へ近づいてゆく。彼はクジャクヤママユが雌を見つけるように、彼を見つける術を心得ている。この喩えはアンドレーアスを立腹させる。友情の押し付けがましい申し出。優しい心映えの傍観者」（XXX. 216, N 380.）および「サグレド（訳者注：サクラモゾー）についての若いドイツ人の鋭い意見」（XXX. 217, N 382.）との比較によっても証明されうる。

さて、「若いドイツ人」に関する記述の中で注目すべきは「私をアントン・ライザーと呼んでくれ」という懇願だ。というのも、『アントン・ライザー』の主人公を介して、彼とアンドレーアスとの相通ずる、そして相容れない資質が浮かび上がってくるからだ。それらの分析を通じて、「社交的な個人」像が明らかになるはずである。まずは、アンドレーアスと「若いドイツ人」の双方に見出される「憂鬱症」について述べる。彼らは、ホーフマンスタールの文学に現れたある人物と共に「憂鬱症患者 der Melancholiker」の系譜を形成する。その人物こそ、かのチャンドス卿である。彼は、シェークスピアの『ハムレット』上演・出版の年に書いた手紙の中で、この戯曲の主人公と「言語と行為、人間関係と文化的習慣への信頼を極端に失う」、「記号の危機」、「仮象と実存の間の深淵」に苛まれるといった問題だけでなく、公的・社会的な世界において求められる役割を拒む「憂鬱」を共有している。（二二〇）

『アンドレーアス』において、チャンドス卿の後継者となったのが、アンドレーアスとサクラモゾーだった。サクラモゾーの場合、症状はしばしば世俗的な環境に対して発揮される「非常に強力な抗磁力 eine eben so starke coercitive Kraft」（XXX. 110, N 79.）として露になる。彼の「世俗的に閉ざされた態度」は、アンドレーアスにすら訝しがられるほど際立っている。これは、サクラモゾーの「心気症 seine Hypochondrie」（XXX. 159, N 218.）、卑俗なものから逃れたいという願望の表れと重なる。一方のアンドレーアスにも、「心気症 Hypochondrie」（XXX. 34, N 55.）、「心気症的 hypochondrisch」（XXX. 32, N 50.）、「陰鬱な schwermütig」（XXX. 129, N 130.）、そして「憂鬱 Melancholie」（XXX. 30, N 49.）といった言葉が並べられるが、彼の根底にあるのは、「あらゆる人間に対する嫉妬」・「増大する人間嫌悪」（XXX. 34, N 55.）だ。フィナッツァー館で見た夢は、アンドレーアスに備わった資質の一端を開示する。歪められた形ではあるが、「人生で経験したあらゆる屈辱、やりきれなさ、不安にさせるものが一緒になってやってきた」（XXX. 64.）。彼は、人生で遭遇しうる不愉快な場面に立ち会うと、これまで被ってきた忌まわしい出来事を容易く呼び覚ましてしまう。さらに、彼の「常に過大で、過小」（XXX, 108, N 76.）な状態には、前述の通り両親の不和と権威主義が大きく影響している。アンドレーアスは、両親や尊敬すべき人物に相対すると不自然で臆病な態度しか取れず、絶えずその場にいない父や母の顔色をうかがっているのだった（XXX. 58/68.）。サクラモゾーのように自らを外界から隔絶させる「抗磁力」とは異なり、外界の影響から逃れたいと望みつつも叶わず、振り回され続けるアンドレーアスの「憂鬱症」は、彼をチャンドス卿やハムレットにも増して、『アントン・ライザー』（二二一）の主人公に近づけてゆく。

アントン・ライザーは、ハムレットの独白に共感（267）し、「どんなに明るく晴れやかな眺めでも、暗い憂鬱が繰り返し黒雲のように彼の精神に垂れ籠めるのだった」（328）。たまに人の輪に加えられても、「外的な動機が一つもなかったにもかかわらず、彼にはやはり依然として孤独が好ましかった」（352）。一体、何故か。その原因は、まさしく信仰を巡って対立する両親の間で「揺り籠の中から抑圧されてきた」（12）幼年時代にあった。彼は両親から愛情を与えられず、自分を無価値なものと思い込む。「自分以外の誰かを、自分と同じような者であると見なせず――誰もがこの世で自分よりも何かしら重要で、優れているように思われ――それゆえ、他人が彼に友情を示しても、常に一種の侮辱であると思われた」（368-369.）のだ。もし、若いドイツ人が、アントン・ライザーのように極端な自負心と自己卑下の間を揺れ動くのなら、「憂鬱症」に取り憑かれたアンドレーアスと近しい者となるだろう。（二二二）

実際、若いドイツ人には「アントン・ライザー」的特徴が認められる。彼には、知識への激しい渇望、満たされる見込みのなさゆえに容易く憂鬱へと転じかねない情熱が宿っているからだ（XXX. 216, N 381.）。ただし、アントン・ライザーとは異なり、彼の情熱は学問だけではなく、女性をも対象とする。若いドイツ人は、自らの雇い先である伯爵家の夫人と恋仲である（XXX. 216, N 381.）。まさにこの恋人が、彼に憂鬱をもたらすのだ。伯爵夫人は、心を病んでおり、しばしば発作を起こす。異常な精神状態に陥った女性との恋愛がもたらす「陰鬱と重苦しさ」を、若いドイツ人はアンドレーアスと共有している。だが、そこに「苦しみと呵責」、つまり女性の病状に付け込んで思いを遂げたのではないかという自責の念が加わると、若きサクラモゾーが昔の恋人に犯した過ち（二二三）を介して、しだいにアンドレーアスと対立する立場へと近づいてゆく。サクラモゾーとアンドレーアスが初め師弟関係を結んでいたように、若いドイツ人とアンドレーアスも友情によって結ばれるはずだった。しかし、若いドイツ人はアンドレーアスの対抗者となり、ついには彼に対して「ゆるやかな憎悪」(XXX. 217, N 383.)を抱くようになる。これを嗅ぎ付けたのは、M2だった。かつてマリキータがサクラモゾーをマリアから遠ざけるためにアンドレーアスを利用したのと同じ手口で、M2はM1に対するアンドレーアスの接近を妨げようと、若いドイツ人を彼女の遊びに引き入れたのだった。ただし、サクラモゾーとアンドレーアスの場合とは異なり、二人の若者はそれぞれ別の女性を愛しているため、一人の女性を争う恋敵という関係は成立しない。

では、若いドイツ人とアンドレーアスを隔てたのは、何だったのか。『新しい小説』は、若いドイツ人の中に、これまで論じてきた「憂鬱症患者」とは異なるアントン・ライザーの側面、つまり演劇人としての在り方を際立たせてゆく。二人の出会いを描いた覚え書きには「ドイツ人家庭教師はアンドレーアスから離れず、常に自らについて話し、自らの心を抑えられず俳優になりたい」(XXX. 215, N 379.)、また「芝居のプログラムと彼の名前がある演目」(XXX. 216, N 380.)と記されている。確かにモーリッツのロマーンでも、アントン・ライザーは演劇熱に取り憑かれた。ただし、それは「現実の生活」において思うように得られない名声と喝采を、「空想の世界」、すなわち演劇に求めた結果だった(382)。それにも関わらず、ホーフマンスタールは、一九二四年の覚え書きに「アントン・ライザー:社会的なものへの志向としての演劇への志向」(RA III. 572.)と記している。「アントン・ライザー」と名乗る『新しい小説』の若いドイツ人は、単なる「憂鬱症患者」ではなく、アンドレーアスとは対照的な社交的存在として現れるのだ。

演劇を媒体とした社会との取り組みだけでなく、若いドイツ人の過去は、アンドレーアスに欠けているものを映し出す。若いドイツ人が体験した出来事、そこで明らかになる資質は、アンドレーアスのそれと著しい対照をなしている。若いドイツ人は、何らかの事情によりギーセンからストラスブルク、さらにチューリッヒとジェノヴァを経由して逃亡の旅を続けてきた(XXX. 216, N 382.)。両親によってすべてがお膳立てされていたアンドレーアスの旅とは比べ物にならないどころか、通常の旅行者ですらなかった彼は旅券も持たず、それを都合してもらうために、かの「悪人」の部下になった（XXX. 216, N 382/217, N 383.）。そして彼と「悪人」との関係も、アンドレーアスとゴットヘルフの関係とは対極的だ。アンドレーアスは主人であるにもかかわらず、「悪を知る者」とされたゴットヘルフ[二二四]に手も足も出ず、終始鼻であしらわれてしまう。これに対して、若いドイツ人は部下となっている間も自らが仕える「悪人」の言いなりにはならず、闘いを挑む（XXX. 216, N 382.）。また、社会的なものに対しても、若いドイツ人の見解は、アンドレーアスの「権威信仰」とは別の態度を見せる。なぜなら、若いドイツ人は、「あらゆる上品なものおよび社交という概念に対する憎悪」を抱いているからだ（XXX. 216, N 382.）。彼は身分の相違を越えられない岩山のごとくに思っているが、同時に、社会的・批判的な但し書きを付けることなく人間そのものを純粋に見ている。ゆえに、相手がだれであろうとも、鋭い判断を下すことができるのである（たとえば、「サクラモゾーは町人の妻と寝ているのではないか」（XXX. 217, N 382.）という鋭い意見）。若いドイツ人は、アンドレーアスに欠けているものを容赦なく暴き立てる役割を果たす、ありうべきもう一人のアンドレーアスなのだ。

　若いドイツ人は、『新しい小説』においてM 1/M 2やサクラモゾーを凌ぎ、アンドレーアスと対極をなすもう一つの「中心点」となりうる存在だった。ところが、彼が演劇から絵画の領域へと移行するに伴い、その可能性も潰えてしまう。というのも、彼と並べて書き留められたヴィルヘルム・ミュラー＝ホフマンの名（XXX. 216, N 382.）[二二五]が現れるのを契機として、若いドイツ人は、過去において「手術画家」（XXX. 217, N 383.）、あるいは「チューリッヒでは解剖学の画家」（XXX. 217, N 382.）だったとされるようになる。徐々に彼からは「社会的なものへの志向」が消え、代わりに絵画の技法についての記述「彼は非常に巧みにスケッチする。（彼は町人の妻の身体に言及する）彼は銀板写真を所有している：光自体を描出させる秘密の方法」（XXX. 217, N 382.）が現れる。そしてついに、彼は芸術理論を体現する者となる。あたかも、『アントン・ライザー』において演劇を志したモーリッツが、現実には美学論文を著していったように。若いドイツ人に関する最後の覚え書きの中では、画家フィリップ・オットー・ルンゲの色彩論、彫刻家バーテル・トーヴァルゼンおよびアントニオ・カノーヴァ、果てはシュライアーマッハーとの関係までが示唆されている。こうして「中心点」を失った『新しい小説』は、またしても別の「中心点」を――別の構想『ライヒシュタット公』の中に――探し求めねばならなくなった。

4　終わりと始まり

『新しい小説』の最後に置かれた二つの覚え書きは、その成立事情を彷彿とさせるように、回帰と展開という正反対の方向を指し示す。一つは、『アンドレーアス』最初期の構想に戻ってゆくかのように、再びロマーナを中心に据えようとする。

主要モチーフ
本来の目指される合一は、アンドレーアスとロマーナの合一である。
始原なるもの（das Elementare）における繁茂。それが彼をとらえる：始原なるものが常に彼を見舞うところでは、彼は彼女に出会う。（彼の予感、しかし最終的なものを欠く、マルタ修道会騎士のもとで）二番目の妻に対するレオポルト叔父と類似。（XXX. 217, N 384.）

ここには、アンドレーアスとロマーナの合一が「本来の eigentlich」主要モチーフであると明言される一方、「それに対してアンナが彼を包容する層、本質的でなく、深くもない」と書かれ、「女の分裂した本性という主題」のさらなる後退によって「作品」を纏め上げようとするホーフマンスタールの意図が示唆されている。いわゆる「ロマーナ物語 Romana-Geschichte」の復活だ。

もう一つは、一九二七年十一月末に書かれた、『新しい小説』を締めくくる覚え書きである。「概要（ein Compendium）でなければならないだろう」というロマーン自体の定義から始まる内容は、以下の通りだ。

政治の哲学――生物学へと、それがきわめて細かく枝分かれするまで――

年齢同士の関係　職業とその経験、そしてそれらがどのように人間に反作用を及ぼすか――

不均衡と緊張にも関わらず、社会的なものにおける均衡、その中に均一化するものがある。何に向かって人間は生きるのか？――

医学的な直観。

国家の特質および強さの根拠――　(XXX. 218, N 385.)

「他者の運命の幾何学的場」であるアンドレーアスが、自らの内なる他者と、ひいては自分自身と合一するという主題に対し、政治、社会、国家など超個人的な要素がせり出してきており、社会的な因果律の中で人間を捉えようとしている。この覚え書きは『新しい小説』からの逸脱を、そしてその先に現れる別の新たな構想『ライヒシュタット公』の到来を告げる。

だが、たとえホーフマンスタールが最後の覚え書きではなく「ロマーナ物語」を選び、書き続けたとしても、『新しい小説』は完結しなかっただろう。アンドレーアスがロマーナを「中心点」と取り違えたように、この時のホーフマンスタールも「ロマーナ物語」という枠組みを「始原なるもの」と見なし、すべてをそこへ向けて一元化しようとする。しかし、「始原なるもの」の中に内包されている「繁茂」がそれを不可能にする。いくら「始原なるもの」へと立ち戻ろうとも、そこから新たな「繁茂」が始まるだけだ。その過程で、さしあたり「中心点」だと思われたものは、再び別の点に取って代わられる。なぜなら、多様なる展開すべてを統合しうる真の中心は決してとらえられないものであり、螺旋状に伸びてゆく運動と、無限にずれてゆく仮の「中心点」によって暗示されるのみだからだ。これこそが、『新しい小説』を含む『アンドレーアス』に与えられた〈全体〉、正確にはその唯一の表出可能性なのだ。

註

（二〇六）「来たるべき世代」への信頼は、『塔』のジギスムントにおいて顕著に読み取れる。ただし、彼らは失われた秩序の回復ではなく、未だ存在しない秩序を体現する存在でなければならず、文学作品内に定着させることは困難だ。それを端的に示しているのが、『塔』の改稿に伴って生じた変更である。一九二五年に発表された第二稿の第五幕（一幕と二幕は一九二三年掲載）では、志半ばにして暗殺者の凶刃に斃れたジギスムントの前に「少年王」が現れる。後者は、「間の王」としてのジギスムントの役割を明らかにした上で、新たな秩序の実現を宣言する（XVI. 2. 122.）。他方、一九二七年に初演された第三稿（最終稿）に「少年王」は登場せず、来たるべき秩序は、ジギスムントが息をひきとる間際医師に託した「私が存在したという証言をしてください。たとえ誰一人私を知る者がなくとも」（XVI. 2. 220.）という台詞によって暗示されるのみとなった。

（二〇七）Wunberg, a. a. O. S. 310.

（二〇八）エイブラムズ、前掲書二一三頁参照。

（二〇九）Renner, a. a. O. S. 54.

（二一〇）Wiethölter, a. a. O. S. 168. ゲオルク・ジンメルは、ホーフマンスタールが熟読していた同時代人の一人である（Michael Hamburger, 1961. S. 34.）。中でも『貨幣の哲学 Philosophie des Geldes』は、『ナクソス島のアリアドネ』（Vogel, a. a. O. S. 74-75.）や『イェーダーマン』の成立にとどまらず、ホーフマンスタールの反資本主義思想形成に寄与したが（Mathias Mayer: Hugo von Hofmannsthal. Stuttgart 1993. S. 67.）、レンナーは造形芸術に関わる領域でも影響関係を証明している。Renner, a. a. O. S. 364.

（二一一）Georg Simmel: Aufsätze und Abhandlungen 1909-1918. Band II. Hg. von Klaus Latzel. Frankfurt. a. M. 2001. S.

262.

（二一二）『北アフリカの旅』（E. 641-654.）。

（二一三）Wolfgang Köhler: Hugo von Hofmannsthal und „Tausendundeine Nacht“: Untersuchungen zur Rezeption des Orients im epischen und essayistischen Werk. Mit einem einleitenden Überblick über den Einfluß von „Tausendundeine Nacht“ auf die deutsche Literatur. Frankfurt a. M. 1972. S. 153-154.

（二一四）『新しい小説』への過渡期に書かれた『アンドレーアス』後期の覚え書き（一九一九年〜一九二一年）には「M 2は、自分が現れることが可能になるためには、混乱状態を呼び起こさねばならないと知っている」（XXX. 191, N 303.）と記されている。

（二一五）『アンドレーアス』後期の覚え書き「夫はボヘミアの大領主の実子。彼は肩書と多くの相続分を期待している。彼はその時々によって、言いようもなく不遜であったり、言い尽くせぬほど謙虚であったりする。彼女の出産の際の彼の振舞い。彼は再び自分の運命を持つであろう存在をこの世に置きたくない（略）」（XXX. 192, N 305.）を踏まえていると思われる。

（二一六）『アンドレーアス』後期の覚え書き（XXX. 189, N 298.）では既に、アンドレーアスがM 2と、教会、見知らぬ家の中庭に次いで三度目に出会う場所として「仕立て屋の家」が構想されていた。

（二一七）行為と意志を巡る問題は、『むずかしい男』で集中的に取り上げられた後、『塔』の最終稿において政治的な次元へと移され、ジギスムントとオリヴィエの対決となって先鋭化する。オリヴィエは、元来「塊」や「束」に過ぎない人間を寄せ集め、さらなる「混ざりもの」を作り出して、それに見せかけの意志を与えるのだ。これに対し、ジギスムントは「意志」を欠く「行為」を否定している。

（二一八）Vgl.「ロマーン　アントン・ライザー」（XXX. 186, N 291.）。また、「アントン・ライザーは、モデルネの人間の誤った問題提起に悩まされている――殉教に至るまで。彼との出会いは、一つの人格におけるシシュポスやダナイスとの出会いである」（XXX. 187, N 292.）からは、『アンドレーアス・ハルトクノップ』との関係も推察されうる。矛盾に引き裂かれる性質、挫折を宿命づけられた者としての主人公像はモーリッツの両作品に共通する上、ここでは『ハルトクノップ』にしか用いられない「殉教 Martyrium」の語が用いられている。

（二一九）XXX. 459. Erläuterungen.

（二二〇）Assmann. a. a. O. S. 270. 彼女は、『チャンドス卿の手紙』最後に記された日付「一六〇三年八月二十二日」をホーフマンスタールが実際に作品を執筆および発表した時期と比較し、何故三百年ではなく、二九九年遡ったのかという問いを立て、これを初めてイギリス文学研究の視点から説明した。

（二二一）『アントン・ライザー』のテクストは、Karl Philipp Moritz: Anton Reiser. Mit Textvarianten, Erläuterungen und einem Nachwort. Hg. von Wolfgang Martens. Stuttgart 2006. を参照した。以下、頁数のみ記す。

（二二二）ヴァーグナー＝エーデルハーフは、アントン・ライザーの「憂鬱症」を引き起こす原因として、あらゆるものを自らに関連づけてしまう彼の性質を指摘している。根底には、あらゆるものを記号とし、それらに意味を与える解釈者として振る舞いたいという願望があり、その挫折が「憂鬱症」を生じさせるのだ。こうした傾向は、アンドレーアスだけでなく、チャンドス卿を始め、商人の息子、帝ら、ホーフマンスタール文学における憂鬱症患者の系譜に連なる者たち皆に認められる。Martina Wagner-Edelhaaf: Die Melancholie der Literatur. Diskursgeschichte und Textfiguration. Stuttgart 1997. S. 360.

（二二三）「彼（訳者注：サクラモゾー）はとりわけ、既に「狂女」となっていた女と寝たことで自分を責めている」（XXX. 16, N 20.）。

（二二四）RA III. 571. 一九二三年六月に書かれた、シュティフターに関する手記の一節。

（二二五）『友の書』には、ミュラー＝ホフマンの言葉「モデルネの画家たちは、あらゆる点で刺激を目指す。そして、刺激とは、まさしく偉大な芸術が完全に閉め出しているものなのだ」（XXXVII. 51, 441. 第四章）が採録されている。

結論

序論で述べた通り、本書の目的はホーフマンスタール文学に内在するダイナミズムを明らかにすることだった。彼のテクストを完結したものとしてではなく、過渡的なものとして扱う研究方法は、一九九〇年代以降顕著に見られるようになった傾向の一つではある。その内実として、ダンゲル＝ペロカンは「フラグメント性」の強調を挙げ、テクストが完結されえない「過程」、すなわち運動として捉えられている点を指摘している。(二二六) それは、長らくホーフマンスタールの文学を――文学的・美学的次元および政治的・社会的次元において――調和と安定を求める静止的なものだと決めつけ、自明の前提としてきた先行研究に対する反動として理解されうるだろう。

しかしながら、ホーフマンスタールの作品にはなお、調和への志向性が存在している。ただ、それとは正反対の、すなわち安定を揺るがせるような〈何か〉が同時に存在しているのだ。「形式」に対する「流体」、「全体」に対する「部分」、「統一性」に対する「多様性」、「保守」に対する「革命」――もし、後者を際立たせるために前者を切り捨ててしまうならば、後者を認めながらも最終的には前者に〈統合〉してしまう事例が多く見られた従来の研究と変わらない。いずれにしても、こうした二者択一に則って作品を論じてきた人々に共通するのは、極から極へと振れ続けるホーフマンスタール文学のダイナミズムが、透徹した言語表現の妨げになっているという非難ではないだろうか。

ホーフマンスタールは、言語によって捉えられない〈何か〉を他ならぬ言語によって表出させようとするという試みにおいて一貫している。問題は、それが確定されえないがゆえに、多様な展開を必要とせざるをえなかったところにある。本書では、その〈何か〉をホーフマンスタール自身の言葉に従って仮に「中心点」と呼び、それを捉えようとする試みとしてホーフマンスタールの文学作品を考察してきた。完結と展開を同時に実現せんとする『影のない女』、収集と拡散がせめぎあう『アンドレーアス』および『友の書』、対立する形式が衝突する『アリアドネ』、露骨なまでの統合への志向にもかかわらず断片化の過程となって現れる『新しい小説』。作品内部に現れる相容れない要素が相互に作用し続ける運動を介してのみ、「中心点」の存在が――予兆に過ぎないとはいえ――開示されうるのだ。

前述のダイナミズムを考えるに当たり、関連があると思われる作家を何人か取り上げた。中でも特に重要と思われるのは、K・P・モーリッツとF・シュレーゲルだ。モーリッツに関しては、主体の意味づけを逃れ、充溢と統一あるいは微視的細部と俯瞰的全体の間を移行し続ける「アラベスク」の在り方、そして完全なるものとしての円と、それを顕現せしめる「中心点」への無限の接近というイメージが、ホーフマンスタール文学に現れる言語によって名指しえない〈何か〉を論じようとする際、大きな助けとなった。さらに、『アントン・ライザー』で扱われる動物のモチーフ[二二七]、演劇と社会性といったテーマは、『アンドレーアス』のみならず『新しい小説』の中で解体や統合の運動と結びつき、作品全体を貫いてゆく。

『アントン・ライザー』が『アンドレーアス』の雛形であることが立証され[二二八]、部分的にホーフマンスタールとの美学的言説の共通性も指摘されている[二二九]モーリッツとは異なり、F・シュレーゲルは、ホーフマンスタールに対するロマン派の影響を検証する研究の中で――ノヴァーリスが必ずと言ってよいほど取り上げられるのとは対照的に――ほとんど黙殺されてきた。これは、『ドイツ読本』や『友の書』への引用を別にすれば、『袖の下のきかぬ男』の覚え書き[二三〇]を除く自身の作品との関連において、ホーフマンスタールがシュレーゲルへの直接的言及を行っていないためであろう。[二三一]しかし、レンナーが予想した通り[二三二]、『ポエジーについての対話』、とりわけ「新しい神話」という思想は、ホーフマンスタールの文学プログラム、すなわち言語によって確定不可能な「中心点」を文学作品に顕現せしめようとする試みにとって――少なくともそれを理解しようとする者にとっては――大きな役割を果たしうる。また、シュレーゲルの言説から浮かび上がってくる二つの形式、混淆した形式としてのロマーン、「ハリネズミ」のように孤立していながら、同時に自らを超越して外界と結びつくことを要請されたフラグメントは、ホーフマンスタールが自らの文学プログラムを実践するに当たり不可欠となっている。[二三三]

モーリッツおよびF・シュレーゲルの作品を含む『ドイツ読本』（一九二二）をはじめ、十八世紀の思想および文学作品に対するホーフマンスタールの造詣の深さは、『ドイツの小説家』（一九一二）、『ドイツ語の価値と名誉』（一九二七）などから明らかだ。彼にとって、この時代に成立した著作が「途方もない文化遺産」であることは指摘されているものの、作家たち（レッシング、ゲーテ、ヘルダー、シラー、カント、ジャン・パウル、ヴィーラント、フィヒテ、ヘルダーリン、ヘーゲル、リヒテンベルク、K・P・モーリッツら）の名を羅列するばかりで[二三四]、到底詳細が論じつくされているとは言い難い。ホーフマンスタールが、いかにしてこれらの作家および作品と対峙し、自らの文学に反映させていったかという問題は、ほとんど手つかずに残されている。ホーフマンスタールによる直接的な言及や引用を手掛かりにしつつ、そこから広がる十八世紀の文学および思想の豊かさを可能な限り取り出し、それらが彼にとってどのような意味を持ちうるか考えること。こうした研究は、ホーフマンスタール文学のより深い理解へとつながってゆくはずだ。

そして、この「精神的遺産」を、ホーフマンスタールが過去の遺物ではなく、時間の流れとは無縁な永遠に現在なるものとして提示するとき[二三五]、比較考察の対象となりうるのがバロック文学に対する彼の取り組みである。ホーフマンスタールは、十九世紀末から二十世紀初頭にかけてバロックに注目した数少ない作家だった。さしあたり、その理由はザルツブルク音楽祭を巡る活動との関わりから説明されている。すなわち、彼はオーストリアに継承されたバロック演劇を復活させ、オペラと芝居の区別を無効にする「綜合芸術」を確立せんとしたのだ、と[二三六]。しかし、それは単なる伝統の復活ではなく、「一見古めかしいものに立ち戻るように思われる新しいジャンル」の創出でなければならない。こうしたホーフマンスタールのバロック受容について論じようとするならば、彼が精通していた十八世紀におけるバロック文学への訣別と、それでも断ち切れない影響なども併せて精査すべきである。『塔』という作品は、そのような流れの中で今一度取り上げられねばならない。

(二二六) Elsbeth Dangel-Pelloquin: Einleitung. In: Hugo von Hofmannsthal. Neue Wege der Forschung. Hg. von Elsbeth Dangel-Pelloquin. Darmstadt 2007. S. 7-16, hier S. 9.

(二二七) たとえばホイマンは、十九世紀から二十世紀初頭の文学に現れる人間と獣の同一性というテーマを扱った作品の筆頭に『アントン・ライザー』を挙げ、その延長線上に『アンドレーアス』を位置づけている。Konrad Heumann: Mensch und Tier. Zum Problem der Objektfindung bei Ganghofer und Hofmannsthal mit einem Jagdbilderbogen von Max Arco-Zinneberg. In: DVjs. 79 (2005). S. 602-623.

(二二八) SW. XXX. 308. Entstehung. および本書註四(二二頁)参照。

(二二九) 本書註四八(五四頁)参照。

(二三〇) 登場人物の一人ヤロミールについて、ホーフマンスタールはF・シュレーゲルの批評(»Recension von Jacobis Woldemar nach Ausgabe von 1796«)との関連を示唆している。Hugo von Hofmannsthal: Sämtliche Werke. XIII. Dramen 11. Hg. von Roland Haltmeier. Frankfurt a. M. 1986 . S. 124 (Qellen), 149 (N 4). なお、この点については、拙論『二様の「新しい小説」――『袖の下のきかぬ男』から読み解くホーフマンスタールのロマーン論』(オーストリア文学第三十一号、日本オーストリア文学会、二〇一五年、一二~二二頁)で取り上げている。

(二三一) 手記の中には、F・シュレーゲルの名前や断片的な記述が幾つか見出される。Vgl. Hugo von Hofmannsthal: Sämtliche Werke. XXXVIII. Hg. von Rudolf Hirsch und Ellen Ritter. In Zusammenarbeit mit Konrad Heumann und Peter Michael Braunwarth. Frankfurt a. M. 2013. および Hugo von Hofmannsthal: Sämtliche Werke. XXXIX. Hg. von Rudolf Hirsch und Ellen Ritter. In Zusammenarbeit mit Konrad Heumann und Peter Michael Braunwarth. Frankfurt a. M. 2013.

(二三二) Renner, a. a. O. S. 364. Amk. 30.

（一三三）『アンドレーアス』は、最初からフラグメントを目指して書かれたものではなかった。それにも関わらず、到達不可能な「中心点」を巡って作品が断片化してゆく時、ホーフマンスタール自身によって『ドイツ読本』に収められた「最も成熟し、完成したものは、断片の断片である」(Friedrich Schlegel: Lessing (Lyceum der Schönen Künste. Bd. I. Th. 2. Berlin 1797.). In: Deutsches Lesebuch. S. 182. KA. 2. における表題は、»Über Lessing«）というシュレーゲルの言説もまた、何らかの支えになったかもしれない。

（一三四）Josef Rattner, Gerhard Danzer: Europäisches Österreich. Literatur- und geistesgeschichtliche Essays über den Zeitraum 1800-1980. Würzburg 2004. S. 185.

（一三五）Heinz Hiebler: Hugo von Hofmannsthal und die Medienkultur der Moderne. Würzburg 2003. S. 156.

（一三六）Mayer, 1993. S. 160.

あとがき

本書は、二〇一三年に東京大学大学院人文社会系研究科に提出した博士論文を改稿したものだ。ホーフマンスタールの作品を読み込む作業に終始した地味な研究だが、このたび公益財団法人ドイツ語学文学振興会の助成を頂き、刊行の運びとなった。理事の先生方並びに審査員をお引き受けくださった先生に、厚く御礼申し上げる。

刊行に際しては鳥影社の百瀬精一様にご尽力を賜った。ドイツ文学研究を牽引する優れた書籍を多数手がけておられる出版社から拙著を出して頂けることは、身に余る光栄だ。

本文中で縷縷として述べてきた『アンドレーアス』の執筆過程をなぞるかのように、この論文も中断と脱線を繰り返した。言語によって名指しえぬ「中心点」の存在を、作品に内在する運動をひたすら叙述することによって明らかにするという困難な試みがわずかでも成功を収めたのであれば、それはひとえに支えてくださった方々のお力によ る。ここに感謝の意を表したい。

共立女子大学文芸学部文芸教養コースにおいてホーフマンスタールのゼミを開講され、私がドイツ文学研究へと進むきっかけを作ってくださった山下敦先生。

東京大学文学部への学士入学を勧めてくださり、共立女子大学の卒業論文指導では、ドイツ文学についての基礎的な知識すら持たぬまま直感のみに頼る私の思考を広いお心ですべて受け止めてくださった柴田翔先生。

直接ご指導いただく機会には恵まれなかったが、ホーフマンスタールの流麗な文体を映しながら、陰鬱な薄闇に沈む黄金の輝き、明澄な光の中で移ろう影を掬い取る美事な翻訳によって、私をホーフマンスタール文学へと誘ってくださった檜山哲彦先生。

博士論文の隅々まで目を通してくださり、貴重なご助言の数々によって改稿の下地を作ってくださった松浦純先生。ドクターコロキウムから博士論文審査に至るまで、筆者の勉強不足から頻発されるドイツ語の誤用や誤訳をそっと直してくださった重藤実先生。

ゼミを通じてロマン派の作家たちと向き合う場を与えてくださり、博士論文も審査いただいた大宮勘一郎先生。博士論文審査において外部審査員をお引き受けくださり、ご専門の立場から多くのご指摘を賜ったばかりか出版を勧めてくださった山口裕之先生。

フロイトのテクストをフラグメントとして読むという道筋をお示しくださったクリスティーネ・イヴァノヴィッチ先生。

ドイツ語に関する初歩的かつ些末な質問に対し、いつも気さくに、そして丁寧に応じてくださったシュテファン・ケプラー田崎先生。

それから、異なる専門分野より学士入学した私に対し、常にお心を寄せてくださった故藤井啓司先生にも感謝申し上げる。

東京大学文学部において卒業論文をご指導いただき、ベンヤミン研究を通じて文学批評の在り方について熟考する機会をお与えくださった浅井健二郎先生。

東京大学大学院人文社会系研究科において修士論文をご指導いただき、オーストリア文学の広い地平へと目を向けさせてくださった平野嘉彦先生。

そして、宮田眞治先生のご指導なくして、博士論文の完成はあり得なかった。しばしば数時間にも及んだ面談では、F・シュレーゲルについての専門的な知識のみならず、用語や概念の定義、論の構成といった博士課程の学生指導にはあるまじき基本的な論文の作法をも含め、あらゆることを教えていただいた。とりわけ、早い時期に「この論文で問題になっているのは断片ではなく断片化である」とご指摘くださったことが、論文全体の方向性を定める上での指針となった。それゆえ刊行に際し、先生の御言葉を書名とさせていただいた。

また、折に触れて様々な相談に乗ってくださった東大独文研究室の先輩方にも心からの御礼を申し上げたい。

最後に、ここまで研究を続けさせてくれた両親への感謝を記し、このあとがきを終わる。

二〇一六年十月

小野間　亮子

参考文献

一次文献

・ホーフマンスタールのテクスト

Hofmannsthal, Hugo von: Sämtliche Werke. VII. Dramen 5. Hg. von Klaus E. Bohnenkamp und Mathias Mayer. Frankfurt a. M. 1997.

Hofmannsthal, Hugo von: Sämtliche Werke. XIII. Dramen 11. Hg. von Roland Haltmeier. Frankfurt a. M. 1986.

Hofmannsthal, Hugo von: Sämtliche Werke. XVI. 2. Dramen 14. 2. Hg. von Werner Bellmann. In Zusammenarbeit mit Ingeborg Beyer-Ahlert. Frankfurt a. M. 2000.

Hugo von Hofmannsthal: Sämtliche Werke. XXIV. Operndichtungen 2. Hg. von Manfred Hoppe. Frankfurt a. M. 1985.

Hofmannsthal, Hugo von: Sämtliche Werke. XXV. 1. Operndichitungen 3. 1. Hg. von Hans-Albrecht Koch. Frankfurt a. M. 1998.

Hofmannsthal, Hugo von: Sämtliche Werke. XXVIII. Hg. von Ellen Ritter. Frankfurt a. M. 1975.

Hofmannsthal, Hugo von: Sämtliche Werke. XXX. Hg. von Manfred Pape. Frankfurt a. M. 1982.

Hofmannsthal, Hugo von: Sämtliche Werke. XXXI. Hg. von Ellen Ritter. Frankfurt a. M. 1991.

Hofmannsthal, Hugo von: Sämtliche Werke. XXXVII. Hg. von Ellen Ritter. Frankfurt a. M. 2015.

Hofmannsthal, Hugo von: Sämtliche Werke. XXXVIII. Hg. von Rudolf Hirsch und Ellen Ritter. In Zusammenarbeit mit Konrad Heumann und Peter Michael Braunwarth. Frankfurt a. M. 2013.

Hofmannsthal, Hugo von: Sämtliche Werke. XXXIX. Hg. von Rudolf Hirsch und Ellen Ritter. In Zusammenarbeit mit Konrad Heumann und Peter Michael Braunwarth. Frankfurt a. M. 2013.

Hofmannsthal, Hugo von: Sämtliche Werke. XL. Hg. von Ellen Ritter. In Zusammenarbeit mit Dalia Bukauskaiė und Konrad Heumann. Frankfurt a. M. 2011.

Hofmannsthal, Hugo von: Gesammelte Werke in Einzelausgaben. Prosa IV. Hg. von

Herbert Steiner. Frankfurt a. M. 1966.
Hofmannsthal, Hugo von: Gesammelte Werke. Erzählungen, erfundene Gespräche und Briefe, Reisen. Hg. von Bernd Schoeller in Beratung mit Rudolf Hirsch. Frankfurt a. M. 1979.
Hofmannsthal, Hugo von: Gesammelte Werke. Reden und Aufsätze I. Hg. von Bernd Schoeller in Beratung mit Rudolf Hirsch. Frankfurt a. M. 1979.
Hofmannsthal, Hugo von: Gesammelte Werke. Reden und Aufsätze II. Hg. von Bernd Schoeller in Beratung mit Rudolf Hirsch. Frankfurt a. M. 1979.
Hofmannsthal, Hugo von: Gesammelte Werke. Reden und Aufsätze III. Hg. von Bernd Schoeller und Ingeborg Beyer-Ahlert（Aufzeichnungen）in Beratung mit Rudolf Hirsch. Frankfurt a. M. 1980.
Hofmannsthal, Hugo von: Buch der Freunde. Mit Qellennachweisen. Hg. von Ernst Zinn. Frankfurt a. M. 1967.
Deutsches Lesebuch. 2. verm. Aufl. Hg. von Hugo von Hofmannsthal. München 1926.
Hofmannsthals Andreas. Nachträge, Nachfragen und Nachwirkungen. Hg. von Mathias Mayer. Tl. 1: Texte aus dem Umkreis des Andreas-Romans. In: HJb. 6（1998）. S. 129-137. Tl. 2: Hofmannsthals Andreas im Spiegel früher Kritik（1930-1957）. In: HJb. 7（1999）. S. 101-197.
Hofmannsthal, Hugo von: Briefe. 1900-1908. Wien 1937.
Hofmannsthal, Hugo von, Andrian, Leopold von: Briefwechsel. Hg. von Walter H. Perl. Frankfurt a. M. 1968.
Hofmannsthal, Hugo von, Bruckhardt, Carl J: Briefwechsel. Hg. von Carl J. Bruckhardt und Claudia Metzler-Rychner. Frankfurt a. M. 1991.
Buber, Martin: Briefwechsel aus sieben Jahrzehnten. Bd. 2. Heidelberg 1973.
Hofmannsthal, Hugo von, Schnitzler, Arthur: Briefwechsel. Hg. von Therese Nick und Heinrich Schnitzler. Frankfurt a. M. 1965.
Strauss, Richard, Hofmannsthal, Hugo von: Briefwechsel. Hg. von Willi Schuh. Zürich 1978.
フーゴー・フォン・ホーフマンスタール『ホーフマンスタール選集１～４』川村二郎他訳、河出書房新社、1972 ～ 1974 年。
フーゴー・フォン・ホフマンスタール『チャンドス卿の手紙他十篇』檜山哲彦訳、岩波書店、1991 年。
フーゴー・フォン・ホーフマンスタール『詩集・拾遺集』富士川英郎訳、平凡社、1994 年。

フーゴー・フォン・ホフマンスタール『チャンドス卿の手紙・アンドレアス』川村二郎訳、講談社、1997年。

・他のテクスト

Freud, Sigmund: Traumdeutung. In: Studienausgabe Bd. 2. Frankfurt a. M. 1994.
Freud, Sigmund: Bruchstück einer Hysterie-Analyse. In: Studienausgabe Bd. 6. Frankfurt a. M. 1994.
Goethe, Johan Wolfgang von: West-östlicher Divan. In: Goethe Berliner Ausgabe 18. Poetische Werke. Gedichte und Singspiele 3. Berlin 1965.
Moritz, Karl Philipp: Schriften zur Ästhetik und Poetik. Hg. von Hans Joachim Schrimpf. Tübingen 1962.
Moritz, Karl Philipp: Werke. Bd. 3. Hg. von Horst Günther. Frankfurt a. M. 1981.
Moritz, Karl Philipp: Andreas Hartknopf. Hg. von Martina Wagner-Egelhaaf. Stuttgart 2001.
Moritz, Karl Philipp: Anton Reiser. Mit Textvarianten, Erläuterungen und einem Nachwort. Hg. von Wolfgang Martens. Stuttgart 2006.
Novalis: Heinrich von Ofterdingen. In: Gesammelte Werke. Bd. 1. Hg. von Carl Seelig. Zürich 1945.
Prince, Morton : The dissociation of a personality. A biographical study in abnormal psychology. New York 1906.
Schlegel, Friedrich von: Kritische Friedrich-Schlegel-Ausgabe. Bd. 2. Hg. von Hans Eichner. Paderborn 1967.
Schlegel, Friedrich von: Literary Notebooks. Edited with introduction and commentary by Hans Eichner. London 1957.
Simmel, Georg: Aufsätze und Abhandlungen 1909-1918. Band II. Hg. von Klaus Latzel. Frankfurt a. M. 2001.
アリオスト『狂えるオルランド　上・下』脇功訳、名古屋大学出版、2001年。
ボードレール『パリの憂鬱』福永武彦訳、岩波書店、1961年。
ホメロス『オデュッセイアー』呉茂一訳、岩波書店、1971年。
モリエール『町人貴族』鈴木力衛訳、岩波書店、1955年。

二次文献

略号

Deutsche Vierteljahrsschrift für Literaturwissenschaft und Geistgeschichte =DVjs.

Hofmannsthal-Blätter=HB.

Hofmannsthal-Forschungen=HF.

Hofmannsthal-Jahrbuch=HJb.

Alewyn, Richard: Über Hugo von Hofmannsthal. Vierte und vermehrte Auflage. Göttingen 1967.

Alewyn, Richard: Das große Welttheater. Die Epoche der höfischen Fest. München 1989.

Anz, Thomas: Psychoanalyse in der modernen Literatur seit Freud. In: Freuds Aktualität. Freiburger Literaturpsychologische Gespräche. 26. Hg. von Wolfgang Mauser und Joachim Pfeiffer. Würzburg 2006. S. 97-111.

Assmann, Aleida: Hofmannsthals Chandos-Brief und die Hieroglyphen der Moderne. In: HJb. 11 (2003). S. 267-279.

Bamberg, Claudia: Hofmannsthal. Der Dichter und Dinge. Heidelberg 2011.

Bohrer, Karl Heinz: Friedrich Schlegels Rede über die Mythologie. In: Mythos und Moderne. Begriff und Bild einer Rekonstruktion. Hg. von Karl Heinz Bohrer. Frankfurt a. M. 1983. S. 52-74.

Böschenstein, Bernhard: Das »Buch der Freunde«— eine Sammlung von Fragment? Hofmannsthal in der Tradition des Grand Siècle. In: HJb. 4 (1996). S. 261-276.

Brion, Marcel: Versuch einer Interpretation der Symbole im ›Märchen der 672. Nacht‹ von Hugo von Hofmannsthal. In: Deutsche Erzählungen von Wieland bis Kafka. Hg. von Jost Schillemeit. Frankfurt a. M. 1966. S. 284-302.

Broch, Hermann: Hofmannsthal und seine Zeit. Frankfurt a. M. 2001.

Busch, Werner: Notwendige Arabeske. Wirklichkeitsaneigung und Stilisierung in der deutschen Kunst des 19. Jahrhunderts. Berlin 1985.

Cohn, Dorrit: „Als Traum erzählt“. The Case for Freudian Reading of Hofmannsthals „Märchen der 672. Nacht“. In: DVjs. 54 (1980). S. 284-305.

Corbineau-Hoffmann, Angelika: Der Aufbruch ins Offene. Figuren des Fragmentarischen in Prousts *Jean Santeuil* und Hofmannsthals *Andreas*. In: HF.

9 (1987). S. 163-194.
Costazza, Alessandro: Schönheit und Nützlichkeit. Karl Philipp Moritz und die Ästhetik des 18. Jahrhunderts. Berlin 1996.
Csúri, Károly: Hugo von Hofmannsthals späte Erzählung. Die Frau ohne Schatten. Struktur und Strukturvergleich. In: Literary and Possible World (Studia Poetica 2). Ungarn 1980. S. 125-257.
Dangel-Pelloquin, Elsbeth: Einleitung. In: Hugo von Hofmannsthal. Neue Wege der Forschung. Hg. von Elsbeth Dangel-Pelloquin. Darmstadt 2007. S. 7-16.
Grundmann, Heike: „Meine Leben zu erleben wie ein Buch". Hermeneutik des Erinnerns bei Hugo von Hofmannsthal. Würzburg 2003.
Hamburger, Michael: Hofmannsthals Bibliothek. In: Euphorion 55 (1961). S. 15-76.
Hamburger, Michael: Das Fragment: Ein Kunstwerk? In: HJb. 3 (1995). S. 305-318.
Haltmeier, Roland: Zu Hofmannsthals Rede ›Das Schrifttum als geistiger Raum der Nation‹. In: HB. 17/18 (1977). S. 298-310.
Heumann, Konrad: »Stunde, Luft und Ort machen alles«—Hofmannsthals Phänomenologie der natürlichen Gegebenheit. In: HJb. 7 (1999). S. 233-287.
Heumann, Konrad: Mensch und Tier. Zum Problem der Objektfindung bei Ganghofer und Hofmannsthal mit einem Jagdbilderbogen von Max Arco-Zinneberg. In: DVjs. 79 (2005). S. 602-623.
Hiebler, Heinz: Hugo von Hofmannsthal und die Medienkultur der Moderne. Würzburg 2003.
Himmel, Hellmuth: Textkritisches zu Hofmannsthals Erzählung „Die Frau ohne Schatten". In: Modern Austrian Literature. Vol. 7. No. 3/4 (1974). S. 135-151.
Hirsch, Rudolf: Zwei Briefe über den »Schwierigen«. HB. 7 (1971). S. 70-75.
Jäger, Lorenz: Neue Quellen zur Münchner Rede und zu Hofmannsthals Freundschaft mit Florens Christian Rang. In: HB. 29 (1989). S. 3-29.
Jäger, Lorenz: Politik und Gestik bei Hugo von Hofmannsthal. In: HJb. 2 (1994). S. 181-199.
Kern, Peter Christoph: Zur Gedankenwelt des späten Hofmannsthals. Die Idee einer schöpferischen Restauration. Heidelberg 1969.
Knaus, Jakob: Hofmannsthals Weg zur Oper‚ Die Frau ohne Schatten'. Rücksichten und Einflüsse auf die Musik. Berlin 1971.
Kohler, Stephan: Galvanisierte Leiche oder Zeitstück im Kostüm? Hofmannsthal und Richard Strauss als Bearbeiter von Molières Le Bourgeois Gentilhomme.

In: Hugo von Hofmannsthal. Freundschaften und Begegnungen mit deutschen Zeitgenossen. Hg. von Ursula Renner, G. Bärbel Schmid. Würzburg 1991. S. 143-162.

Köhler, Wolfgang: Hugo von Hofmannsthal und „Tausendundeine Nacht". Untersuchungen zur Rezeption des Orients im epischen und essayistischen Werk. mit einem einleitenden Überblick über den Einfluß von „Tausendundeine Nacht" auf die deutsche Literatur. Frankfurt a. M. 1972.

Konrad, Claudia: „Die Frau ohne Schatten" von Hugo von Hofmannsthal und Richard Strauss. Studien zur Genese, zum Textbuch und zur Rezeptionsgeschichte. Hamburg 1988.

Kremer, Detlef: Prosa der Romantik. Stuttgart 1997.

Kümmerling-Meibauer, Bettina: Die Kunstmärchen von Hofmannsthal, Musil und Döblin. Köln 1991.

Lassalle, Andrea: Bruchstück und Portrait. Hysterie-Lektüre mit Freud und Cixous. Würzburg 2005.

Magris, Claudio: Der hapsburgische Mythos in der österreichischen Literatur. Salzburg 1966.

Mauser, Wolfram: »Die geistige Grundfarbe des Planeten«. Hugo von Hofmannsthals »Idee Europa«. In: HJb. 2 (1994). S. 201-222.

Mayer, Mathias: Hugo von Hofmannsthal. Stuttgart 1993.

Mayer, Mathias: Zwischen Ethik und Ästhetik. Zum Fragmentarischen im Werk Hugo von Hofmannsthals. In: HJb. 3 (1995). S. 251-274.

Mayer, Matias: Nachwort. In: Hugo von Hofmannsthal: Andreas. Bibliographisch ergänzte Ausgabe. Stuttgart 2000.

Nam, Jeong Ae: Das Religiöse und die Revolution bei Hugo von Hofmannsthal. München 2010.

Noltenius, Rainer: Hofmannsthal-Schröder-Schnitzler. Möglichkeiten und Grenzen des modernen Aphorismus. Stuttgart 1969.

Nostitz, Oswald von: Zur Interpretation von Hugo von Hofmannsthals Münchner Rede. In: Für Rudolf Hirsch. Zum 70. Geburtstag am 22. Dezember 1975. Hg. von Rudolf Hirsch. Frankfurt a. M. 1975. S. 261-278.

Pape, Manfred: Zur Überlieferung von Hofmannsthals ›Andreas‹ und zur Qualität der bisherigen Drucke. In: Jahrbuch des Freien Deutschen Hochschrifts 1974. S. 362- 371.

Pape, Manfred: Aurea Catena Homeri. Die Rosenkreuzer-Qelle der ›Allomatik‹ in

Hofmannsthals Andreas. In: DVjs. 49 (1975). S. 680-693.
Pape, Manfred: Integraler Apparat und Apparattext. Zur Edition von handschriftlichen Prosaentwürfen am Beispiel von Hofmannsthals Andreas. In: Zeitschrift für deutsche Philologie 95 (1976). S. 495- 509.
Pieper, Irene: Modernes Welttheater. Untersuchungen zum Welttheatermotiv zwischen Katastrophenerfahrung und Welt-Anschauungssuche bei Walter Benjamin, Karl Kraus, Hugo von Hofmannsthal und Else Lasker-Schüler. Berlin 2000.
Potthoff, Elisabetta: Endlose Trennung und Vereinigung. Spuren Ariosts in Hofmannsthals »Andreas«. In: HJb. 3 (1995). S. 297-303.
Perrig, Severin: Hugo von Hofmannsthal und die Zwanziger Jahre. Eine Studie zur späten Orientierungskrise. Frankfurt a. M. 1994.
Rattner, Josef, Danzer, Gerhard: Europäisches Österreich. Literatur-und geistesgeschichtliche Essays über den Zeitraum 1800-1980. Würzburg 2004.
Renner, Ursula: »Die Zauberschrift der Bilder«. Bildende Kunst in Hofmannsthals Texten. Freiburg 2000.
Riedel, Wolfgang: »Homo Natura«. literarische Anthropologie um 1900. Berlin 1996.
Schmidt-Denger, Wendelin: Dionysos im Wien der Jahrhundertwende. In: Études Germaniques. Nr. 2 (1998). S. 313-325.
Rösch, Ewald: Komödie und Kritik. Zu Hofmannsthals Lustspielen Cristinas Heimreise und Der Schwierige. In: Hugo von Hofmannsthal. Freundschaften und Begegnungen mit deutschen Zeitgenossen. Hg. von Ursula Renner, G. Bärbel Schmid. Würzburg 1991. S. 163-189.
Rudolph, Hermann: Kulturkritik und konservative Revolution. Zum kulturell-politischen Denken Hofmannsthals und seinem problemgeschichtlichen Kontext. Tübingen 1971.
Ryan, Judith: Die ›allomatische Lösung‹. Gespaltene Persönlichkeit und Konfiguration bei Hugo von Hofmannsthal. In: DVjs. 44 (1970). S. 189-207.
Schanze, Helmut: Friedrich Schlegels Theorie des Romans. In: Deutsche Romantheorien. Frankfurt a. M. 1968.
Schlötterer, Reinhold: »Eigentlich-Poetisches« und »der Musik vorgewaltet«. Hugo von Hofmannsthals »Ariadne auf Naxos« als Dichtung für die Musik von Richard Strauss. In: HJb. 15 (2007). S. 259-280.
Schneider, Sabine: Verheißung der Bilder. Das andere Medium in der Literatur um

1900. Tübingen 2006.
Tarot, Rolf: Hugo von Hofmannsthal. Daseinsformen und dichterische Struktur. Tübingen 1970.
Uhlig, Kristin: Hofmannsthals Anverwandlung antiker Stoffe. Freiburg 2003.
Unger, Thorsten: Die Bestechung des ›Unbestechlichen‹. Zu Art und Funktion der Komik in Hugo von Hofmannsthals Komödie. In: HJb. 18 (2010). S. 187-213.
Urban, Bernd: Hofmannsthal, Freud und Psychoanalyse. quellenkundliche Untersuchung. Frankfurt a. M. 1998.
Vogel, Juliane: Lärm auf der »wüsten Insel«. Simultanität in Hofmannsthals »Ariadne auf Naxos«. In: HJb. 16 (2008). S. 73-86.
Wagner-Edelhaaf, Martina: Die Melancholie der Literatur. Diskursgeschichte und Textfigration. Stuttgart 1997.
Wellbery, David E.: Rhetorik und Literatur. In: Die Aktualität der Frühromantik. Hg. von Ernst Behler und Jochan Hörisch. Paderbom 1987. S. 161-173.
Wellbery, David E.: Die Opfer-Vorstellung als Quelle der Faszination. Anmerkung zum Chandos-Brief und zur frühen Poetik Hofmannsthals. In: HJb. 11 (2003). S. 281-310.
Wunberg, Gotthart: Unverständlichkeit. Historismus und literarische Moderne. In: HJb. 1 (1993). S. 309-350.
Žmegač, Viktor: Die Wiener Moderne und die Tradition literarischer Gattung. In: HJb. 5 (1997). S. 199-216.
Ästhetische Grundbegriffe. Historisches Wörterbuch in sieben Bänden. Bd. I. Hg. von Karlheinz Bark. Stuttgard 2000.
Historisches Wörterbuch der Rhetorik. Bd. 5. Hg. von Gerd Ueding. Tübingen 2001.

青地伯水編『ドイツ保守革命ーホフマンスタール／トーマス・マン／ハイデッガー／ゾンバルトの場合』松籟社、2010 年。

アライダ・アスマン『想起の空間』安川晴基訳、水声社、2007 年。

M・H・エイブラムズ『自然と超自然—ロマン主義理念の形成』吉村正和訳、平凡社、1993 年。

イタロ・カルヴィーノ『なぜ古典を読むのか』須賀敦子訳、みすず書房、1997 年。

スティーヴン・ギャラップ『音楽祭の社会史』城戸朋子・小木曽俊夫訳、法政大学出版局、1993 年。

カール・ショースキー『世紀末ウィーン』安井琢磨訳、岩波書店、1983 年。

ミハイル・バフチン『ミハイル・バフチン全著作第五巻』伊東一郎ほか訳、水声

社、2001年。

アルベール・ベガン『ロマン的魂と夢』小浜俊郎・後藤信幸訳、国文社、1972年。

松本道介「ツェルビネッタをめぐる攻防――ホーフマンスタールとリヒャルト・シュトラウス」『ドイツ文学』第107号、日本独文学会、2001年、61-71頁。

コンスタン・ミック『コメディア・デラルテ』梁木靖弘訳、未來社、1987年。

山本惇二『カール・フィリップ・モーリッツ――美意識の諸相と展開――』鳥影社、2009年。

〈著者紹介〉

小野間　亮子（おのま　りょうこ）

2012年　東京大学大学院人文社会系研究科を単位取得退学
2013年　博士号取得（文学博士）
現在、東京藝術大学非常勤講師
主な論文：
『二様の「新しい小説」―『袖の下のきかぬ男』から読み解くホーフマンスタールのロマーン論』
（『オーストリア文学』第31号）

断片化する螺旋
―ホーフマンスタールの文学における中心と「中心点」―

定価（本体2800円+税）

乱丁・落丁はお取り替えします。

2017年2月20日初版第1刷印刷
2017年2月25日初版第1刷発行
著　者　小野間亮子
発行者　百瀬精一
発行所　鳥影社 (www.choeisha.com)
〒160-0023 東京都新宿区西新宿3-5-12トーカン新宿7F
電話 03(5948)6470, FAX 03(5948)6471
〒392-0012 長野県諏訪市四賀229-1(本社・編集室)
電話 0266(53)2903, FAX 0266(58)6771
印刷・製本　モリモト印刷・高地製本

ISBN978-4-86265-604-9 C0098